Déjà vu

Van Esther Verhoef verscheen eveneens bij uitgeverij Anthos

Rendez-vous
Winnaar Zilveren Vingerafdruk 2006
Genomineerd voor de NS Publieksprijs 2006

Wonen op vakantie

Close-up
Winnaar Zilveren Vingerafdruk 2007
Beste Vrouwenthriller Aller Tijden bij vrouwenthrillers.nl
Genomineerd voor de Gouden Strop 2007
Genomineerd voor de NS Publieksprijs 2007

Alles te verliezen
Genomineerd voor de NS Publieksprijs 2009
Genomineerd voor de Zilveren Vingerafdruk 2009

Erken mij
In samenwerking met de Stichting CPNB ter ere van
Juni – Maand van het Spannende Boek 2009

Onder de naam Escober verscheen

Onrust
Deel 1 in de Sil Maier-trilogie
Genomineerd voor de Gouden Strop 2004

Onder druk
Deel 2 in de Sil Maier-trilogie
Winnaar Diamanten Kogel 2005
Genomineerd voor de Gouden Strop 2005

Ongenade
Deel 3 in de Sil Maier-trilogie
Genomineerd voor de Diamanten Kogel 2008

Chaos
Genomineerd voor de Diamanten Kogel 2007

Esther Verhoef

Déjà vu

Anthos|Amsterdam

Mixed Sources
Productgroep uit goed beheerde
bossen, gecontroleerde bronnen
en gerecycled materiaal.
www.fsc.org Cert no. CU-COC-802528
© 1996 Forest Stewardship Council

ISBN 978 90 414 1653 7 (gebonden)
ISBN 978 90 414 1428 1 (paperback)
© 2010 Esther Verhoef
Omslagontwerp Marry van Baar
Omslagillustratie © Julia Sang Nguyen
Foto auteur Merlijn Doomernik

Verspreiding voor België:
Veen Bosch & Keuning uitgevers n.v., Antwerpen

Chacun se dit ami; mais fol qui s'y repose.
Rien n'est plus commun que ce nom;
rien n'est plus rare que la chose.

Jean de la Fontaine, *Fables* (1668)

Hij was vlakbij. Takken knapten onder zijn bergschoenen en weken uiteen terwijl hij zich een weg baande door het struikgewas.

Hij vloekte binnensmonds.

Hij was woedend, buiten zinnen.

Ze rook de wapenolie, het leer van zijn schoenen, de weeïge lucht die altijd aan zijn jas hing en zijn eigen geur, het sterkste afrodisiacum dat ze had gekend. Ze hoorde zijn stem, zijn ademhaling. Zijn nabijheid was allesoverheersend – ze had er steeds op gereageerd als een kennelhond die rook dat haar voerbak werd gevuld. Hongerig, verwachtingsvol, fel en ongeduldig.

Ze drukte zich dichter tegen de koude grond en sloot haar ogen. Ademde zoveel mogelijk door haar neus. Ze kon alleen maar intens hopen dat hij haar niet zag, dat de condens van haar ademhaling opging in de dichte mist, en dat de herfstbladeren in deze kuil haar kleding voldoende aan het oog onttrokken. Zodat hij haar voorbij zou lopen, verder het bos in.

Pas dan, buiten zijn gehoorsafstand, kon ze proberen hiervandaan te komen en naar de openbare weg te rennen. Misschien had ze geluk en kon ze een auto aanhouden. Anders moest ze blijven doorlopen tot aan het volgende huis, waar ze het alarmnummer kon bellen.

Voor die tijd was ze niet veilig.

Haar armen en benen zaten onder de schaafwonden en haar

lip was gescheurd. Er kleefde bloed aan haar kin, maar het was niet belangrijk. Ze voelde de pijn niet eens.

Wat ze wel voelde was leven, diep in haar. Het was nog klein, niet groter dan een vuist, maar het was er. Nieuw leven.

Armpjes, beentjes. Een gezichtje.

Griezelig dichtbij hoorde ze takken kraken. Ze drukte zich dieper in de kuil, haar wang tegen de natte bladeren.

'Klotewijf, kutzooi.'

Zijn stem. Hijgerig, maar niet buiten adem. Eerder van iemand die haast had om een klus te klaren, iemand die op tijd thuis wilde zijn.

Hij had een ijzeren conditie. Ze kende niemand die zo sterk en zo afgetraind was als hij. Ze zou hem nooit kunnen voorblijven, fysiek was hij haar op alle fronten de baas en dat wist hij. En hij wist nog veel meer.

Hij wist dat zij zijn kind droeg. Ze had het hem verteld, toen ze de liefde bedreven in de schuur. Haastig, zijn broek op zijn knieen. Hij had haar bij de haren gegrepen, dieper in haar gestoten en gefluisterd dat hij trots op haar was, dat het vast een mooie baby zou worden. Alles zou goed komen. Zij hoefde zich geen zorgen te maken. Hij zou alles regelen. Hij had alles onder controle.

Ze was blind van verliefdheid geweest en kon niet meer helder denken. Ze had hem vertrouwd. Wat er was gebeurd en wat hij in haar had losgemaakt was zo overweldigend, zo spannend – *hij* was zo spannend.

Hij kwam tot stilstand, één stap verwijderd van haar gezicht. Ze zag zijn bergschoenen en de onderkant van zijn jeans, nat van de ondergroei en het lange gras.

'Godver!' riep hij en hij schopte de bladeren van haar af. 'Wel godver!'

Ze rolde zich verder op, maakte zich zo klein mogelijk, trok haar knieën omhoog in een poging haar buik te beschermen.

'Niet doen!' Ze stak haar handen in de lucht om hem af te weren. 'Alsjeblieft, ik zal geen...'

'Bek dicht.' Hij hief het jachtgeweer, zette de kolf tegen zijn schouder, legde zijn wang ertegenaan en keek naar haar over de lange, glanzende loop. Geconcentreerde blik, harde gelaatstrekken. Ogen waarin geen liefde meer te ontdekken was, geen verlangen, geen warmte.

Enkel frustratie, en een ijzeren vastbeslotenheid om deze executie uit te voeren.

I

'Sorry, meisje. Het spijt me voor je.' Sjefs ellebogen rusten op het bureau, hij zet zijn vingertoppen tegen elkaar.

Ik kijk langs hem heen door de smoezelige, in aluminium gevatte ruiten. De bomenrij langs de parkeerplaats is rood en geel verkleurd. Er ligt blad op de klinkers.

'Ik kan me heel goed voorstellen dat het rauw op je dak valt. Het is voor ons ook niet makkelijk,' hoor ik hem doorgaan, op een toontje alsof hij een zwakbegaafde tegenover zich heeft. 'We hadden hoge verwachtingen van de weekendbijlage. Daarom hebben we jou destijds aangetrokken, hè? Maar zoals je weet, hebben de adverteerders het laten afweten.'

Onder de luifel bij de ingang staan collega's te roken, hun jassen tot onder de kin dichtgeritst. De wind speelt met de rook, die om het groepje heen wervelt en langs de betonnen gevel omhoog kruipt, waar hij geleidelijk opgaat in de herfstlucht.

'... en dat betekent, zoals ik net al zei, dat er voor jou helaas geen functie meer is bij onze krant. Je contract kan niet worden verlengd. Het spijt me enorm.'

Het spijt je helemaal niet, zou ik willen zeggen. Integendeel, je geniet met volle teugen. De directie heeft me aangenomen omdat ik net afgestudeerd en dus relatief goedkoop was – *een jonge meid, energiek, fris, enthousiast.* Jij vond me te jong en onervaren. Dat heb je meteen al rondgetoeterd. Je hebt me nooit een mooi, spraakmakend artikel gegund, nooit een eerlijke kans gegeven. Jij griste de snoepreisjes voor mijn neus weg, interviewde grote namen, schreef de beschouwende artikelen. De rest verdeelde je over je vaste freelancers, mensen met wie je al jaren werkte.

Jouw kruimels waren voor mij: voorgekauwde persberichten, filmbesprekingen van vijftig woorden, suffe uittips. Zelfs die stukjes herschreef je tot ik ze zelf niet meer herkende.

En nu heb ik geen baan meer.

Door jouw schuld.

Sjef tuurt naar zijn computerscherm, zet zijn bril hoger op zijn neus. 'Ik zie dat je vanaf volgende week vrijdag vakantiedagen hebt opgenomen. Als ik de rest van je vrije dagen erbij optel, kun je in principe zo dadelijk je bureau gaan leegruimen.' Hij kijkt me nu recht aan, een gladgeschoren grijns op zijn gezicht. 'Is er nog iets wat ik voor je kan doen?'

Je hebt al genoeg gedaan.

'Nee, dank je.' Vanbinnen schreeuw ik hem de gruwelijkste verwensingen toe, maar uiterlijk blijf ik stoïcijns.

Daar ben ik goed in, gevoelens voor mezelf houden. Ik kleur zelden en als ik me rot voel, is er nooit eens iemand die me vraagt wat eraan scheelt.

Buiten beginnen de rokers aan een wisseling van de wacht. De enige vrouw in het gezelschap doet me denken aan Dianne. Ze communiceert al net zo gebarend, zet haar woorden kracht bij met haar hele lichaam. Mijn beste vriendin zou deze situatie niet lijdzaam ondergaan. Ze zou briesend over het bureau klimmen, Sjef bij zijn foute stropdas pakken en hem toeschreeuwen wat een gebakken drol hij werkelijk is. 'Wat maakt het uit,' zou ze me later, gierend van de lach, bij een flesje bier hebben gezegd. 'Wat had hij kunnen doen dan? Me ontsláán?'

Maar ik ben Dianne niet.

Ik ben Eva Lambregts. Ik klim niet boos over bureaus heen. Ik verhef mijn stem niet. Ik slik mijn woorden eerder in dan dat ik ze uitspuug.

En nu ben ik dan werkloos.

Of, zoals ik het al zo vaak eufemistisch heb horen uitdrukken: *in between jobs*.

Pas bij thuiskomst begint het goed tot me door te dringen dat ik maandag niet meer op de redactie word verwacht. Ik heb amper de kans gekregen om afscheid te nemen van mijn collega's. Het ging te snel. Verdwaasd heb ik mijn bureau leeggeruimd en ben in half verdoofde toestand naar huis gereden.

Ik pak een fles cola uit de koelkast, schenk een glas in en loop de trap op. Halverwege moet ik bukken om te voorkomen dat ik mijn hoofd tegen de verdiepingsvloer stoot. Mijn huisje is klein, met een vierkante woonkamer voor en een smal keukentje aan de achterzijde dat uitkijkt op een ommuurde binnenplaats zonder poort.

Vroeger woonden hier fabrieksarbeiders met ritsen kinderen. Ik ken de zwart-witfoto's uit het stadsarchief – bleke smoeltjes van mistroostige zielen bij de deur van hun huisjes. In deze straat kom je nu geen kinderen meer tegen. Als die geboren dreigen te worden, is de volgende stap een verhuizing naar nieuwbouw met autoluwe straten, speeltuintjes en groen.

Boven op de overloop duw ik de was opzij om bij de slaapkamer te komen. De deur klemt en begint hevig te piepen als ik hem opendoe. Dat doet hij al vijf jaar, zo lang als ik hier woon. Ik gun mezelf geen tijd voor dit soort klusjes, en op een of andere manier tref ik altijd vriendjes met twee linker-handen.

Ik plof neer op het tweepersoonsbed, trek mijn laptop van het nachtkastje op de sprei naast me en klap hem open. Recht boven mijn hoofd spatten regendruppels stuk op het dakraam.

Ik neem een slok cola en start mijn mailprogramma op. Twee nieuwsbrieven, een paar grappige filmpjes waarvoor ik nu niet in de stemming ben, een e-mail in telegramstijl van mijn vriendje Erwin – hij heeft een seminar in Berlijn en blijft daar tot dinsdag.

Als hekkensluiter floept nog een drietal mailtjes binnen van collega's. Herstel: ex-collega's. Ze hebben het nieuws van Sjef gehoord, zijn allemaal geschokt, wensen me sterkte en hopen dat ik volgende maand toch gewoon meega met het jaarlijkse personeelsuitje. *Yeah, sure.* Alsof ik daar nog zin in zou hebben.

Ik ben niet in de stemming om te reageren. Misschien doe ik dat morgen, als ik me beter voel.

2

Ik voel me niet beter. Ik voel me juist ellendiger, verwarder en bovenal nuttelozer dan ooit, na een doorwaakte nacht waarin ik mijn colaatjes ben gaan aanlengen met Bacardi totdat de fles leeg was, urenlang op de bank heb gelegen en heb gezapt van het ene naar het andere tv-kanaal. Gaandeweg werd ik steeds somberder.

Het was niet de angst om werkloos te zijn die me uit mijn slaap hield. Het was vooral kwaadheid. In eerste instantie richtte de woede zich op Sjef, maar uiteindelijk op de ware oorzaak van alles: *moi.*

Ik had al een poos het idee dat Sjef me op een zijspoor parkeerde, me misschien zelfs wel actief tegenwerkte, en ik heb er niets tegen ondernomen. Ik heb mijn artikelen geschreven en vervolgens lijdzaam toegekeken hoe hij alles uit de context rukte, met de volgorde rommelde, het aantal woorden halveerde en de ziel eruit sneed. Geen enkel stuk haalde ongeschonden de eindstreep. Waarom heb ik hem daarvoor nooit ter verantwoording geroepen? Waarom ben ik niet eerder kwaad geworden, heb ik nooit een gesprek aangevraagd met de hoofdredacteur? Wat dacht ik eigenlijk met die passiviteit te bereiken?

Tegen de ochtend ben ik ervan overtuigd dat ik het ontslag over mezelf heb afgeroepen. Mijn humeur daalt nog verder onder het nulpunt als er op de banensites die ik raadpleeg geen enkele leuke vacature in de regio te vinden is. Wel in de Randstad. Zou dat dan de oplossing zijn, vraag ik me af – kijken of ik een ander huurhuis kan vinden? In het centrum van Den Haag of Amsterdam gaan wonen, tweehonderd kilometer van mijn geboorteplaats en vrienden en familie vandaan? Weer opnieuw beginnen?

Als het een interessante baan zou opleveren, misschien dat ik zo'n stap dan zou overwegen. Maar ik geloof er niet in. Niet meer. Ik vrees dat mijn ontslag geen toeval is. Het is eerder een teken aan de wand. Ik heb weer eens een verkeerde keuze gemaakt.

Banen bij de geschreven pers lagen al niet voor het oprapen toen ik vijf jaar geleden aan de opleiding begon, nu zijn ze ronduit schaars geworden. Het krimpvirus heeft overal om zich heen gegrepen. Alles is aan het veranderen. Steeds meer mensen lezen hun nieuws online – gratis en voor niets – en als ze al verdieping zoeken en achtergronden willen lezen, kopen ze een dikke zaterdagkrant met een glanzende bijlage. Behalve dan de lezers in het verspreidingsgebied van mijn oude werkgever, natuurlijk. Die kopen helemaal niets.

Met een mok sterke koffie installeer ik me op de bank en maak mijn laptop wakker. Geen nieuwe berichten. Ook niet van Dianne.

Mijn laatste e-mail aan haar is van vier dagen geleden. Vannacht heb ik die nog eens gestuurd, voor de zekerheid. Sinds Dianne in the middle of nowhere in Frankrijk is gaan wonen – *au milieu de nulle part* in correct Frans – reageert ze niet meer prompt op e-mail en sms'jes.

Volgende week zaterdag staat al maanden in mijn agenda

genoteerd: mijn eerste echte vakantieweek sinds mijn aantreden bij de krant ga ik bij haar doorbrengen. Ik verheug me er enorm op. Nu ik verder toch niets te doen heb, spring ik net zo lief morgenvroeg al in mijn auto. Mijn in-between-jobs-periode gaat officieel pas over twee weken in. Het CWI en het UWV kunnen best nog even wachten.

Ik pak mijn mobiel van de salontafel en tik een bericht in.

HI D, WAAR HANG JE UIT? BEL/SMS/MAIL ME FF? X E.

Even blijf ik zitten kijken naar mijn mobieltje, alsof dat elk moment kan gaan zoemen. Dan sta ik op van de bank en stop het in de zak van mijn jeans. Rek me langzaam uit. Mijn lichaam vraagt om slaap, maar geef ik daar midden op de dag aan toe dan blijf ik de hele komende week uit mijn ritme.

Ik trek een windjack aan, pak mijn fiets van de binnenplaats en duw hem door de keuken en woonkamer heen de straat op.

De buitenlucht is doortrokken van de geur van vochtig beton en rottend blad. Het waait stevig en er hangen dikke wolken boven de stad. De zomer is nu definitief voorbij.

Het is nog geen kwartier fietsen naar de Seringenhof, een verkeersluw straatje in een buitenwijk. De semibungalows hebben bruine dakpannen en grenzen met de garages aan elkaar, zodat de buren weinig last hebben van elkaars geluiden. Voor de huizen staan lantaarnpalen met een schotelvormige kop en langs de stoepranden groeien Japanse sierkersbomen. Eind april bloeien ze en lang daarna ligt de straat nog vol met afstervende roze bloemblaadjes.

Ons gezin is hier tien jaar geleden naartoe verhuisd: mijn ouders, mijn twee jongere broers Charles en Dennis, en ik.

Vanuit dit huis heb ik mijn lerarenopleiding nog gedaan. Pas toen ik aan de slag kon als lerares Frans op de scholengemeenschap in de binnenstad, ben ik op mezelf gaan wonen. Dat was een jaar nadat Charles uitvloog en met zijn vriend neerstreek in Amsterdam.

Het ziet ernaar uit dat er niemand thuis is. De auto is weg en de luxaflexen zijn opengedraaid, maar niet omhooggetrokken. Als mijn ouders er zijn, kijk je vanaf de straat dwars door het huis heen, recht de achtertuin in.

Mijn moeder houdt van licht en ruimte en geeft niet om privacy. 'Ik heb niks te verbergen,' zegt ze altijd.

Ik loop het pad op naar de voordeur, zet mijn hand gekromd tegen het keukenraam en kijk naar binnen. Er staan koffiekopjes op het aanrecht en op het barretje tussen de keuken en de woonkamer ligt een opengeslagen krant.

Dé krant.

Mijn ouders zijn meteen abonnee geworden toen hun enige dochter werd gerekruteerd. Ze hoopten op voorpagina-artikelen waarover de buurt zou praten, maar ze hebben – net als ikzelf – hun verwachtingen al snel moeten bijstellen. Boven de artikeltjes die ik schreef stond vaak niet eens mijn naam, maar iets vaags als 'van onze verslaggever', of, nog erger: 'van een van onze verslaggevers'.

Voor de vorm druk ik op de bel en rammel nog even aan de loopdeur in de metalen garagedeur. Ze zijn er echt niet.

'Eva? Ben jij dat?'

Op de oprit naast die van mijn ouders staat Martha Pieters met haar ruwharig teckeltje op de arm. Onze buurvrouw draagt een lang gebreid vest met een beige broek en mocassins. Ze is ooit getrouwd geweest met een chirurg – zulke informatie vindt Martha belangrijk, ik heb het haar in elk geval al tientallen keren horen vertellen aan mensen die ze amper kende.

'Je ouders zijn er niet, hoor. Ze zijn naar de stad,' snerpt ze. 'Je vader had een nieuwe bril nodig en je moeder moest een jas ruilen.'

Over privacy gesproken. 'O, bedankt, dan zie ik ze later wel!'

Ik knik haar vriendelijk toe en haast me terug naar mijn fiets.

'Zal ik een kop thee voor je zetten? Anders heb je dat hele eind voor niets gefietst. En volgens mij gaat het regenen.'

'Dat geeft niet,' zeg ik, terwijl ik me half steppend naar de weg begeef. 'Ik fiets graag.' Ik zwaai Martha overdreven vrolijk gedag en doe alsof ik haar gesputter niet meer hoor.

Martha had gelijk wat de regen betrof. De druppels beginnen te vallen nog voor ik de straat uit ben. De hele weg naar huis blijft het regenen.

3

Het is zeven uur in de avond en de benedenverdieping ruikt naar frituurvet. Ik prop de plastic bakjes van de snackbar in de vuilnisbak, giet het restje bier in mijn keel en zet de fles in een krat op de binnenplaats. Er staan nog drie van zulke kratten opgestapeld naast de regenpijp – afgelopen zomer gebruikte ik ze als krukjes.

Ik voel me een beetje dronken, terwijl ik maar één biertje opheb. Groggy snuif ik de vochtige stadslucht op en kijk om me heen. Zieltogende viooltjes – cadeau van mijn moeder – in een balkonbak, een halfvergane deurmat met HOME SWEET HOME erop, een opgevouwen stuk vloerbedekking en dozen vol oud papier. Tussen de tegels groeit mos en gras.

Zou je een voorbijganger een wilde gok laten doen naar het type bewoner van dit adres, dan luidt het antwoord hoogstwaarschijnlijk 'student'.

Een mens voegt zich als vanzelf naar zijn omgeving, heb ik weleens horen zeggen. Aanpassen is een automatisme. Je omgeving is bepalend voor wie je bent en wat je in het leven zult bereiken. Je kunt je een poosje anders voordoen, maar uiteindelijk val je toch door de mand, omdat je nooit langdurig kunt uitstijgen boven de setting waarin je woont en werkt.

Ik vraag me nu af of het niet juist andersom is: dat mensen

onbewust de omgeving opzoeken die bij hén past. Voorlopig ben ik blij dat ik nog geen duurder huurhuis heb betrokken.

Dianne heeft nog steeds niet gereageerd. Niet per e-mail en niet via sms. Als ik haar bel, krijg ik haar voicemail. Bij ieder ander zou zo'n eenzijdige radiostilte kunnen betekenen dat de 'liefde' over is. Bij Dianne hoef ik daar nooit over in te zitten.

We kennen elkaar al bijna ons hele leven. Zij kwam met haar ouders naast ons wonen toen ik drie was. Dianne was een kop groter dan ik, bijna zes, en ze kwam dagelijks bij ons over de vloer. Dianne is enig kind van wereldverbeteraars die overal in het land demonstraties bijwoonden. *Aksievoeren* heette dat toen. Als haar ouders zich met hun al even fanatieke vrienden weer eens aan een hek van een vervuilende fabriek hadden laten vastketenen, bleef Dianne bij ons eten en slapen.

Mijn moeder was traditioneel in haar opvattingen: ze was er simpelweg altijd voor mijn broers en voor mij, en dus ook voor Dianne, haar koekoeksjong, die ze als een aangenomen dochter beschouwde. Op haar beurt wierp Dianne zich op als een grote zus, aan wie ik me kon optrekken.

Onze levens bleven met elkaar verweven, al was Dianne me vanwege het leeftijdsverschil steeds een stap voor. In dezelfde klas hebben we nooit gezeten, maar we doorliepen allebei de havo op dezelfde scholengemeenschap.

Het kwam door Dianne dat ik een opleiding tot docente Frans ging volgen. Ik had geen idee wat ik na de havo moest gaan doen, dus schreef ik me in voor de opleiding die zij toen alweer twee jaar volgde. Dianne is een poosje lerares geweest, maar heeft zich later laten omscholen tot tolk en vertaalster. Ook ik hield het al snel voor gezien nadat ik mijn eerste werkervaring had opgedaan. Ik was nauwelijks twintig en gaf les aan klassen met ongemotiveerde veertien- tot zestienjarigen. Hun ouders hadden zo ongeveer de leeftijd van de mijne, en ze namen me net zo goed niet serieus. Ik werd er bloednerveus van. Journalist zijn leek me zowel spannender als minder confronterend. Het betekende wel dat ik opnieuw een lening zou moeten afsluiten. Maar, bedacht ik destijds, door mijn goede kennis van de Franse taal en mijn leservaring zou ik me later kunnen profileren als specialist in onderwijszaken. Of ik zou 'iets' kunnen gaan doen met Franstalige landen. Dat zou niet alleen mijn kansen op de arbeidsmarkt vergroten, maar ook uitzicht bieden op een betere carrière. Tenminste, dat maakte ik mezelf wijs.

Ik kan maar beter onder ogen zien dat ik vooral uitblink in het maken van verkeerde keuzes. Als ik op deze voet doorga, ben ik op mijn dertigste nog steeds zoekende. Ik heb heel hard een goed gesprek nodig, een gesprek met iemand die me een spiegel kan voorhouden. Iemand wiens oordeel ik ter harte neem.

Er is eigenlijk maar één persoon die daarvoor in aanmerking komt – en die geeft niet thuis.

Dat Dianne écht niet thuis is, geloof ik niet. Als ze langer dan een paar dagen van huis zou zijn dan had ze me dat zeker laten weten. We hebben elkaar dan wel een halfjaar niet gezien en ons contact is beperkt gebleven tot e-mail en een sporadische sms, echt verwaterd is het niet. Daarvoor is onze band te hecht.

Er is vast een goede reden dat ze niet reageert.

Ik zal het snel genoeg te weten komen, want ik heb zojuist besloten om morgenvroeg te vertrekken.

Er klonk geen schot.

Ze voelde geen snijdende pijn.

Er was geen duistere diepte, geen zwart gat.

Ze leefde nog steeds.

Hij torende hoog boven haar uit. Met toegeknepen ogen tuurde hij over de lange loop. Het jachtgeweer wees onverminderd naar haar borst.

'Alsjeblieft,' prevelde ze.

'Niets meer zeggen, nu.'

'L-laat me alsjeblieft gaan. Alsjeblieft.'

Hij schudde zijn hoofd. 'Kan niet meer. Je hebt te veel gezien.'

Hij gaat me vermoorden.

Ik zie het, ik voel het.

Deze man was enorm belangrijk voor haar geweest. Hoe had ze zich zo kunnen vergissen? Hoe had het zover kunnen komen dat ze zo ontstellend veel van hem was gaan houden, dat ze risico's was gaan nemen en nu zijn kind droeg?

Mijn kind.

'Nee!' riep ze, buiten adem. 'Het kan wel!'

'Je rende weg.'

'Ik schrok, ik schrok gewoon. Da's alles.'

Hij snoof. Zijn stem klonk zachter, minder boos nu: 'Ik zou willen dat je het niet had gezien.'

'Het maakt niet uit.'

'Je haat me,' concludeerde hij.

'Nee! Nee, ik hóú van je.' Tranen van wanhoop stroomden over haar wangen.

Ik ben blind geweest, dacht ze. Blind en doof.

Zijn vinger lag nog steeds op de trekker. Eén kleine beweging, één spiertrekking, en het zou voorbij zijn.

'Ik z-zal nooit iets zeggen,' zei ze huilend. 'Nooit. Je moet me geloven.'

Ik zal meteen weg zijn.

Mijn kind zal later sterven, minder snel en pas lange minuten na mijn dood, als mijn hart al even niet meer pompt en het bloed gestold in mijn aderen ligt.

'Het maakt me niet uit wat je hebt gedaan,' ging ze door. 'Echt niet, ik hou van je.'

Lange tijd stond hij stil. Onbeweeglijk.

Regendruppels kwamen neer op het bladerdek en de boomstammen. Ze dropen langs de geweerloop naar beneden, bungelden onder aan de vuurmond en spatten uiteen op haar gezicht.

'We kunnen dit vergeten,' prevelde ze. 'Samen verder. Jij, ik en...' Haar ademhaling stokte. 'En ons kind.'

Ze zag zijn kaken verstrakken, een glimp van onzekerheid in zijn ogen, twijfel. Zijn blik boorde zich in de hare, groef zich een weg door haar wankele pantser naar binnen toe, op zoek naar de waarheid.

En keek uiteindelijk dwars door haar heen.
Hij zette zich schrap en haalde de trekker over.

4

Erwin is niet blij. Het Duitse seminar is dusdanig slaapverwekkend dat hij een paar dagen eerder naar huis komt. Vandaag dus. Dat sms'te hij me toen ik al lang en breed op de *périphérique* reed – *périf* in de Franse volksmond – en de Eiffeltoren als een zilveren schim uit de gebouwenmassa in de verte zag oprijzen. Vlak erna verdween het bekendste landmark ter wereld achter een betonnen geluidswal uit het zicht en dook ik de zoveelste tunnel in, ingesloten door vrachtwagens, de lichten van mijn Citroën aan.

Op de zitting naast me trilt mijn mobiel opnieuw. Ik negeer het.

Voorlopig heb ik mijn handen vol aan medeweggebruikers die me links en rechts passeren, de talloze op- en afritten, de wirwar aan borden die boven de vierbaansweg hangen en de plotseling in mijn spiegel opduikende, zigzaggende motoren die me rakelings passeren.

Volgens het navigatiesysteem, dat me voor de gelegenheid in het Frans te woord staat, is het vanaf dit punt nog vijfenhalf uur naar Diannes huis. Of beter gezegd: naar het gehucht waarvan haar huis deel uitmaakt, want Dianne heeft geen adres.

In Franse plattelandsregio's zijn straatnamen en huisnummers niet gangbaar. Via de vijfcijferige postcode komt de post in elk geval terecht in het dorp waar het gehucht onder valt. De naam van het gehucht fungeert feitelijk als straatnaam, zo heeft Dianne me verteld, omdat het gros van zulke minidorpjes bestaat uit maar een vijf- tot tiental huizen. De postbode kent de bewoners van naam, wat huisnummers overbodig maakt.

Ik blijf het een merkwaardig systeem vinden.

Voor me strekt zich een kaarsrecht stuk asfalt uit. Ik gris mijn mobiel van de zitting en kijk snel op het schermpje.

BALEN. HAD VANAVOND FF BIJ JE WILLEN BINNEN-WIPPEN ☺ YOUR LOSS! X-JE ER

Aan Erwins zelfvertrouwen mankeert nog altijd weinig.

Glimlachend vraag ik hem zijn libido op te sparen tot ik terug ben, vandaag over twee weken.

Als het beton aan weerszijden van de snelweg heeft plaatsgemaakt voor een herfstig heuvellandschap, heb ik meer dan de helft van de reis erop zitten. Parijs ligt definitief achter me – nog ruim vijfhonderd kilometer te gaan.

Ik vind het niet erg om lange stukken te rijden. Vroeger reden we elke zomer naar een camping in Frankrijk of Italië. In tegenstelling tot mijn broers, die elkaar tijdens zulke tochten continu in de haren zaten en verbeten oorlogen uitvochten over hun achterbankterritoria, vermaakte ik me altijd prima. Ik had een levendige fantasie en stelde me voor dat ik op reis was in dat berglandschap dat we in vliegende vaart passeerden, niet per auto, maar op de rug van een gevleugeld paard. Op andere momenten zakte ik zo ver mogelijk onderuit op de achterbank om naar de wolken te turen, die allemaal een eigen verhaal vertelden. Boeken las ik ook, ik nam stapels mee. De meeste had ik al uit voor we op de plaats van bestemming aankwamen.

Maar nu kan ik niet wegduiken in een dik boek of naar de wolken staren. Op het lange, saaie stuk asfalt naar Orléans dood ik de tijd met het leegeten van een koker Pringles, luisteren naar de radio en sms'en. Erwin zit net als ik in de auto. Zijn berichtjes worden steeds explicieter en glimlachend stuur ik hem plagerige woordjes terug.

Hoewel we elkaar pas drie maanden kennen, vind ik het geen ramp dat ik Erwin de komende tijd niet zie. Onze relatie doet prettig licht en vrijblijvend aan. Erwin ziet er beslist goed uit met zijn donkere haar en lange lijf en ik kan het ook buiten de slaapkamer prima met hem vinden, maar echt diep gaat het allemaal niet. Vlinders heb ik nooit gevoeld.

Misschien, denk ik nu, wachten we allebei wel onbewust tot er iets beters langskomt: die woest aantrekkelijke Ware die de grond doet beven en wiens blik smeulende vulkanen tot uitbarsting brengt – ik grinnik bij de gedachte. Tot het zover is, houden we elkaar gezelschap, zodat we niet alleen zijn als de Ware tóch een verzinsel blijkt te zijn.

Zo zie ik het. En al hebben Erwin en ik het er nooit nadrukkelijk over gehad, ik weet vrijwel zeker dat voor hem hetzelfde geldt. Ik heb hem dan ook nog niet laten weten dat ik ontslagen ben. Eerst wil ik deze time-out nemen, mijn vakantie benutten om dingen op een rij te zetten: wat ik kan, wat ik wil, en welke stappen ik hierna ga zetten. Ik weet dat Dianne me daarbij kan helpen.

Ik ken niemand die zo gedreven is als zij, die zo'n sterke focus en wilskracht heeft dat die afstralen op de mensen in haar omgeving. Zo is ze altijd geweest, zolang ik haar ken. Vroeger stortte ze zich al vol overgave op alles wat haar interesse wekte, of dat nou een project was voor kinderen in Mali – waar onze school jaarlijks geld voor inzamelde – of de zeventiende-eeuwse schrijver en dichter Jean de la Fontaine, wiens oeuvre op de opleiding Frans werd doorgenomen. Stilzitten kon ze niet. Had ze even geen werk, dan maakte ze zich nuttig als vrijwilligster in het bejaardenhuis, jeugdcentrum of dierenasiel.

Als ik eerlijk ben, moet ik toegeven dat ik in het afgelopen halfjaar niet alleen Dianne zelf enorm heb gemist, maar vooral haar steun en onuitputtelijke energie. Ik kan geen betere time-out bedenken dan een bij Dianne op het Franse platteland.

Het zou alleen wel handig zijn als ze nu eens iets van zich liet horen. Vanaf vanmorgen heb ik haar vrijwel elk uur geprobeerd te bereiken, maar haar gsm staat nog steeds uit.

Straks is ze écht niet thuis. Wat dan?

5

De avond is ingevallen als ik door het plaatsje rijd waar Diannes gehucht, Le Paradis, in de buurt moet liggen. Het is een doorsnee Frans dorp zoals je ze veel ziet in deze regio: de huizen hebben beige of grijs gestuukte gevels en staan zo'n beetje tegen de smalle trottoirs aan gebouwd. De hoofdstraat wordt geel verlicht door straatlantaarns, maar maakt een uitgestorven indruk. Er is geen mens buiten. Alle luiken zijn gesloten. Dicht zijn ook de weinige winkels die het dorp telt, maar het is dan ook zondagavond.

Veel vertier lijkt er niet te zijn voor de dorpelingen. Bij binnenkomst viel me een postkantoortje op, daarna passeerde ik een bakker, een slager en een apotheek met een groen verlicht kruis aan de gevel. Verderop rijd ik langs een buurtsuper. Pontificaal voor de winkelruit staan metalen rekken met gasflessen geparkeerd, ze zijn vastgezet met kettingen.

Dus hier doet Dianne haar boodschappen, denk ik terwijl ik langzamer ga rijden om het schemerige dorp beter in me op te kunnen nemen. Dit is nu haar plek, haar thuis, twaalfhonderd kilometer verwijderd van onze oude woonplaats.

Ik had me er iets heel anders bij voorgesteld. Toegankelijker, kleurrijker. Vriendelijker, misschien. Het zou aan het weer kunnen liggen – zonnig is het vandaag bepaald niet geweest. De herfst heeft ook Frankrijk stevig in zijn greep.

Het schijnsel van mijn koplampen strijkt over een kerkje van kalkzandsteen. Daarnaast ligt een restaurantje, annex bar, annex tabakswinkel. Binnen branden tl-lampen en er hangt een ouderwetse tv met een flikkerende beeldbuis boven de bar. In het voorbijgaan zie ik mensen zitten. Mannen, overwegend donkerharig, met geruite hemden en bodywarmers. Hun gezichten kleuren grauw in de tl-verlichting. Ze zijn de eerste levende zielen die ik spot in de afgelopen twintig, misschien wel dertig kilometer.

Een van hen merkt me op en stoot zijn buurman aan. De rest kijkt nu ook. Ze volgen mijn stapvoets rijdende auto met half toegeknepen ogen.

Meteen kijk ik voor me en duw het gaspedaal verder in.

Er komen hier vast weinig mensen van buiten. En al zeker geen automobilisten met een opvallend geel, Nederlands kenteken.

Buiten de bebouwde kom sla ik een weggetje in dat tussen donkere naaldbossen door een heuvel op kronkelt. Het is aardedonker. De koplampen verlichten de weg, die deels uit de rotsen is gehakt en op andere stukken uit de kleilaag gegraven. De steile wanden zijn begroeid met varens. Ze zijn dor en bruin in dit jaargetijde.

Het landschap is een voortzetting van wat ik het afgelopen uur heb gezien: heuvels, rotswanden, heel veel bossen, flauwe hellingen met akkerland, veel stoppelvelden en stukken land vol zonnebloemen met dorre, hangende koppen. Hier en daar witblonde koeien, natgeregend en suffig herkauwend onder loofbomen waarvan de bladeren rood en bruin en geel kleuren. Sporadisch passeer ik een boerderij of een kleine woning.

Dianne heeft me meer dan eens gezegd dat ze terug naar de natuur wilde. Ooit zou ze op een plek gaan wonen die zo ver mogelijk vandaan ligt van de gonzende consumptiemaatschappij, waarin volgens haar iedereen zich de wet laat voorschrijven door de tv en de bladen. Daarin was ze consequent in het laatste jaar voor haar emigratie: nog langer in de stad blijven rondhangen was geen optie.

Ik denk terug aan een van de mails die ze stuurde toen ze hier pas woonde. Ze had er foto's bij gedaan van haar huisje en liet me weten dat het hier 'geweldig' was en ze 'inspirerende nieuwe vrienden' had gemaakt.

Blijkbaar heeft ze hier haar draai gevonden, al kan ik me daar nu niets bij voorstellen. Misschien is Dianne in haar diepste wezen toch meer een natuurmens dan ik dacht. Ze is in elk geval zo'n beetje pro alles wat met milieu en natuur te maken heeft. In Nederland was ze lid van Greenpeace en een paar milieuorganisaties, at ze biologisch en heeft ze, net als haar ouders, nooit een hap vlees binnengekregen – ter compensatie stopte mijn moeder haar vol met walnoten en gekookte eieren. Maar precies hetzelfde gaat op voor hele hordes mensen die er toch niet aan moeten dénken om hun stadsappartement te verruilen voor een bestaan *au milieu de nulle part.*

6

Diannes oprit ligt aan een smal asfaltweggetje, halverwege een heuvelrug. Ik zou hem zomaar voorbijgereden zijn als ik haar routebeschrijving niet bij de hand had gehad. De oprit is amper als zodanig herkenbaar, die maakt eerder de indruk van een karrenspoor. Voorzichtig draai ik de auto het pad op. Stapvoets rijd ik omhoog.

De sporen zijn modderig. Ze liggen vol met losse stenen die de veerkracht van de banden testen. In het midden groeit gras en onkruid en nu en dan schuurt iets houtachtigs tegen de onderkant van de auto. Een dichtbegroeid bos van loofbomen en sparren sluit zich als een gewelf over het pad.

Ik klim nog steeds, er lijkt geen einde te komen aan dit hobbelige karrenspoor. Slierten nevel kruipen op uit het struikgewas en blijven boven de bodem hangen. Ik druk een gevoel van onbehagen weg en prent mezelf in dat de vermoeidheid me parten speelt. Het is een lange reis geweest, ik heb veertien uur achter het stuur gezeten. Overdag oogt het hier vast heel idyllisch en sprookjesachtig.

Ik kom uit op een redelijk vlak en open stuk land. Aan mijn rechterhand maakt de bosrand een flauwe bocht naar beneden. Links van me en recht voor me uit ligt een glooiend stoppelveld, groot en uitgestrekt. Het karrenspoor leidt me rechtsaf, naar een lagergelegen en met steengruis verhard erf. Er staan twee gebouwen in het verlengde van elkaar, de muren besmeerd met specie. Aan de overkant van het erf, tegen het veld aan, staat een kleine hangar. Midden op het erf zet ik mijn auto stil. Ik staar naar de donkere gebouwen. Het grootste moet een schuur zijn. Het kleinere gebouw herken ik van de doorgemailde foto's als Diannes huis.

Ik stap uit. Het eerste wat me opvalt is de stilte. Geen autogeronk, geen vliegtuig, geen stemmen, muziek of een blaffende hond, geen geknetter van scooters, niet eens vogels. Niets. Hier heerst volledige geluidloosheid in het blauwachtige schijnsel van de maan.

Ik blijf staan en neem het huis in me op. Het lijkt meer een eenvoudig soort herenhuis dan een boerderij. Ontdaan van allure, spartaans bijna, rechthoekig en ondiep. Het bescheiden gebouwtje heeft witte hoekstenen, met in dezelfde lichte steen omlijste ramen. De luiken staan open. De voordeur is pal in het midden, een paar met onkruid doorschoten betonnen treden ervoor. In het huis zie ik een zwak licht branden.

Ik loop naar de voordeur, zie geen bel en laat mijn vuist twee keer op het verweerde hout neerkomen. Het geluid draagt ver in de mistige heuvels. Vergis ik me of hoor ik een echo van mijn eigen geklop? Ik draai me om. Achter mijn auto doemt de hangar op als een donkere massa in het maanverlichte landschap. Ik bonk nogmaals, nu harder.

'Dianne! Hallo? Ik ben het, Eva!' Er weerkaatst een vage echo van mijn geroep uit het bos.

Ik veeg het vuil van een van de ramen en kijk naar binnen. Het duurt even voor mijn ogen aan het donker gewend zijn. Dan zie ik een tegelvloer, met lichtgekleurd behang beplakte muren en een laag balkenplafond.

Ik zie niets bewegen.

Er ligt een brede, betonnen strook rond de woning. Ik stap erop en loop, op mijn hoede, naar de achterkant van het huis.

De bosrand ligt hier dichtbij en lijkt nog donkerder. Onwillekeurig kijk ik over mijn schouder voor ik de klink van de achterdeur probeer. De deur is op slot. Het licht in de keuken is wel aan; een wandlamp met een laag wattage die de ruimte zacht verlicht.

Ik tik met mijn nagels op het dunne glas van de achterdeur. Twee keer, drie keer. Er gebeurt niets.

Het lijkt erop dat Dianne echt niet thuis is. Ik pak mijn mobieltje uit mijn jaszak. Halfnegen. Zou ze uit eten zijn? Of bij vrienden?

Ik mag van mezelf niet meteen aan het ergste denken. Er zijn zoveel redenen te bedenken waarom haar telefoon niet aanstaat en ze haar e-mail niet beantwoordt. Het hoeft niet iets ernstigs te zijn. Misschien is er iets mis met het telefoonnetwerk, of heeft haar laptop een virus opgelopen. In deze regio liggen de computernerds vast niet voor het oprapen.

Voor de vijftiende keer vandaag probeer ik haar mobiele nummer. Geen gehoor, het ding staat uit. Ook Diannes telefoon kan natuurlijk kapot zijn, bedenk ik. En misschien heeft ze zich nog geen tijd gegund om een nieuwe te kopen. Of wil ze helemaal geen nieuwe, wars als ze de laatste tijd is van alles wat met technologie en commercie te maken heeft. Misschien is het gewoon een geldkwestie. Dat zou me niets verbazen.

Door het vuile raam zie ik een keukenblokje met een lage gootsteen met kastjes en gordijntjes eronder, een vierpits gasstel met een klep en een houten keukentafeltje vol vlekken, alsof het uit een werkschuur is geplukt. Er staan stoelen omheen waarvan er geen twee hetzelfde zijn. Dit huis ontbeert alle luxe.

Niet dat comfort ooit een prioriteit is geweest voor Dianne. Maar toch. Dit is wel heel armoedig.

Onrustig kijk ik om me heen. Wat nu? Wachten? Misschien komt ze vanavond wel niet meer thuis.

Dan moet ik denken aan de plaats waar mijn moeder vroeger steevast de sleutel van de achterdeur verborg. Ik kijk om me heen, maar er is nergens een bloempot te ontdekken. Bij de achterdeur staat een houten krat met lege flessen. Als ik het wegschuif, maken de flessen een rinkelend geluid. Er ligt niets onder.

Ik recht mijn rug en draai me om naar het bos. De bosrand ligt onaangenaam dicht bij de achterzijde van het huis en oogt als een inktzwarte schaduw, massaal en dreigend. Ik begin te neuriën, een nogal verkrampte poging om mijn angst te bezweren.

Mijn blik valt op een paar grote keien die een stukje van de achterdeur vandaan liggen, op de scheiding van de betonnen rand en het gras. Ik rol er een van zijn plek. Krioelende beestjes zoeken een heenkomen; ik neem aan dat het pissebedden zijn, maar weet het niet zeker. Het gebrek aan licht speelt me parten. Onder de tweede steen meen ik slakken te ontdekken. Instinctief kijk ik weer om naar het bos. Nevelslierten kruipen uit het kreupelhout op naar het huis. Nog even en ik sta tot mijn knieën in de laaghangende mist. Ver weg hoor ik een hond janken.

Wat doe ik hier eigenlijk?

Tegen de muur, op een paar passen van de achterdeur, staat een ijzeren gieter. Laatste poging: als er geen sleutel onder ligt, dan stap ik in mijn auto en ben ik weg. In geen geval blijf ik nog langer rond dit huis sluipen. Honderd tegen één dat ik er morgen bij daglicht heel anders tegenaan kijk en ik me schaam voor mijn eigen angst, maar nu lijkt die heel gerechtvaardigd.

Ik til de gieter van zijn plek. Het metaal is glad van het vocht en het ding voelt zo koud aan dat het wel bevroren lijkt. Geen sleutel, alleen nat beton en nog meer krioelende beestjes.

Als ik de gieter terugzet, klinkt er een schurend geluid uit zijn binnenste. Ik schuif mijn mobieltje open en laat het zwakke licht erin schijnen. Op de bodem ligt een sleutel, zilverkleurig met een plastic labeltje eraan.

Tien tellen later sta ik binnen.

7

Ik moet me over het gevoel heen zetten dat ik haar privacy schend, dat ik feitelijk bij Dianne inbreek, maar dan zonder braaksporen of de intentie om iets mee te nemen. Diannes vorige huis – een flat aan de rand van de stad – ken ik van-binnen en vanbuiten. Dit huis is totaal vreemd voor me. Tot vanavond waren de foto's die Dianne me heeft doorgemaild het enige beeld dat ik ervan had.

Schoorvoetend sluit ik de deur achter me af en loop door naar de woonkamer, die in open verbinding staat met de keuken. Ik knip het licht aan. 'Dianne?' roep ik tegen beter weten in. 'Dianne? Ik ben het!'

De vertrekken worden gescheiden door een muur, waar-tegen aan de kant van de woonkamer een trap is bevestigd. Het ruikt typisch, naar een combinatie van verbrand hout en de geur die een regenbui op straat achterlaat. De voor-deur blijkt rechtstreeks uit te komen in de woonkamer. Die is gemeubileerd met spullen die van een stortplaats afkom-stig lijken: een smoezelig kleed, een salontafel van een onbe-stemde kleur en twee totaal verschillende slaapbanken. Ik herken geen van de spullen.

Ik heb er moeite mee me voor te stellen dat Dianne hier woont, dat dit werkelijk haar nieuwe huis is. Het oogt zo an-ders, zo uitheems. Het lijkt in niets op de huizen die ik gewend ben. Het kan niet anders of Dianne is in het huis getrokken zoals ze het heeft aangetroffen en ze is nog niet toegekomen aan de inrichting. Waarmee zou ze het zo druk hebben gehad?

Net als ik begin te twijfelen of dit haar huis eigenlijk wel is, valt mijn oog op het prikbord in de keuken. Er zijn zoveel folders, rekeningen, ansichtkaarten, notities en foto's op geprikt dat er geen plekje kurk meer zichtbaar is. Ik herken een print van een portret van ons samen, lachend en zongebruind, zonnebrillen boven op ons hoofd, vorig jaar zomer gemaakt met haar mobieltje. Tot kort geleden was die foto mijn avatar op Hyves. Achter een kortingsbon van de supermarkt hangt een vergeelde foto van haar ouders, van toen ze nog bij elkaar waren. Ik kom geen brief of notitie tegen die haar afwezigheid verklaart.

Nieuwsgierig loop ik de trap op. De treden buigen lichtjes door onder mijn voeten en kraken zacht. Boven wordt het gevoel sterker dat ik iets doe wat niet mag. Op de tast vind ik de lichtschakelaar. Een spaarlamp op de overloop reageert vertraagd, maar geeft voldoende licht om alles te overzien. Er komen drie deuren uit op de gang.

Ik duw de eerste open: een vooroorlogse badkamer die vaag naar schimmel ruikt. De ruimte is raamloos en van de vloer tot aan het plafond betegeld in een afstotelijk bruin-met-groen dessin. De volgende deur komt uit in een L-vormige slaapkamer met plankenvloer. Er staan een linnenkast en een twijfelaar en het enige raam zit aan de voorzijde, met dikke vitrage ervoor en een bruin gordijn tot op de grond. De kamer ruikt muf en het is hier kouder dan in de rest van het huis. Hij wordt waarschijnlijk weinig gebruikt.

Ik loop terug langs de badkamer en de trap om de derde en laatste deur te openen. Terwijl ik mijn hand uitsteek naar de deurklink, blijft mijn arm als bevroren in de lucht hangen. Roerloos blijf ik staan. Zomaar, uit het niets, treft me het besef dat Dianne wel degelijk thuis zou kunnen zijn.

Mijn hart klopt hoog in mijn borst. Ik kijk naar de klink, naar mijn vingertoppen die beverig in het luchtledige wachten op aansturing.

In een snelle beweging grijp ik de klink en zet de deur op een kier. Ook deze ruimte is koud, maar lijkt een paar graden warmer dan de slaapkamer van daarnet. Voor mijn voeten strekt zich een onbehandelde plankenvloer uit. Mijn hand glijdt langs de deurpost, zoekt en vindt een lichtknop en zet die om. Voorzichtig duw ik de deur verder open, centimeter voor centimeter.

Het is een slaapkamer. Aan de rechterkant, pal onder een raam, staat een slordig opgemaakt tweepersoonsbed. Er ligt niemand in. Langzaam blaas ik mijn ingehouden adem uit. Ik doe een stap naar voren, sla mijn armen om me heen en loop door de kamer heen. De plankenvloer kraakt onder mijn gewicht.

Een bijzettafel naast het bed doet dienst als nachtkastje en biedt plaats aan een digitale wekker, rommeltjes en een beduimeld Frans tijdschrift. Onder het bed zie ik een paar teenslippers en door de hele kamer liggen hoopjes kleding. Ik herken Diannes lievelingstrui, lichtgroen met een V-hals.

'Waar ben je?' fluister ik voor me uit.

De ruimte heeft twee ramen, één bij het bed aan de achterzijde van het huis, en een aan de voorkant. Ik loop naar voren en schuif het gordijn opzij. Op het erf zie ik de donkere contouren van mijn auto. De maan laat de lak glanzen en legt een blauwig schijnsel over de hangar en de achtergelegen stoppelvelden. Ver daarachter, een flink stuk heuvelafwaarts, steekt gitzwart een bosrand af.

Ik kijk op mijn gsm. Het is bijna negen uur. Het zou verstandig zijn als ik een hotel ging zoeken, alleen heb ik hier in de buurt nergens een hotel gezien of zelfs maar reclameborden langs de weg die daarnaar verwijzen.

De Etap- en Formule 1-hotels die ik eerder vanavond ben gepasseerd, liggen een flink stuk terug op de route en ik weet vrijwel zeker dat die 's avonds onbemand zijn. Zonder creditcard kan ik waarschijnlijk niet eens inchecken.

Waarom zou ik eigenlijk naar een hotel gaan? Eten hoef ik pas weer morgenvroeg, ik zit nog vol van de Pringles, cola en chocola. En ik maak me vast ongerust om niets. Dianne is nooit zo'n organisatietalent geweest. Straks komt ze gewoon thuis en dan ben ik liever hier om met haar een biertje te drinken, dan alleen met mezelf en dodelijk ongerust in een hotelkamer.

Via de voordeur loop ik het erf op, til mijn weekendtas uit de kofferbak en sluit mijn auto af. Het is fris, koud bijna, de wind is in kracht toegenomen en ik haast me terug naar binnen. Ik zeul de tas de trap op en duw met mijn schouder de deur van de L-vormige slaapkamer open.

Of ze vanavond thuiskomt of niet, Dianne zal het vast niet erg vinden als ik vannacht hier blijf.

8

We waren net wezen zwemmen en lagen op onze rug in het gras. Druppels verdampten op onze huid. We roken naar wier en stilstaand water.

'Ik wou dat jij mijn zus was,' zei Dianne.

'Dat ben je toch.' Ik gaf speels een duwtje in haar zij. 'Soort-van. We zijn toch soort-van-zussen.'

Ze keek me indringend aan. 'Ik meen het.'

Ik schrok een beetje van de plotselinge geladenheid en wist niet goed waar ze heen wilde. Dus wachtte ik af.

'Zussen blijven altijd bij elkaar, wat er ook gebeurt,' ging ze verder. 'Vriendinnen niet.'

Diannes gezicht was roodverbrand. Ze had een dunne huid. In de zomer kreeg ze altijd sproeten: grote, oranje sproeten op haar neus en voorhoofd. Ze haatte dat.

Ik vond ze mooi. Ik vond alles aan Dianne mooi.

Ze was twaalf, had al een beetje borsten en zou na de zomer naar de eerste klas van de havo gaan. Ik ging naar groep zeven en had nog helemaal niets. Ook geen spannende vooruitzichten.

'Hoe kom je daar nou bij?' vroeg ik.

'Het ís zo! Zussen wonen in hetzelfde huis. Ze hebben dezelfde ouders. Een bloedband. Dus blijven ze altijd bij elkaar. Da's anders dan vriendinnen. Vriendinnen kunnen uit elkaar gaan.'

'Wij niet.'

Om ons heen speelden kinderen, jaren jonger dan wij. Hun moeders waren verdiept in een tijdschrift of in de weer met hun kroost. Een paar jaar later zouden Dianne en ik ons kamp verleggen naar plekken waar geen parasols en luiertassen meer stonden, maar sixpacks bier en blikjes cola. Plaatsen langs de rand van het park, verder weg van het water en in de schaduw van de bomen, waar de muziek luider klonk.

Nu voelden we ons hier nog prettig, op onze vaste stek waar ik deze zomer voor het eerst zonder mijn ouders naartoe had mogen fietsen. We kwamen hier al zolang mijn herinnering terugging. En ver daarvoor: ik heb foto's gezien van mezelf als baby in een reisledikantje, op dit veldje, met de rood-witte slagboom vaag op de achtergrond.

Dianne haalde diep adem en zei: 'Als ik ergens anders ga wonen, zien we elkaar nooit meer. Dan komen we elkaar later in de stad tegen, als we allang groot zijn en getrouwd, en dan weten we niet eens meer dat we vriendinnen waren.'

Ik was met stomheid geslagen. 'Tuurlijk wel! Waarom zeg je dat?'

'Misschien gaat mijn vader ergens anders wonen. Of mijn moeder.'

Ik schrok. 'Hebben ze ruzie?'

Dianne keek van me weg, trok een velletje van haar duim. 'Mijn moeder zei dat ze nog liever in een lekke pipowagen woonde dan nog langer met hem onder één dak. Ze zei dat ze hem haatte en dat-ie dood kon vallen. En m'n vader zei dat ze dan maar moest oprotten.'

'Gaan ze nou scheiden?'

'Ik denk het.'

Ik ging rechtop zitten. Gingen Diannes ouders uit elkaar? Hoe moest dat dan met Dianne en mij? Ik wilde niet dat ze wegging, ik kon haar niet missen. 'Zeiden ze niks over jou?' vroeg ik.

'Nee.'

'Weet je zeker dat jullie weggaan? Misschien blijft je vader of moeder wel gewoon naast ons wonen?'

'Misschien.' Ze haalde haar schouders op en keek er ongelukkig bij. 'Ik wil niet weg. Ik wil niet wéér in een ander huis gaan wonen. Het liefst zou ik bij jullie blijven.'

Ze zocht mijn hand. Ik pakte hem vast. We knepen tegelijkertijd en drukten steeds harder, steeds steviger.

Het begon zeer te doen. Toch trok ik mijn hand niet terug. Het vervulde me van trots dat Dianne zo graag bij me wilde zijn.

'We kunnen proberen zussen te worden,' fluisterde ze. 'Echte zussen.'

'Hoe dan?'

'Als dat zou kunnen, zou je dat dan willen?'

'Ja. Meteen.'

'Ook als het zeer zou doen?'

Ik knikte.

'… en het heel erg zou bloeden?'

Ik knikte al iets minder enthousiast. Waar ging dit heen? Wat wilde ze? Konden we echt zussen worden? Hoe dan?

Met een heimelijke blik in haar ogen rolde ze op haar buik. Ze trok haar strandtas naar zich toe en begon erin te zoeken. 'Je moet me beloven dat je niet schrikt,' zei ze zacht.

Met grote ogen keek ik toe hoe ze iets blinkends uit de tas haalde. De zon schitterde op het gladde oppervlak.

Ze hield het in haar hand, net boven de badhanddoek en achter de strandtas, zodat geen van de moeders om ons heen het kon zien.

Het was een aardappelschilmesje.

9

De duisternis is volledig. Er is geen enkel verschil of ik mijn ogen opensper of ze sluit. Het beeld blijft zwart. Gealarmeerd bevoel ik het koude nachtkastje, vind mijn mobiel en schuif hem open. Het schermpje straalt een flauw licht uit. Aan mijn zicht mankeert niets. Door geknepen oogleden kijk ik hoe laat het is. Drie uur in de nacht.

De enige warmtebron die ik heb ontdekt voor ik ging slapen is een gietijzeren houtkachel in de woonkamer, een oud ding met zwartgeblakerde ruitjes. Hij staat tegen de blinde muur, op een plateau met beige tegels. Het leek me dat de kachel volop in gebruik was – er lag as in de la en op het rooster – maar in het huis zag ik nergens hout liggen en het was geen aantrekkelijke gedachte om buiten in het donker te gaan zoeken.

Nu wreekt zich dat. Mijn benen en armen zijn stijf van de kou en mijn tenen lijken wel bevroren, net als het puntje van mijn neus. De sprei en bovenste dekens zijn van het bed gegleden. Ik vind ze op de tast, pluk ze van de grond en trek ze over me heen.

Ik gaap langdurig en wil me juist omdraaien om verder te slapen als ik een lichtflits zie. En opnieuw. Een vaag schijnsel schiet heen en weer over de muur, dan is het weg.

Onder vier lagen dekens slaat mijn hart een slag over. Het

onweert niet, ik hoor geen harde wind of regendruppels. Het is nog steeds even stil als toen ik in slaap viel. Zouden het koplampen zijn?

Komt Dianne thuis?

Ik spring uit bed en ben in een paar passen bij het raam. Eerder vanavond gaf dat een adembenemend uitzicht over het glooiende veld en het verderop gelegen bos. Nu de maan zich schuilhoudt is zelfs het erf nog amper waarneembaar. Ik kan me niet herinneren dit ooit te hebben ervaren, die absolute, genadeloze stilte en al even absolute duisternis. Opnieuw overvalt me de intensiteit ervan, nog heviger dan bij aankomst.

Er flitst weer licht door de kamer, zo fel en zo onverwacht dat ik met een gil van het raam wegspring en steun zoek bij de muur. Zo snel als het kwam, is het verdwenen. Alles is weer donker. Stokstijf blijf ik staan.

Wat was dat?

Geen auto of motor, dat is zeker.

De houten vloer voelt ruw en koud onder mijn blote voeten. Ik begin te bibberen.

Na minutenlange stilte en duisternis durf ik weer naar buiten te kijken, door de spleet van de gordijnen. Dan zie ik waar het licht vandaan komt: een smalle bundel die ontspringt ter hoogte van het bos – *in* het bos?

Er dringt zich een verhaal op dat ik als kind heb gelezen en dat veel indruk op me heeft gemaakt. Het ging over dwaallichten. Eenzame, ronddolende lichtjes die in bossen en moerassen verdwaalde reizigers naar zich toe lokten en in de problemen brachten, bijvoorbeeld door hen naar drijfzand te leiden. Volgens het bijgeloof zouden het de zielen zijn van doodgeboren kinderen en zou het zien van een dwaallicht onheil aankondigen.

Het is onmogelijk te zeggen op welke hoogte het licht

zich bevindt; het terrein is heuvelachtig en ik kan me niet meer goed voor de geest halen of het daar in de verte omhoog of juist naar beneden glooide.

De bundel flitst mijn kant op.

In een reflex duw ik de gordijnen voor mijn neus tegen elkaar. *Waarom ben ik niet gewoon naar een hotel gegaan?*

Ik moet proberen helder na te denken, me niet te laten leiden door mijn angst. Het licht is buiten, ver van het huis vandaan, en het is heel goed mogelijk – aannemelijk zelfs – dat dit huis niet met opzet wordt beschenen. Een lichtbundel draagt gewoon ver. In of bij dat bos loopt vast iemand rond met een zaklamp, meer is het niet en meer moet ik er ook niet achter zoeken.

Ik vraag me af hoe Dianne hierop zou reageren. Ze is een stuk impulsiever dan ik, en veel moediger. Zou zij naar buiten gaan om poolshoogte te nemen? Nee, natuurlijk niet. Daarvoor is geen enkele reden. Misschien woont daarginds wel iemand die buiten hout moet halen of bij zijn dieren gaat kijken – ook al is het drie uur 's nachts.

Dit is niet jouw zaak, Eva, zeg ik tegen mezelf. Niet jouw probleem. Je bent in een vreemd land en in een onbekend huis. Wat het ook is, met jou heeft het niets te maken.

Trillend loop ik terug naar bed, kruip weer onder de dekens en trek ze op tot aan mijn kin. Met mijn ogen wijd open blijf ik naar het plafond liggen staren. Stijf van de adrenaline, mijn oren gespitst op elk geluid. Ik vecht tegen de aandrang om Erwin een sms te sturen – hij kan niets voor me doen en zou zich alleen maar ongerust maken.

Als kind lag ik regelmatig klaarwakker in bed, mijn ogen half toegeknepen, loerend naar schaduwen boven de kast of bij het raam. Evenals de steeds veranderende wolkenpartijen tegen een blauwe lucht vertelden ook zij een verhaal. Maar de schaduwverhalen waren heel anders van toon –

grimmig en bedreigend. Als het me te veel werd, sprong ik uit bed en trok ik een sprint naar de slaapkamer van mijn ouders. Dan hield mijn moeder slaapdronken het dekbed omhoog, alsof ze allang wist dat ik zou komen, alsof ze op me had liggen wachten. In de zachte kussens en met mijn moeders geruststellende warmte zo dichtbij trok de angst snel weg en viel ik in slaap.

Mijn moeder is hier niet en ik pieker er niet over om haar te bellen. Ik ben zevenentwintig, geen zeven meer, en zij heeft het momenteel druk genoeg met zichzelf. Mijn ouders zijn al bijna dertig jaar samen. Je zou denken dat mensen na zo'n lange tijd perfect op elkaar zijn ingespeeld, een geolied mechanisme vormen waarvan de tandwielen routineus in elkaar grijpen. Maar de duur van een huwelijk blijkt daarvoor geen garantie te zijn. Sinds mijn jongste broertje Dennis in Nijmegen is gaan studeren, is de sfeer in huis gespannen. Mijn moeder zit mijn vader continu op de huid. Hij kan niets meer goed doen, alsof het zijn schuld is dat zij zich rot voelt.

Ik heb sterk de indruk dat mijn ouders bij elke verandering van de routine hun relatie opnieuw onder de loep nemen. Het is niet hun eerste crisis, ik kan me meer spanningen heugen: toen mijn vader stopte met zijn baan als accountant en aan huis ging werken, hadden ze de eerste maanden continu ruzie. Problemen ontstonden er ook na elke nestverlater die zijn vleugels uitsloeg.

Toch ervaar ik deze crisis wel als de ergste van allemaal. Mam heeft haar draai nog steeds niet gevonden, maar misschien is dat te veel gevraagd. Het vertrek van Dennis is nog zo vers.

Ik ken mijn moeder niet anders dan bezig met ons en het huishouden: stofzuigen, poetsen, zelf kleren maken, koken, wassen en strijken. De emancipatiegolf is aan haar voorbijgegaan. Mijn vader heeft nooit een poot uitgestoken in het huishouden, niet omdat hij daar te beroerd voor was, maar omdat mijn moeder het hem niet toestond. Ik vermoed dat ze haar beste jaren beleefde toen wij klein waren. Toen ze nog de spil was waar alles om draaide, ze kon zorgen en redderen en wij elke dag opnieuw een beroep op haar deden.

Mijn moeder houdt van volle nesten, desnoods vol met koekoeksjongen – lege nesten maken haar somber.

Dat was, als ik het goed heb begrepen, ook de voorlopige conclusie van de therapeut die ze in de arm hebben genomen: mijn moeder lijdt aan het legenestsyndroom.

10

Mijn ontbijt bestaat uit twee Evergreens uit mijn handtas en een mok oploskoffie uit Diannes keukenkastje. Het koffie-poeder kan de smaak van het leidingwater niet maskeren: een mengeling van chloor en kalk, en er zit iets metaligs bij.

In Diannes koelkast heb ik winterpenen gevonden, gei-tenkaas en een weckpot vol zurig ruikende yoghurt. Het brood dat ik in een afgesloten blik heb aangetroffen, is taai. In een van de keukenkastjes staan wijn en pastis, maar fles-sen drinkwater, bier en cola zijn nergens te bekennen.

Ik sluit de achterdeur af, leg de sleutel op zijn plek in de gieter en loop om het huis heen naar voren. Het is niet meer zo stil als gisteravond. De omgeving is tot leven gekomen; ik hoor een hond blaffen en het geluid van een auto of trac-tor. In de verte weliswaar, maar het klinkt geruststellend. Het is bewolkt en fris en er hangt een sterke geur van vochtig herfstbos, vermengd met die van rook en verbrand hout. Niet onprettig.

Ook de gebouwen maken bij daglicht een vriendelijker indruk. Nu valt me op dat de daken niet donker zijn, maar bedekt met matoranje tegeltjes. Op sommige plaatsen zijn die vervangen door dakpannetjes van een donkerder tint, zodat er grote, ruitvormige figuren ontstaan. Diannes voor-deur is in een ver verleden donkerrood geschilderd, maar het hout is hard toe aan een nieuwe verflaag.

De grote schuurdeuren kraken als ik ze open. Binnen is het ruim en schemerig. Hoog boven mijn hoofd rusten de dakpannen op een ingewikkeld ogende houten dakconstructie. In de spanten zitten verlaten zwaluwnesten. Overal waar ik kijk wiegen slierten spinrag heen en weer. Tegen de muur staat roestig tuingereedschap stof te verzamelen en in het midden liggen onderdelen van – naar ik aanneem – landbouwwerktuigen. Ik loop door de hele schuur heen om er zeker van te zijn dat ik niets over het hoofd zie, en ga dan weer naar buiten. In de schuur is niets.

Ik duw beide deuren achter me dicht en draai me om naar het veld. Dat glooit geleidelijk naar beneden en even verderop weer omhoog. Op het hoogste punt tekent de bosrand zich af tegen een tinnen hemel. De lichtbundel van vannacht kwam inderdaad uit het bos, dat kan bijna niet missen.

Een plotselinge beweging bij mijn benen doet me verstijven. Net onder kniehoogte staart een kat me roerloos aan. Hij heeft gele ogen en een opvallende bles. Die begint bij zijn witte kin, loopt schuin over zijn neusrug en eindigt in een punt boven het rechteroog.

'O, hallo,' zeg ik.

Het dier opent zijn bekje en stoot een zwaar, rauw geluid uit, dat helemaal niet bij hem lijkt te passen.

'Ik vind jou geloof ik een beetje eng.'

Hij blijft me aankijken, zijn staart omhoog, ogen half gesloten.

Ik durf hem niet goed te aaien en sla mijn armen onhandig over elkaar.

Even blijft hij rondjes draaien om mijn benen, dan verliest hij zijn interesse en verdwijnt met een paar gracieuze sprongen uit het zicht.

Nadat ik me ervan heb verzekerd dat er niet nog meer katten in de buurt zijn die kennis met me willen maken, richt ik mijn aandacht op het derde en laatste bouwsel. Het ligt aan de andere kant van het erf, tegen het stoppelveld aan.

In Nederland zijn hangars schaars en zie je ze vrijwel uitsluitend op vliegvelden. Op het Franse platteland heb ik ze vaker gezien, ze zijn dan kleiner, net als deze, en worden gebruikt als schuur of opslagplaats. Deze ziet eruit als een roestige rups, grijs met bruine vlekken, zo'n vier meter hoog en misschien vijftien meter lang. De geribbelde wanden zijn op sommige plaatsen helemaal doorgeroest. Deuren ontbreken, de rail waar ze ooit aan hebben gehangen, is aan één kant los. Binnen groeit onkruid. Er hangt een vage geur van mest en iets anders dat me aan dieren doet denken, maar ook deze ruimte is zo goed als leeg. Waar Dianne ook uithangt, in Le Paradis is ze in elk geval niet.

In een opwelling zoek ik het nummer op van haar moeder. Ze woont op Ameland; kort na Diannes achttiende verjaardag is Gerda daar neergestreken met haar nieuwe partner, een veel oudere saxofonist.

Ik hoef niet lang te wachten. Gerda's stem klinkt nog luider en scheller dan in mijn herinnering. Ik zie haar voor me: grote, expressieve ogen, felrood gestifte lippen en een woeste coupe in fluorescerend oranje.

'Gerda? Met Eva. Alles goed?'

'Eva? Eva! Dat is lang geleden! Hoe is het met je? Nog steeds razende reporter?'

'Ja,' lieg ik.

'Zal ik je eens een tip geven? Je zou een stukje moeten schrijven over Henk en zijn Art at the Sea-project. Alle kunstenaars op het eiland doen eraan mee. Hendrik-Jan Heemstra ook. Die ken je wel, hè, Hendrik-Jan Heemstra?'

Ik heb nog nooit van Hendrik-Jan Heemstra gehoord.

Het is vast een kunstenaar die het eiland zelden verlaat.

'Nee, niet echt,' zeg ik, en ik luister nog een paar minuten naar haar uiteenzetting over allerlei mij onbekende kunstenaars die bij haar en Henk de deur platlopen.

Dan heb ik er genoeg van en onderbreek haar abrupt. 'Sorry, Gerda, ik kom in tijdnood. Ik belde je eigenlijk over Dianne. Heb jij enig idee waar ze kan zijn?'

'Hoe bedoel je?'

'Ik probeer haar al een poosje te pakken te krijgen, maar ze neemt haar telefoon niet op en mailt niet terug. Heb jij onlangs nog iets van haar gehoord?'

Even is het stil. Dan toetert ze: 'Nee, meisje, dat moet toch zeker een week of twee terug zijn geweest, dat ik haar aan de lijn heb gehad. Of drie, als ik erover nadenk. Ze was al niet zo bellerig, hè, maar nu ze in de bush is gaan zitten, hoor ik helemaal nooit meer iets. Druk met andere dingen. Maar begrijp ik nou goed dat jij je zorgen om haar maakt?'

'Een beetje. Ik zou zaterdag naar haar toe gaan. Dat ze niet thuis geeft, vind ik eigenlijk wel raar.' Gerda hoeft nog niet te weten dat ik vanuit Frankrijk bel.

'Dianne loopt niet in zeven sloten tegelijk, hoor. Dat moet jij inmiddels toch weten? Na… hoe lang kennen jullie elkaar nu al, twintig jaar? Of vijfentwintig?'

'Iets daartussenin, denk ik,' zeg ik uit beleefdheid.

Ik hoor haar mompelend een sigaret aansteken en de rook luidruchtig uitblazen. 'Neem maar nooit kinderen, meid. Want dan is het over en uit met de rust. Dan doe je nooit meer een oog dicht. Ik ben al lang geleden gestopt me zorgen te maken over Dianne. Die tante kan uitstekend voor zichzelf zorgen. Net een kat. Ze komt altijd op haar pootjes terecht. Als ze haar telefoon niet aanneemt, heeft ze daar vast een goede reden voor.'

Stapvoets volg ik het karrenspoor naar de verharde weg. Aan het einde staat Diannes brievenbus, een grijs kastje op een scheefgezakte paal. Ik stap uit mijn auto en maak het deurtje open. Er ligt alleen een vochtig advertentiekrantje in, *Paru Vendu*. Het is van deze week. Ik laat het liggen en kruip terug achter het stuur.

Terwijl ik langzaam door het bosrijke landschap rijd, gespitst op andere huizen die aan dit weggetje liggen, begint mijn ergernis ten aanzien van Gerda een beetje weg te ebben. Ik mag me er niet druk om maken – Dianne doet dat zelf ook niet meer – maar ik stoor me aan de nonchalance waarmee ze haar dochter bejegent. Die leunt gevaarlijk dicht tegen desinteresse aan. Ik kan me geen moment herinneren waarop die vrouw haar enig kind op wat voor wijze dan ook voorrang heeft gegeven boven haar eigen bezigheden. Ik vermoed dat het komt doordat Dianne te veel lijkt op haar biologische vader – dat heb ik Gerda tenminste meer dan eens tegen Dianne horen schreeuwen.

Eén ding heeft het gesprek bewerkstelligd, en dat is dat ik me minder zorgen ben gaan maken.

Als Dianne ziek of gewond zou zijn en opgenomen in een ziekenhuis, dan had haar moeder – ontaard of niet – dat echt wel geweten.

II

De boerderij van Diannes buren ligt pal aan de landweg en lijkt eerder op een nederzetting dan een boerenbedrijf. Aan weerszijden van het asfalt staat een samenraapsel van stallen, losse overkappingen en schuurtjes. Sommige gebouwen zien er nieuw uit, andere zijn scheefgezakt en worden alleen nog bij elkaar gehouden door woekerende klimplanten. Diannes buren zijn niet al te proper. Overal ligt troep: autobanden, flessen, landbouwzeil.

Een leger ganzen banjert voor mijn auto langs naar de overkant van de weg. Het zijn er minstens vijftig. Ze slaken metaalachtige kreten en laten veertjes, mest en pootafdrukken achter in de modder.

Op de brievenbus tegen de zijgevel is met enige moeite de naam van de bewoners te ontcijferen: BEAU, RÉGIS ET ANNIE. Hopelijk is het echtpaar Beau thuis. Als ze zelfs maar een kwart van Martha Pieters' nieuwsgierigheid hebben, weet ik nog voor de middag waar Dianne uithangt en met wie.

Ik parkeer de auto voor het huis en stap uit.

Mijn komst wordt opgemerkt door een hond die bij een van de schuren aan de ketting ligt. Het beest komt grommend mijn kant op gestoven en blijft rennen tot hij aan het einde van de ketting abrupt tot stilstand komt. Blaffend blijft hij staan, de ketting strak gespannen.

Het is niet duidelijk waar een bezoeker zich kan melden. De voordeur aan de straatzijde wordt in elk geval niet gebruikt, daar groeit klimroos tegenaan. Bij de veranda aan de kant van het erf zit een tweede deur. Onder het golfplaten dak staat een plastic tuinset. Aan een haak hangt een mand met afgestorven eenjarige planten.

'*Allo, bonjour?*' roep ik.

De hond blaft onafgebroken door.

Uit een van de schuren komt een man in overall tevoorschijn. Hij heeft een gedrongen figuur en zijn ogen liggen diep in een gelooide huid. In eerste instantie negeert hij me; hij heeft uitsluitend aandacht voor mijn auto en knijpt zijn ogen samen om mijn kentekenplaten beter te kunnen bekijken. Dan pas draait hij zich naar me om en neemt me van top tot teen op.

'Monsieur, mag ik u iets vragen?'

'Wie bent u?'

'Ik ben een goede vriendin van uw buurvrouw, Dianne van den Berg.'

Bij het horen van Diannes naam verstrakt zijn gezicht. Dan heft hij zijn kin en maakt een 'wegwezen'-gebaar met allebei zijn handen. Draait zich vervolgens om en loopt terug de schuur in.

'Meneer?' Ik loop een paar passen achter hem aan. 'U bent toch…'

Mijn stem stokt. In de schuur staat een tweede kerel. Hij gaapt me aan vanachter een koeienlijf, zijn ellebogen steunen op de rug van het dier. Achter het raam in het woonhuis verschijnt het gezicht van een vrouw. Demonstratief trekt ze het gordijn dicht. Als ik me omdraai, zijn beide mannen weg.

De hond blaft nog steeds. Bij elke blaf schokt zijn magere lijf en vliegen kldders speeksel in het rond.

'Nog bedankt,' mompel ik en ik loop terug naar mijn auto. Er plakt een dikke laag gele modder aan mijn laarzen, waarmee ik de mat en de pedalen besmeur.

De modder is nog niet opgedroogd als ik een kwartier later de bebouwde kom van het dorp in rijd. Ik parkeer mijn auto op een braakliggend stuk grond naast de buurtsuper. Het rek met de gasflessen staat nu tegen de zijgevel aan.

De deur klemt een beetje en er klinkt een ouderwets aandoend, opgewekt belletje. Ik ben de enige klant op deze maandagochtend. Een meisje van een jaar of twintig met een schort voor zit op haar knieën bij een van de schappen. Ze groet me afwezig en peutert dan weer verder aan een prijstang.

Ik pak een draadmandje en begin meteen in te laden. In het koelvak vind ik een quiche lorraine en Goudse kaas, verderop flessen water en cola, chips, chocolade, een blik oploscappuccino, een stokbrood, croissants, een pot Nutella, een zak appels en een paar tomaten. Als ik bijna bij de kassa ben, pluk ik nog een fles Bacardi uit het rek.

Ik zet alles op een tafel naast de kassa – een lopende band ontbreekt.

De caissière veegt onzichtbaar vuil van haar schort en neemt plaats achter de kassa. Zwijgend slaat ze alles aan en ik stop de spullen in een doos. Er is geen pinapparaat, dus betaal ik contant.

Met een zacht *'Au revoir'* dreigt ze zich weer op haar prijstang te storten.

'Mademoiselle?' begin ik. 'Kent u misschien Dianne van den Berg?'

Ze schudt meteen haar hoofd.

'U móét haar bijna wel kennen, ze woont in Le Paradis, hier vlakbij. Ze is Nederlandse, net als ik, en ze heeft geblondeerd haar, bijna wit, tot hier.' Ik geef Diannes haarlengte aan met een gestrekte hand boven mijn schouder. Onder de vlakke blik van de caissière voel ik me met de seconde belachelijker worden.

Ze laat me geduldig uitpraten en zegt dan: 'Ik ken uw vriendin niet. *Je suis désolée* – het spijt me. U kunt het beter in de bar vragen. Daar komen weleens buitenlanders.'

'Het is hier heel anders dan in Nederland,' zei Dianne door de telefoon. Ze was een paar weken eerder in haar Franse huis getrokken en ratelde aan één stuk door over hoe geweldig het er was.

'Mensen zijn één met de natuur. Ik heb gezinnen ontmoet die hun water nog uit een put halen. Kun je het je voorstellen? De eerste waterleidingen zijn hier pas in de jaren zestig aangelegd, voor die tijd had iedereen een put. Ik heb het trouwens over brónwater, hè. Gratis! Het barst hier van de onderaardse bronnen.'

'Heb jij ook een put?'

'Jammer genoeg niet. Ik kook wel met gasflessen.'

Ik dacht aan blauwe butagasflesjes. 'Is dat niet veel gedoe?'

'Nee joh, die flessen koop ik gewoon in het dorp. Er zit statiegeld op. Met een fles van een paar tientjes doe je een halfjaar.'

Ik kon me er nauwelijks een beeld bij vormen.

'Weet je wat ze ook niet hebben?' ging Dianne verder. 'Een riool. Je betaalt dus mooi geen rioolrechten. Iedereen heeft een *fosse septique*, een privébeerput, zeg maar.'

'En stroom?'

'Via bovengrondse kabels. Niet echt betrouwbaar dus. Ik heb al twee keer in het donker gezeten. Maar zodra het kan stap ik over op zonnepanelen of aardwarmte, want de stroom wordt hier opgewekt met kernenergie.'

Ze ging lang door over dit onderwerp, vertelde gedetailleerd over verschillende vormen van overheidssubsidies voor duurzame, groene energievormen. Ik luisterde niet echt meer.

De gedrevenheid die ik zo in haar bewonder, heeft een keerzijde. Ze kan soms zo doordraven dat ze alle perspectief uit het oog verliest. Dan bestaat alleen nog maar dat ene, waardoor ze is gegrepen en waarin ze zich hartstochtelijk heeft vastgebeten. De laatste jaren verdiepte ze zich in alternatieve levensstijlen. Zelfvoorzienend zijn, minder overheidsbemoeienis en afhankelijkheid van multinationals, bewuster, in een lager tempo gaan leven; dat is haar ideaal. Daarvoor is ze geëmigreerd.

Het café-restaurant maakt een rommelige indruk. Er hangt een elektronisch dartbord, affiches met aankondigingen en hoog tegen de muur is een tv bevestigd die op een nieuwszender is afgestemd. Het volume staat hoog. Rechts is de bar en de linkerzijde van de zaak fungeert als restaurant. Witte schroten, houten tafeltjes.

Aan twee ervan zitten kerels die nog geen woord hebben gezegd sinds mijn binnenkomst, maar me wel al die tijd ongegeneerd hebben zitten aanstaren. Het zijn er vijf. Ik weet niet of dit hetzelfde groepje is als ik gisteravond heb zien zitten. Het zou zomaar kunnen. Ze dragen geruite overhemden, bodywarmers en jeans.

'Messieurs,' groet ik, en ik knik beleefd. Dat is er op de opleiding bij me ingehamerd: Fransen hechten sterk aan beleefdheidsvormen, wees liever te formeel dan te amicaal.

Een enkeling bromt wat, de rest blijft me aankijken alsof ik plompverloren het mannentoilet ben binnengelopen. Ze dragen leren schoenen met spekzolen, zie ik, en hun handen zijn smoezelig en dik van het eelt. Dit zijn mannen die op het land werken, of in de bouw.

'Goedemiddag,' ga ik door, met mijn hartelijkste glimlach.

Geen reactie.

'Sorry dat ik u stoor.' Ik gebaar naar de weg. 'Ik werd hiernaartoe verwezen door de dame van de supermarkt. Ze zei dat u me misschien verder kon helpen.'

De mannen blijven me stoïcijns aankijken, niemand zegt iets.

Ik voel me steeds kleiner worden. Er is geen twijfel over mogelijk dat dit dorpelingen zijn, mensen van hier. En de kans dat ze me zullen helpen, is te verwaarlozen. Toch zet ik door. Ik doe niets verkeerd. Als zij ervoor kiezen me lomp te behandelen, zegt dat meer over hen dan over mij.

'Eh… ik logeer in Le Paradis, in het huis van mijn vriendin,' stamel ik. Mijn Frans is goed, uitstekend zelfs, maar onder deze chagrijnige blikken begin ik te twijfelen aan elke werkwoordsvervoeging die mijn mond verlaat.

'Nooit van gehoord,' mompelt een van de mannen uiteindelijk, als ik mijn verhaal heb gedaan.

Een kerel met het donkere uiterlijk van een Spanjaard schiet in de lach en neemt een slok van zijn pastis. Niemand lacht met hem mee.

Uit het bargedeelte komt een man op me af lopen. Hij is een jaar of vijftig, slank, heeft een wit rokschort voor en wrijft zijn handen droog aan een theedoek. Na een blik van verstandhouding met zijn gasten zegt hij: 'Dit is een besloten bijeenkomst. U kunt hier nu niet eten.'

'Daarvoor ben ik hier niet. Ik wil alleen maar iets vragen.'

De man doet alsof hij me niet hoort. Hij beent naar de deur en houdt hem voor me open. Knikt naar me, met een ijskoude blik. 'Goedemiddag, mademoiselle.'

Verward kijk ik naar de mannen. Hun afwijzende houding heeft plaatsgemaakt voor geamuseerdheid. Ze lijken het allemaal wel grappig te vinden. Dan richt ik mijn aandacht weer op de vermeende eigenaar van dit café-restaurant.

'Besloten bijeenkomst, jongedame,' herhaalt hij, en hij maant me met een ongeduldige handbeweging voort te maken.

Schoorvoetend laat ik me naar buiten drijven. De deur valt met een klap achter me dicht.

Ik had half en half een lachsalvo verwacht, maar dat blijft uit. Het is ijzig stil. Terwijl ik naar mijn auto loop, voel ik de blikken van de mannen in mijn rug prikken.

12

Ik was negen toen ik mezelf voor de eerste keer in mijn leven in de nesten werkte.

Ik lag te luisteren naar de stem van mijn moeder. Ze belde naar school om me ziek te melden. Dwars door de verdiepingsvloer heen hoorde ik haar praten. Met het schoolhoofd – dat kon niet missen, die was altijd lang van stof en had grote moeite een gesprek te beëindigen. Mijn moeder was heel beleefd en vond het evengoed moeilijk om afscheid van mensen te moeten nemen – al was het maar telefonisch. Ik hoorde haar steeds met hoge stem zeggen: 'Nou, tot ziens dan maar, en dank u wel, hoor,' waarna een korte stilte volgde, mijn moeder uit het niets begon te lachen en het gesprek zich voortzette.

De rest van de ochtend volgde ik de geluiden van haar dagelijkse routine. Ik hoorde haar heen en weer lopen, naar het toilet gaan, neuriën, stofzuigen, iets weggooien in de kliko en de schone vaat opruimen.

Toen mijn moeders voetstappen al bijna boven aan de trap klonken, propte ik mijn *Donald Duck* snel onder mijn kussen, ging plat op mijn rug liggen en sloot mijn ogen.

Mijn wenkbrauwen trok ik een beetje zorgelijk samen. Zo ongeveer zou een ziek kind eruitzien – een kind dat niet zó ziek was dat er een dokter aan te pas moest komen, maar zeker wel ziek genoeg om een dagje thuis van school te rechtvaardigen.

'Eva, slaap je?'

Ik voelde meteen weer de wroeging opkomen die me sinds vanochtend parten speelde.

Ik had nooit eerder tegen mijn moeder gelogen – niet écht.

Volgens Dianne was het heel gemakkelijk, zij loog zo vaak tegen haar ouders, dat ging bijna automatisch, dus dat ik er zoveel moeite mee had, kwam vast doordat ik het nog moest leren.

Ik schudde mijn hoofd.

'Werkt de Sinaspril?'

'Ik denk het wel,' zei ik, met een, naar ik hoopte, zielig stemmetje.

'Ik moet eigenlijk even naar oma.'

Oma woonde in een aanleunwoning bij het bejaardenhuis. Mijn moeder bezocht haar haast elke dag. De avond ervoor kookte ze dan niet voor vijf, maar voor zes personen – en regelmatig voor zeven, als Dianne bleef eten; oma's portie werd in een ovenschaal gedaan en in de koelkast gezet. De volgende dag bracht mijn moeder het eten weg en nam ze de lege schaal van de vorige dag mee terug.

Mijn moeder zorgde voor oma. Deed ze dat niet, dan zou oma te weinig eten, zei ze steeds. Te weinig en al zeker ongezond. Voor zichzelf alleen nam oma niet eens de moeite om verse groenten kopen, laat staan om ze schoon te maken en te bereiden. Dan pakte ze net zo lief een cracker met kaas.

Mijn moeder kwam naast me op bed zitten, zodat het matras inzakte en ik scheef kwam te liggen. Ze legde haar hand op mijn voorhoofd. 'Je bent een stuk minder warm.'

Ik zei niets. Vanochtend vroeg had ik mijn voorhoofd minutenlang tegen de radiator aan gedrukt. Een tip van Dianne – mijn buurmeisje, hartsvriendin en soort-van-zus zat boordevol praktische tips.

'Misschien ben je niet echt ziek, alleen maar een beetje moe?'

'Misschien wel,' reageerde ik.

Ze gaf me een kus op mijn neus. 'Blijf maar lekker liggen. Ik ga je broertjes van school halen en oma eten brengen.'

Ik knikte.

'Red jij het hier?'

'Ja, hoor.'

'Je kunt oma bellen, hè, als je me nodig hebt. En denk er-aan, niemand binnenlaten.'

13

Het stof stuift alle kanten op als ik de zware houtblokken uit mijn armen laat vallen. Ik stapel het hout op het plateau naast de kachel en loop naar buiten om de rest te gaan halen.

Diannes houtvoorraad ligt achter het huis. De gekliefde blokken en stammetjes vormen een lage muur op de grens met het bos. De bovenzijde is afgedekt met een oranje zeil dat op zijn plaats wordt gehouden door zware boomstronken en stenen. Ik leg zoveel stammetjes als ik kan dragen in mijn gekromde arm.

Een plensbui heeft het veld achter Diannes huis verzadigd. De nattigheid is door het canvas van mijn sneakers gedrongen en de onderkant van mijn jeans is doorweekt. Ik ril van de kou.

De natuur is hier onvriendelijk, bedenk ik, maar nog niet half zo onvriendelijk als de bewoners. Voor vandaag heb ik er genoeg van. Ik hoef even niemand meer te zien. Ik heb zelfs geen zin om Erwin te bellen. Hij heeft me vandaag twee keer ge-sms't, maar ik heb nog geen respons gegeven, bang dat ik mijn frustratie op hem ga afreageren.

Als ik het huis nader met mijn armen vol stookhout, valt mijn oog op een nis in de buitenmuur. Er staat een gasfles in – grijsgroen en met de maat van een compact regentonnetje. Dezelfde gasflessen heb ik bij de supermarkt in het dorp gezien. Ik kan me moeilijk voorstellen dat de caissière Dianne niet kent. Misschien werkt ze er nog maar pas. Of is ze niet zo opmerkzaam. Of allebei.

Ik sta te popelen om Diannes verhaal te horen. Misschien dat ik dan begrijp waarom ze een gekleurd beeld heeft geschetst. Een veel te rooskleurig beeld. Want wat we ook bespraken en hoe lang we ook aan de telefoon zaten, ze repte met geen woord over xenofobische dorpelingen. Daarvan moet ze toch last hebben, of in elk geval hebben gehad.

Zeker een kwartier lang ben ik in de weer met papierproppen, takjes en een aansteker. Mijn volharding wordt beloond met een zacht knapperend vuur dat de woonkamer in een oranje gloed zet en voorzichtig al wat warmte begint te verspreiden. Ik leg er nog een blok op en sluit het deurtje. Hopelijk blijft het vuur branden, want Dianne mag dan aanleg hebben voor zo'n back-to-basics-levensstijl, ik ben er niet voor in de wieg gelegd.

Ik trek een droog capuchonvest aan en wil mijn voeten net uit de doorweekte sneakers verlossen als ik beweging zie op het erf.

Het is een jongen van een jaar of tien met borstelig donker haar. Hij maakt een doelloze, beetje ontheemde indruk.

Ik trek de voordeur open. *'Allo!'*

De jongen schrikt zichtbaar en wil zich uit de voeten maken.

'Wacht!' roep ik. 'Wacht nou even! Wat zoek je?'

Hij houdt zijn pas in. Vanaf de hangar komt een hond aan gegaloppeerd die zich bij hem voegt. De jongen pakt hem bij zijn band en draait zich naar me om. Zijn ogen vertekenen klein achter dikke brillenglazen en stralen lichte argwaan uit, een terughoudendheid die niet bij zijn jonge leeftijd past. *Maar karakteristiek is voor deze gemeenschap*, denk ik zuur.

'Zoek je Dianne?' vraag ik.

Hij knikt, bedremmeld.

'Ik ook.'

Dat lijkt hem enigszins gerust te stellen. Hij laat de hond los en weet zich dan geen raad meer met zijn handen, vouwt ze uiteindelijk samen voor zijn buik.

'Hoe heet je?'

'Daniel.'

'Mooie naam. Ik heet Eva.'

'U praat raar.'

'Ik kom hier niet vandaan. Ik ben Nederlandse, net als Dianne.' Om hem verder op zijn gemak te stellen ga ik op de betonnen rand bij de voordeur zitten. Nattigheid dringt door de stof van mijn broek heen.

'Bent u familie?'

Even weifel ik. Dan zeg ik: 'Ja, zoiets.'

De hond is minder terughoudend dan zijn baasje. Hij duwt zijn snuit tegen me aan.

Ik aai hem over zijn kop, waarbij een wolk korte, stugge haartjes vrijkomt. 'Is dit jouw hond?'

'Nee. Gewoon een hond. Is Dianne niet thuis?'

Ik schud mijn hoofd. 'Nee.'

Daniel doet een paar passen naar achteren. Hij lijkt me te ontglippen en dat wil ik niet.

'Ken jij Dianne goed?' vraag ik.

'Ik help haar altijd met de moestuin. Dat mag niet van mijn ouders. Ze zeggen dat ik me niet met vreemden mag inlaten. Maar mademoiselle Dianne weet helemaal niets van planten, alles mislukt als niemand haar helpt.'

'Wanneer heb je haar voor het laatst gezien?'

Ongemakkelijk haalt hij zijn schouders op. 'Vorige week.' Zijn blik dwaalt af in de richting van de hangar. 'Ik zou de grootste pompoen van haar krijgen. De grootste en de zwaarste. Dat had ze me beloofd, maar de volgende dag was ze weg.'

'Welke dag?'

Weer dat schouderophalen, hij zegt niets.

Is dit jochie van een jaar of tien een van die 'inspirerende nieuwe vrienden' die Dianne zegt te hebben opgedaan?

Ik vecht tegen de impuls hem door elkaar te rammelen. Dit jongetje doet me denken aan een wild dier dat instinctmatig zijn vluchtwegen wil openhouden. Hij zal in paniek raken als ik de druk opvoer. Ik kan beter proberen zijn vertrouwen te winnen.

Ik volg zijn blik. 'Pompoen? Waar dan?'

'In de moestuin. Achter de hangar.'

'Zullen we er dan maar eens eentje voor je gaan uitzoeken?'

Zijn hele gezicht klaart op. 'Mág dat van mademoiselle Dianne?'

'Tuurlijk mag dat!'

Diannes moestuin ligt op een vlak stuk land, dicht tegen het stoppelveld aan. Van een afstandje had ik het niet als zodanig herkend, maar nu zie ik de pompoenen op de aarde liggen, hun basten geel en diep oranje tussen het welig tierende onkruid. Er staan rijen scheefgezakte bamboestokken naast, waaraan allerlei planten zijn opgebonden. De vruchten zijn van de stengels gevallen en liggen weg te rotten. Beschimmelde tomaten. Aangevreten, half verrotte paprika's.

Een drietal kraaien schrikt op van onze komst. Ze vliegen in een wijde bocht de akker over. In de verte dalen ze als zwarte stipjes neer in het bos, een donkere strook die alle licht uit het landschap lijkt te absorberen.

'Woont er iemand in dat bos?' vraag ik.

Daniel schudt zijn hoofd.

'Vannacht heb ik er licht gezien.'

Dat lijkt hem allerminst te alarmeren. 'Er is een jagershut. Misschien hebben ze op vossen gejaagd. Net goed. Klotebeesten.' Zijn blik verhardt achter de brillenglazen. 'Een vos heeft laatst van al onze kippen de kop eraf gebeten. Allemaal. M'n moeder had er geen één meer over.'

'Woont er iemand in die hut?'

Hij kijkt me aan alsof ik niet goed snik ben. 'Het is een jágershut.'

Gebiologeerd blijf ik naar de bosrand kijken. 'Slaapt er weleens iemand?'

J'sais pas. Misschien. Weet u zeker dat we zomaar iets mogen weghalen uit de moestuin van mademoiselle Dianne?'

'Heel zeker. Kies er maar eentje uit.'

'Die oranje, graag,' zegt hij zonder aarzelen.

Mijn sneakers zakken tot bijna aan mijn enkels in de drek. Diannes pompoenen lijken niet op de vruchten die ik ken, het zijn eerder uit de kluiten gewassen courgettes. 'Deze?'

Daniel knikt gretig.

Als ik het onkruid wegtrek van de pompoen, hoor ik hem zeggen: 'Er wordt over u gepraat.'

Ik ga weer rechtop staan. 'Over mij?'

Hij knikt.

'Wat zeggen ze dan?'

'*Des choses*– dingen…'

'Wat voor dingen?'

'Dat u in het huis slaapt van mademoiselle Dianne.' De jongen kijkt nu naar de grond. 'En dat u zich bemoeit met zaken die u niet aangaan.'

Bemoeien? Ik probeer te glimlachen, maar de poging blijft steken in een verwarde grimas. 'Doe ik iets verkeerd, dan?'

Zijn blik is nog steeds op de grond gericht. Hij haalt zijn schouders op. 'Weet niet.'

'Ik probeer erachter te komen waar Dianne is. Dat kun je toch geen "bemoeien" noemen?'

Stilte.

Ik richt mijn ergernis op de plant. De harige stengel is zeker een vinger dik en staat zijn vrucht liever niet af. Ik zet er een voet op en ruk met beide handen de pompoen los. Het ding moet minstens twee kilo wegen.

Hijgend reik ik Daniel de vrucht aan. 'Alsjeblieft.'

Hij omklemt zijn buit met beide armen, draait zich om en begint terug te lopen in de richting van het erf. De hond volgt hem op de voet.

'Ga je nu al weg?' roep ik.

De jongen loopt zwijgend verder, zijn hoofd zoekt bescherming tussen zijn opgetrokken schouders. Hij doet me denken aan een schildpad die op zijn achterpoten loopt.

'Kom je morgen weer langs? Daniel?'

'Oui, mademoiselle.'

'Beloofd?'

Promis! roept hij tegen de wind in. Samen met zijn hond en de pompoen verdwijnt hij achter de schuur uit het zicht.

Het schiet door me heen dat ik hem niet heb gevraagd waar hij woont, maar aangezien hij te voet is kan het hier niet zo ver vandaan zijn. Misschien is hij wel een zoon van die afschuwelijke mensen die me vanmiddag van hun erf af dirigeerden, Diannes buren; de familie Beau. Het zou zomaar kunnen. Die kerel was ook zo massief van bouw, met zo'n korte nek.

Maar dat ging net zo goed op voor de stamgasten in het café-restaurant in het dorp.

Waarom ik plotseling het gevoel heb dat ik word bekeken, weet ik niet. Het is er ineens. Om me een houding te geven, tuur ik langs de hangar naar het huis, alsof ik geniet van het buiten-zijn en de vochtige herfstlucht opsnuif.

Vanuit het veld beweegt een vlugge schaduw in mijn richting. Ik verstar van schrik, tot ik zie dat het een kat is. Hij komt dichterbij, snuffelt aan mijn broek met naar achter gevouwen oortjes en duwt dan zijn kop hard tegen mijn onderbeen – alsof hij een kopstoot uitdeelt. Het is dezelfde kat als vanochtend, ik herken hem aan zijn scheve bles. De randen van zijn oren zijn gerafeld, zie ik nu.

'Hé griezeltje, ben jij er ook weer?'

Hij kijkt me vol adoratie aan, ik hoor zijn ronkende ademhaling. Omzichtig, met mijn vingertoppen, krabbel ik hem tussen zijn oren. Veel intiemer zullen we niet worden, vrees ik. Als het een beetje tegenzit, loop ik alleen al hiervan de rest van de dag snotterend rond, met tranende ogen en een rode neus.

Ik kom overeind en trek mijn vest over mijn heupen. Kijk schuw naar het bos.

Jagers.

Ik heb geen schoten gehoord vannacht.

14

Het bos is niet eens zo ver van Diannes moestuin vandaan, maar het glooiende akkerland ligt vol met hompen uitgeharde klei, glibberige modder en stenen die het lopen bemoeilijken.

Mijn sneakers zijn niet toegerust op de verraderlijke ondergrond. Als ik hier langer blijf, ontkom ik er niet aan om een paar bergschoenen of laarzen te kopen.

En misschien ook iets anders, zeurt een stemmetje in mijn hoofd. Iets waarmee ik me kan verdedigen. Ik heb mijn hele leven in de stad gewoond en nooit heb ik die behoefte gehad. Het gevoel dat ik word bespied is niet afgenomen, dat is eerder sterker geworden sinds ik met Daniel in de moestuin stond.

Maak ik dat mezelf wijs? Laat ik me te veel meeslepen door de teneur van het herfstweer in deze desolate streek? Door de mist die tot laat in de ochtend boven de doodse, natte velden blijft hangen, de eindeloze bossen, het verwaarloosde huis en de kopschuwe dorpelingen? Nee, niet kopschuw. Daarvoor waren hun blikken te brutaal. Wat die zwijgzame, knoestige mannen in dat café uitstraalden, was vijandigheid.

Er jaagt een nerveuze energie door mijn lijf als ik het open veld achter me laat en via een onduidelijk pad tussen braamstruiken door het bos in loop. Hoe verder ik verwijderd raak van het huis en de akker, hoe nietiger en ingeslotener ik me voel. Elke tien, elf passen blijf ik even staan en draai ik me om naar het pad, mezelf ervan verzekerend dat ik het op de terugweg nog zal herkennen.

Daglicht dringt nauwelijks tussen de naaldbomen door. Lange, lichtgrijze stralen gefilterd zonlicht dalen hoog boven mijn hoofd langs de stammen neer, maar zijn amper sterk genoeg om de humusrijke bodem te bereiken.

De jachthut ligt niet ver het bos in. Tussen kreupelhout en geflankeerd door dennen staat een gebouwtje met een plat dak. Het houdt het midden tussen een stacaravan en een zeecontainer en is zo te zien gemaakt van allerlei restmaterialen, van planken tot plastic schroten en hardboard. Aan de rechterzijde zit een toegangsdeur met een raam van draadglas en over de hele breedte is een luifel bevestigd, die is bespannen met doek in een camouflageprint.

Op een van de bomen naast het bouwsel is een rode plaat gespijkerd waarop in dikke, witte drukletters RÉSERVE DE CHASSE staat.

In de hut zijn mensen. Ik hoor ze praten, hun stemmen klinken gedempt door de wanden. Even twijfel ik en blijf stilletjes staan luisteren. Ik kan niet precies verstaan wat ze zeggen, maar de flarden die ik opvang klinken me algemeen en ongevaarlijk in de oren.

Ik stap naar voren en klop op de deur.

Een paar seconden valt het stil daarbinnen, dan klinkt een zware mannenstem: 'Entrez?'

Ik maak de deur open en loop de hut in. Het is er bedompt en het ruikt naar drank, olie en sigarettenrook. Rondom een tuintafel zitten drie mannen. Een van hen is Diannes buurman, Régis Beau. Ik herken hem moeiteloos aan zijn leerachtige huid en gedrongen bouw. Daniel zou inderdaad een zoon van hem kunnen zijn. De andere twee mannen heb ik vanochtend in het café gezien. Ze dragen nog steeds dezelfde kleding.

Een van hen legt zijn eeltige hand op een vuurwapen, een klassiek ogend geweer met een houten kolf. Het ligt opengeklapt in een V-vorm op tafel. Zonder zijn ogen van me af te wenden klikt hij het wapen recht en legt het met het uiteinde van de loop in mijn richting.

Verschrikt kijk ik hem aan.

Zijn uitdrukking houdt het midden tussen irritatie en geamuseerdheid. Donkere ogen en een hoekige kaaklijn – hij zou knap zijn geweest als zijn neus niet op een homp klei had geleken die achteloos in zijn gezicht is gedrukt.

'Dit is privéterrein,' hoor ik Régis Beau zeggen.

'Het spijt me enorm dat ik u heb gestoord.' Mijn hart bonkt in mijn keel. Het liefst zou ik het op een lopen zetten, maar ik weiger openlijk angst te tonen. Die overwinning gun ik ze niet.

De andere bezoeker die ik heb gezien in het café neemt een laatste trek van zijn sigaret en drukt de peuk uit in een overvolle asbak. Hij is jonger dan zijn vrienden, waarschijnlijk niet veel ouder dan ikzelf, heeft kort zwart haar en een tatoeage op de binnenzijde van zijn pols.

'Ik was alleen nieuwsgierig,' voeg ik eraan toe. 'Ik wilde –'

'Weer iets komen jatten?' onderbreekt Beau me.

'Jatten?' Ik staar naar de loop van het geweer en de grimmige gezichtsuitdrukking van de eigenaar ervan, die zijn hand nog steeds op het wapen heeft liggen.

Hij blijft me onafgebroken aankijken. 'Niet dat ze dat zal toegeven.'

'Játten?' herhaal ik. 'Echt, ik... Waar hebben jullie het

over?' Ik staar van de een naar de ander. Waarom deze vijandigheid? Ik kan geen woord uitbrengen, ik durf het niet meer.

Ik voel een acute neiging opkomen om te vluchten, weg te rennen, zo hard mogelijk, nu het nog kan.

'Nou, ga dan maar weer fijn terug naar waar je vandaan komt, hè,' hoor ik de tatoeageman zeggen, alsof hij gedachten kan lezen.

'Niet zo onaardig, Christoph... Misschien wil ze wel blijven?' De man met het wapen spreekt de woorden flemerig uit en scant onderwijl ongegeneerd mijn lijf.

'Nogmaals, mijn excuses,' weet ik uit te brengen. Ik vermoed dat ze me alleen maar willen intimideren, plagen, maar ik durf niet het risico te nemen om mijn rug naar de mannen en de geweerloop te keren.

Op de tast loop ik achteruit naar de deur en eenmaal buiten duw ik hem veel harder dicht dan ik van plan was.

Dan zet ik het op een lopen.

15

Het huis was stil. Mijn moeder was al even geleden vertrokken en de *Donald Duck* was uit. Ik had alle verhalen gelezen – zelfs de ingezonden brieven, wat ik de laatste tijd niet meer deed omdat er toch steeds hetzelfde in stond.

Ik ging op mijn knieën op bed zitten, legde mijn ellebogen op de vensterbank en staarde naar buiten. Een vlucht postduiven vloog rondjes boven onze wijk. De oranje daken van de rijen huizen achter ons staken kleurig af tegen de hemel. Uit sommige schoorstenen kwam rook.

Ik drukte mijn neus tegen het koude glas en keek de tuinen van de buren in, naar de waslijnen en vogelhuisjes en schuurtjes. Veel was er niet te zien. Thuisblijven van school had spannend geleken, maar op een doordeweekse dag zag onze buurt er hetzelfde uit als anders. Het was alleen stiller. Dodelijk saai.

Ik ging uit bed en trippelde naar beneden, maakte de kelderkast open en haalde een blikken trommel onder een plank vandaan. Ik tilde het deksel eraf en keek erin. Japanse mix en pinda's. Geen kaaschips.

In een opwelling stoof ik terug de trap op, trok een ruime broek over mijn pyjamabroek aan en schoot in een gebreide trui. Daarna peuterde ik de dop onder de buik van mijn spaarvarken open en begon te schudden. Handenvol muntgeld stroomde uit het keramieken beest in een kuil van mijn dekbed. Ik nam er een rijksdaalder tussenuit, goot de rest weer terug in het roze binnenste van mijn spaarpot en rende de trap af.

Ik keek naar de klok in de woonkamer, een pendule die al zolang ik me kon heugen stond te glanzen op het dressoir, naast de lijstjes met schoolfoto's van mij en mijn broertjes. De goudkleurige wijzers stonden op halfeen.

Mijn moeder zou er niets van hoeven merken. Ik kon makkelijk terug zijn voor ze thuiskwam.

Makkelijk.

Toch was ik nerveus.

Ik trok een paar laarzen aan en mijn winterjas. Door de opwinding vergat ik mijn sjaal. Voorzichtig maakte ik de voordeur open. Die klemde behoorlijk; om hem in het slot te laten vallen, moest ik altijd met mijn hele gewicht aan de deurknop gaan hangen. Nu mocht dat juist niet gebeuren, want ik had geen sleutel.

Als een dief keek ik naar links en naar rechts. Er was niemand op straat en ik zag ook geen buren achter het raam zitten loeren. Ik trok de deur net zo ver achter me dicht dat het er vanaf de straat uitzag of hij gesloten was.

Daarna verdween ik in het brandgangenstelsel achter de huizen, in vliegende vaart en met de rijksdaalder klemvast in mijn vuist.

16

De ochtend dient zich aan in grijstinten. Regen trommelt tegen de ruit van de slaapkamer en bij elke windvlaag trilt het glas in de sponning.

Ik heb me verschanst onder de dekens en een sprei. Een Frans tijdschrift van Dianne ligt erbovenop. Ik heb er nauwelijks in gelezen. Doorgeslapen heb ik evenmin. Elk geluidje deed me opschrikken, en geluiden waren er vannacht te over. Ik kon de meeste herleiden tot dieren, maar dan was het kwaad al geschied en zat ik stijf van de adrenaline rechtop in bed te luisteren naar mijn eigen hartslag.

Ik geloof dat ik een kat heb horen miauwen, een klaaglijke schreeuw leek me bij nader inzien van een roofvogel te komen, en verderop huilde een roedel honden met tussenpozen bijna de hele nacht door.

Nu is het negen uur. Veel zin om uit bed te komen heb ik niet. Het huis is steenkoud, de kachel zal wel weer zijn uitgegaan. Ik heb verschrikkelijk veel medelijden met mezelf, voel me ziek en lusteloos. Ik vermoed dat het van de spanning komt, in combinatie met de vochtige kou.

Ik draai me om en trek de dekens op tot onder mijn kin. Gisteravond was de verleiding gevaarlijk groot om de fles Bacardi mee naar boven te nemen, maar ik ben ervan afgebleven. Hij staat nog geseald en wel op het aanrecht te wachten op betere tijden. Al geloof ik niet dat die op korte termijn aanbreken. Alle ideeën die ik vooraf had over deze streek, mijn weerzien met Dianne en de vakantie, blijken dagdromen te zijn geweest.

Ik ben pas drie dagen in Le Paradis en vind het nu al moeilijk te geloven dat Dianne hier een toekomst voor zichzelf ziet. Heb ik nu zo'n verkeerd beeld, vraag ik me af, of houdt ze zichzelf voor de gek?

Wat dacht Dianne hier in hemelsnaam te vinden?

En wat heb je uiteindelijk gevonden, Dianne?

Of… wat heeft jóú gevonden?

Onwillekeurig laat ik mijn vingertoppen in mijn handpalm heen en weer glijden. Er zit een rand, een verdikking, een kartelige lijn van ongeveer een millimeter breed en een lengte van drie centimeter. Een litteken dat me dierbaar is.

Minutenlang blijf ik naar het plafond liggen staren, luister naar de wind en de regen en denk terug aan de korte ontmoetingen met de dorpelingen en jagers. Alleen al de gedachte aan hun afkeurende blikken doet me huiveren. Ik herinner me een artikel waarin werd beweerd dat bergvolk van nature gesloten is, hoofdzakelijk op zichzelf en de eigen gemeenschap gericht en van nature niet openstaat voor inmenging van vreemden. Nederlandse emigranten die naar berggebieden vertrekken, valt het integreren dan ook vaak zwaarder dan lotgenoten die in een vlak of licht glooiend gebied hun heil zoeken.

Een berggebied pur sang zou ik dit niet noemen, maar deze heuvels behoren tot de uitlopers van de Pyreneeën en er zijn hier legio rotsen en grotten.

Maar echte bergen of niet: de karakters van de plaatselijke bewoners zijn in elk geval al even ontoegankelijk als het gebied zelf – nors, afwijzend, kil en somber.

Soort zoekt soort.

Ik sla de dekens terug, zet mijn voeten naast het bed en sta op.

Op mijn tenen loop ik naar de badkamer en draai de douchekraan alvast open. Het duurt tijden voor het water warm is. Ik poets mijn tanden boven de wastafel en kijk in de spiegel, een schijf vol zwarte aanslag. Mijn gezicht is bleek en ingevallen. Er zijn zorgelijke trekken verschenen die ik nooit eerder heb gezien.

Ik bind mijn haar op en stap onder de hete waterstraal. De chloorlucht die door het water wordt verspreid doet me terugdenken aan de zwemlessen in het gemeentebad. Toen sloeg die lucht ook al op mijn ogen.

Ik kom onder de douche vandaan, pak een handdoek van de wastafel en droog me af. Chloor of niet, douchen helpt me altijd op gang. Ook nu.

Misschien dat ik Diannes moeder nog eens kan bellen, het zou kunnen dat zij inmiddels iets te weten is gekomen. Van Diannes vriendinnen heb ik geen telefoonnummer. Hoewel we dezelfde studie hebben gevolgd, hebben we geen gemeenschappelijke vrienden.

Ik trek mijn kleren aan, gebruik een beetje mascara en werk mijn haar in een kort staartje.

Als ik de trap af loop, zie ik mijn eigen adem. Mijn lichaam is nog warm van de hete douche, maar als ik nu niet snel iets doe zit ik over een halfuurtje weer te rillen.

De kachel is vannacht inderdaad uitgegaan, ondanks dat ik er extra blokken op heb gegooid. Ik ga er op mijn knieën voor zitten, breek een strook aanmaakblokjes los uit een pak en leg ze op het rooster in de kachel. Asvlokken stuiven alle kanten op. Ik zet drie stukken geblakerd hout tegen elkaar in de vorm van een wigwam en steek de blokjes aan. Op hoop van zegen dan maar weer. Het deurtje maakt een schurend geluid als ik het sluit.

Even blijf ik zitten en kijk om me heen, naar de sobere ingewanden van het huis. Dianne heeft geen tv, geen radio, niets dat de aandacht kan afleiden.

De troosteloosheid en de stilte vliegen me naar de keel. Ik zou moeten opstaan, fluitend naar de keuken moeten lopen, water opzetten voor koffie, maar ik voel alleen maar weerzin.

Ik ben de smerige oploskoffie beu.

En dit koude, naargeestige huis.

De vijandige sfeer die deze uithoek van de wereld domineert.

Ik wil hier helemaal niet zijn. Ik wil eruit. Ik moet hier weg. Al is het maar een paar uurtjes.

Ik laat het aanwakkerende vuur voor wat het is, gris mijn jas van de bank en stap naar buiten.

De huisdeursleutel komt met een metalige tik op de bodem van de gieter terecht en ik haast me naar mijn auto.

17

De McDonald's ligt aan een afrit van de snelweg, iets meer dan dertig kilometer van Diannes huis. Het lage, kleurrijke gebouw wordt geflankeerd door andere goedkope keten-restaurants – Courtepaille, Quick, Buffalo Grill – en uitge-strekte parkeerterreinen waarvan op dit vroege uur nog niet een vijfde bezet is. Daarin zal rond lunchtijd vast verande-ring komen.

De koffie smaakt hemels, evenals het Big Mac Menu dat ik zojuist naar binnen heb gewerkt. Om mezelf te trakteren heb ik ijs toe genomen. Geen salade – ik heb genoeg blaadjes gezien de afgelopen dagen.

Mijn humeur is aanzienlijk verbeterd. Het is heerlijk om onder de mensen te zijn, zelfs al ken ik hier niemand. Ik ben in elk geval even weg van dat mistige landschap, de prie-mende blikken, de argwaan en het voortdurende gevoel dat ik op mijn hoede moet zijn.

Langs een glazen wand naast de schuifdeuren staan com-puters opgesteld. Ik neem mijn koffie mee en installeer me op een van de krukken. Een paar seconden later ben ik ver-bonden met mijn leven in Nederland.

Zoals ik al had verwacht is er geen e-mail van Dianne. Ik besluit om een bericht te sturen naar Deborah en Ilse, twee vriendinnen met wie ze regelmatig omging voor ze naar

Frankrijk vertrok. Hun achternamen ken ik niet, maar door te zoeken op voornaam, leeftijd en woonplaats vind ik de Hyves-pagina van Deborah en een slecht bijgehouden profiel van Ilse op Facebook. Ik vraag hen me te bellen of een sms te sturen als ze weten waar Dianne uithangt.

Op mijn eigen Hyves wil een ex-collega vrienden worden. Ik voeg haar zonder aarzelen toe. Na gisteren ben ik dankbaar geworden voor elke vorm van interesse.

Die dankbaarheid heeft wel grenzen. In de mailbox tref ik een bericht aan van Evert, een vormgever van de krant die ik steeds zorgvuldig vóór me hield op feestjes en in liften. Evert is de dubbelganger van Steve Buscemi in zijn rol van Tony in *The Sopranos*. Hij vraagt me of ik overweeg om freelance te gaan schrijven. Zo ja, dan kan hij me helpen aan een interessante opdracht. Tuurlijk. Hij sluit af met 'liefs, Evert' en zijn privénummer. Ik druk op delete.

Door Evert moet ik denken aan vroeger. Dianne en ik hebben lange tijd de gewoonte gehad om mensen te typeren aan de hand van hun gelijkenis met bekende mensen. Het begon met haar moeder. Ze draaide op een middag een sjaal om haar hoofd en leek toen zo sprekend op Susan Sarandon in *Thelma and Louise* dat het niemand kon ontgaan. Ze was niet de enige beroemdheid in onze omgeving. Diannes stiefvader bleek een regelrechte kloon van Anthony Head te zijn in zijn rol van Giles in *Buffy the Vampire Slayer* en mijn vader had grote overeenkomsten met Jim Carrey, alleen viel er met hem minder vaak te lachen en was zijn haar korter. Opvallend veel vrouwen in onze straat leken op Roseanne Barr. Iedereen werd door ons giechelend langs de celebrity's-lat gelegd: leraren, tantes, toevallige passanten.

Onze eigen, persoonlijke dubbelgangers wisselden voortdurend. We pasten ze aan op onze nieuwe coupe en stemming. Meestal leek Dianne op Sinéad O'Connor – met het verstrijken van de jaren werd de overeenkomst steeds groter.

'Kate Winslet in *Titanic*,' riep ik, toen ik haar het resultaat van een kastanjebruine kleurshampoo liet zien.

Ze lachte. *'Not in a million years!'*

Het werd een sport om zoveel mogelijk sterren en substerren van gezicht en naam te leren kennen, want dat vergrootte de kans dat je een treffende match uit de mouw kon schudden. Dianne mocht dan ouder zijn en stukken fanatieker, op dit terrein waren we aan elkaar gewaagd. Ik was er gewoon goed in, en nog steeds. Details die aan anderen voorbijgaan, vallen mij juist op en ik vergeet ze zelden, of het nu gaat om trekken in iemands gezicht, een lichaamshouding of een manier van lopen.

Aan ons spelletje kwam een einde in het jaar dat ik zeventien werd.

'Heb je die vent gezien?' vroeg ik, toen we op onze vaste vrijdagavond een kroeg bezochten.

'Een beetje jong,' was haar antwoord.

'Howie Dorough, Backstreet Boys.'

'O, ja. Zal wel.'

'Kijk dan! Hij lijkt er echt op.'

Ze keek me donker aan. 'Eef... ik vind dit een beetje oppervlakkig worden. Kinderachtig. Als ik nu ook al die jongetjes van de Báckstreet Boys van naam en gezicht moet kennen...'

Haar reactie sloeg bij mij in als een bom. Die kwam over als een persoonlijke afwijzing – alsof Dianne niet ons spelletje, maar *mij* ineens te kinderachtig vond. Later bedacht ik dat ze gewoon gelijk had gehad. We waren zeventien en negentien, veel te oud voor stomme lookalikespelletjes. En al zeker voor de Backstreet Boys.

Buiten is een lange, ronkende file voor het afhaalloket ontstaan en ook hierbinnen wordt het drukker. Een groep jongens heeft de pc's om me heen in gebruik genomen. Ik kan mezelf amper horen denken door hun geschreeuw.

Ik werp mijn koffiebeker in de vuilnisbak en loop de parkeerplaats op. Het is pas tien voor halfeen. Vanavond om zeven uur openen de restaurants hun deuren weer. Hoe kom ik in hemelsnaam de rest van de dag door? In Diannes huis heb ik weinig te zoeken als ze er zelf niet is. Zou ze vandaag nog thuiskomen? Of zaterdag pas?

Stel dat ze onze afspraak is vergeten?

De gedachte om terug naar Nederland te rijden wint even aan kracht, maar als ik achter het stuur heb plaatsgenomen, verman ik me. Wie weet zit Dianne al lang en breed in Le Paradis op me te wachten.

Klokslag twee uur zet ik mijn auto stil op het erf. In de boodschappentas die ik van de bijrijdersstoel pak, zit heel wat meer dan de dingen die ik nodig had. Tussen melk, suiker en brood liggen een paar Franse kaasjes, pinda's, M&M's en een zak meringues. Troosteten.

Terwijl ik naar het huis loop, kan ik het niet laten om een snelle blik over mijn schouder te werpen. Het veld en het bos liggen er verlaten bij, maar ik weet nu dat die aanblik bedrieglijk kan zijn. Zouden de jagers weer in hun aftandse hut zitten? Of liggen ze daar ergens in de struiken naar me te loeren?

Het unheimische gevoel wordt sterker als ik langs de zijgevel van het huis naar de achterkant loop.

Ik haal de sleutel uit de gieter, recht mijn rug en haast me naar de achterdeur.

Halverwege blijf ik roerloos staan.

De tas met boodschappen glipt uit mijn vingers en komt

met een plof naast me op de grond terecht.

Op het betonnen stoepje bij de achterdeur glinstert iets. Glas, dat daar vanochtend nog niet lag. Scherven.

Mijn ogen flitsen alle kanten op, naar de bosrand die tijdens mijn afwezigheid dichterbij lijkt te zijn gekropen, de muur van opgestapeld haardhout waarop het afdekzeil ritselt in de wind, de smalle doorgang tussen het huis en de schuur, en weer terug naar de achterdeur.

Uiterst behoedzaam loop ik verder, gespitst op elke beweging en elk geluid. Bij de achterdeur blijf ik staan. Verbijsterd.

De ruit is vernield; die is ingetrapt of ingeslagen. Er steken alleen nog wat vlijmscherpe stukjes in de sponning. Ik buk om naar binnen te kijken. Door de hele keuken heen liggen glasscherven en splinters verspreid.

18

Ik herinner me van mijn opleiding dat vrijwel elk dorpje in Frankrijk zijn eigen politiebureau heeft, waar de bewoners altijd terechtkunnen. Tot 1993 was dat in Nederland al net zo. Daarna maakten de bezuinigingen er een einde aan, sloten al die kleine politiebureaus hun deuren en werd het doen van een simpele aangifte een schier onmogelijke missie.

Tussen ons oude systeem en het huidige Franse is wel een groot verschil: in de steden zwaait de *police nationale*, de landelijke politiedienst, de scepter. Op het platteland en in kleine gemeentes heeft de *gendarmerie nationale* het voor het zeggen. Dat is feitelijk geen politiemacht, maar een militaire organisatie die in dunbevolkte gebieden de politietaken uitvoert.

Het bureau waar ik moet zijn ligt aan een zijweg van de hoofdstraat. Het gebouw lijkt op alle andere in de dorpskern: beige gestuukt en met louvreluiken waarvan de verf grotendeels is afgebladderd. De voordeur kermt luidruchtig als ik hem openduw. Hij fungeert als teletijdmachine: het lijkt erop dat dit interieur sinds de jaren zestig geen drastische wijzigingen meer heeft ondergaan. Of misschien is het nog wel langer geleden. Dat beeld wordt versterkt door de kunstleren stoeltjes die op een rij tegen de muur staan, de glanzende lambrisering en de kaalgetreden vloerkleden. Het ruikt hier zelfs naar vroeger. Een paar scheefgegroeide kamerplanten dragen bij aan de indruk dat ik iemands woning betreed, in plaats van een overheidsgebouw.

Een loket of balie ontbreekt. Links van de ingang staat een deur open. Daarachter is een modernere, felverlichte ruimte waarin een vrouw in uniform aan het werk is. Zodra ze me ziet binnenkomen, schuift ze haar stoel naar achteren en loopt op me af.

Haar handdruk is ferm. 'Wat kan ik voor u doen?'

'Ik wil graag aangifte doen van woninginbraak.'

Ze wijst naar de stoeltjes. 'Wilt u hier even wachten? Dan roep ik een collega.'

Ik ga zitten en begin aan mijn handen te peuteren. Er zitten splinters in mijn vingertoppen, afkomstig van de planken en panelen die ik heb gebruikt om de achterdeur provisorisch te repareren. Ik vond de spullen in de schuur, onder het stof en spinrag. In de hangar stond een bak met gereedschap. Daarin trof ik een hamer aan en een blikje met roestige spijkers die zo lang waren als mijn pink. Nadat ik de deur had dichtgetimmerd ben ik begonnen de glasscherven op te vegen. De keuken lag ermee bezaaid en er lagen ook nog stukken glas in de woonkamer. Een steen of een ander zwaar voorwerp kon ik nergens vinden.

Pas toen ik alles had opgeruimd realiseerde ik me dat ik daarmee beter had kunnen wachten. In de roes van de spanning had ik alle bewijsmateriaal opgeruimd.

Achter in de gang wordt een deur geopend. Een vermoeid ogende agent komt de gang in gelopen. Ik schat hem eind dertig, begin veertig. Hij heeft kortgeknipt bruin haar dat een beetje grijst bij de slapen en hij draagt het uniform van de *gendarmerie nationale*: lichtblauw overhemd met een donkerblauwe broek.

'Madame? Mijn naam is Chevalier. Komt u maar mee.'

Er staan twee stalen bureaus in de ruimte waar hij me mee naartoe neemt. De muren zijn gelig en kaal.

Chevalier gaat tegenover me zitten. Hij is groter dan de gemiddelde Fransman die ik in deze contreien ben tegengekomen en zijn bouw is beslist stevig te noemen. Dik is hij niet, eerder wat vlezig en gespierd. Zijn bureaustoel piept onder zijn gewicht.

Hij knikt me toe. 'Zegt u het maar.'

'Ik wil graag aangifte doen van een inbraak.'

'*Bon.*' Hij pakt een formulier uit een postbakje van zijn bureau en neemt ruim de tijd om een pen uit een la te toveren en die open te draaien. 'Uw naam?'

'Eva Lambregts.'

Mijn familienaam klinkt hem uitheems in de oren. Hij laat me die letter voor letter spellen.

'Leeftijd?'

'Zevenentwintig.'

'Geboortedatum?'

'29 mei 1980.'

'Adres?'

Ook dat spel ik voor hem.

Chevalier vult zijn formulier in met een zwierig, vrouwelijk aandoend handschrift dat haaks staat op zijn imponerende voorkomen. 'Waar verblijft u momenteel?'

'In het huis van mijn vriendin, Dianne van den Berg, in Le Paradis.'

Hij trekt een wenkbrauw op en kijkt me een seconde indringend aan. Hij heeft opvallend lichtbruine ogen, zie ik nu. 'Is dat zo?'

'U kent haar?' vraag ik.

De balpen verdwijnt in zijn borstzak. 'Iedereen kent iedereen *à la campagne*. Het is hier niet zoals in de stad.' Hij trekt een vies gezicht. 'Maar ik ken uw vriendin niet persoonlijk, alleen van horen zeggen. U bent op vakantie?'

Ik knik.

'Betreft uw aangifte het huis van mademoiselle Van den Berg? Is er in haar huis ingebroken?'

'Ja.'

'Wat is er precies gebeurd?'

'Ik kwam vanmiddag terug uit de stad en de ruit van de achterdeur was kapot. Ingeslagen, waarschijnlijk. De scherven lagen door de hele keuken.'

Hij gaat rechtop zitten. 'Wat is er ontvreemd?'

'Dat weet ik niet.'

'U weet het niet?'

'Ik ben hier pas een paar dagen, en ik ben hier nooit eerder geweest. Dus ik weet niet zo goed of –'

'Toch gaat u uit van een inbraak?' onderbreekt hij me.

'Ja. Natuurlijk.'

Hij kijkt op van zijn formulier. Zijn huid toont vlekkerig in het kunstlicht. 'Waarom komt uw vriendin eigenlijk zelf geen aangifte doen?'

'Ze is er niet.'

'Wanneer verwacht u haar weer thuis?'

'Om u de waarheid te zeggen: ik heb geen idee. Daarover maak ik me ook zorgen. Ik krijg haar maar niet te pakken. Haar mobiele telefoon staat uit en ze reageert niet op e-mail.'

Chevalier gaat verzitten. 'Wanneer heeft u dan voor het laatst contact gehad met uw vriendin?'

Ik moet even nadenken. De afgelopen dagen is er zoveel gebeurd, het lijken wel maanden. 'Ruim een week geleden. Per e-mail.'

'Wist ze dat u hiernaartoe zou komen?'

'Ja. En we keken er allebei naar uit. Maar door omstandigheden ben ik zes dagen eerder aangekomen. Ze verwacht me in principe pas zaterdag.'

Hij heft zijn handen. 'Ah. Zou ze op vakantie kunnen zijn? Heeft u gedacht aan een ziekenhuisopname? Familiebezoek?' Het is te merken dat de politie vaker dit soort dingen aan de hand heeft. Chevalier schakelt sneller dan ik.

'Nee, dat geloof ik niet. Dan had haar moeder dat geweten, die sprak ik gisteren nog. Bovendien zou Dianne het me hebben verteld als ze naar het ziekenhuis moest of op vakantie ging. We zijn heel close. Ik zie geen reden waarom ze zoiets zou verzwijgen.'

Chevalier geeft me niet de indruk dat mijn verhaal hem nog interesseert. Hij is opgehouden met schrijven en bladert in een stapel computeruitdraaien op zijn bureau. Luistert hij nog wel?

Ik verhef mijn stem lichtjes: 'Waarom zou ze daarover niets tegen mij hebben gezegd?'

'Zoals u zojuist al aangaf: omdat ze u nog niet verwacht. Ze zal dit weekend vast wel weer boven water komen.' Hij kijkt op. 'Of wilt u misschien officieel aangifte doen van vermissing?'

Die optie is in me opgekomen, meer dan eens zelfs, maar nu ik hem hoor uitspreken klinkt het ineens zo beladen: vermist – mijn beste vriendin vermist in het buitenland. Hoe zeker ben ik er eigenlijk van dat ze daadwerkelijk vermist is?

Chevalier staat op vanachter zijn bureau. 'Mooi, als u me dan nu wilt excuseren. Ik kan verder niets meer voor u doen.'

Ik kijk hem onthutst aan. 'Hoezo niet? Ik kom aangifte doen van een inbraak, en –'

'Er is toch niets ontvreemd?'

'Niet dat ik wéét. Dat wil niet zeggen dat er niets weg ís.' Plotseling moet ik terugdenken aan de beschuldiging die een van de jagers me gisteren voor de voeten wierp: *Of wilde je weer iets komen jatten?*

'Ik sprak gisteren een paar jagers in een jachthut,' zeg ik snel. 'In het bos vlak bij Diannes huis. Misschien kent u ze wel, een van hen heet Régis Beau. Ze waren niet bepaald vriendelijk. Eentje vroeg me zelfs of ik weer iets kwam jatten. Hij beschuldigde me min of meer van diefstal, terwijl ik daar voor de eerste keer was.'

Chevalier trekt een wenkbrauw op. 'Jatten?'

'Zou het verband met elkaar kunnen houden, denkt u? Dat er iemand heeft ingebroken in de jachthut en nu ook bij Dianne?'

Chevalier beweegt amper, maar ik zie hem bijna denken. Na een lange pauze zegt hij: 'U spreekt goed Frans voor een buitenlander, maar ik moet er terdege rekening mee houden dat u de heren verkeerd heeft verstaan.'

'Ik denk het niet.'

Hij zucht. 'Als er in de hut is ingebroken, zoals u beweert, waarom zou daarvan dan geen aangifte zijn gedaan?'

'Dat weet ik niet.'

Chevalier haalt een sigaret uit zijn borstzak en rolt die afwezig heen en weer tussen zijn vingers. 'Goed. Laten we voor nu afspreken dat de eigenares van het huis contact met ons opneemt zodra ze terug is. Dat wil zeggen, als er inderdaad spullen zijn ontvreemd. Uw vriendin lijkt me de enige die dat kan beoordelen.' Hij maakt een uitnodigend gebaar naar de deur en zet zelf alvast een stap in die richting.

Op de gang loopt een geüniformeerde agent voorbij, die even zijn pas inhoudt als hij ziet dat er bezoek is. De agent oogt jonger dan Chevalier. Hij laat zijn ogen over mij heen glijden, wisselt een korte blik van verstandhouding met zijn collega en loopt verder.

Ik verroer me niet. 'Is dit het? Er wordt niet eens naar vinger- of voetafdrukken gezocht? U stuurt niemand langs?'

'Het gebeurt helaas wel vaker dat geïsoleerd liggende huizen worden bezocht door een groepje *ado*'s dat zich verveelt. Er is hier weinig te doen voor de jeugd, behalve werken en sporten. Sommige kinderen vervallen daarom in *bêtises*. Dat is geen excuus, hou me ten goede, maar –'

'Káttenkwaad? Noemt u dit kattenkwaad? Neem me niet kwalijk, maar dit gaat toch wel iets verder! Ik weet niet of u het zich realiseert, maar ik logeer in dat huis. Nu was het overdag en was er niemand thuis, maar stelt u zich voor dat ze 's nachts terugkomen? Dat huis ligt hartstikke geïsoleerd. Ik vind die gedachte knap bedreigend.'

Chevalier staat niet meer open voor discussie. Zijn gedachten lijken mijlenver weg.

'Waarom neemt u mijn aangifte niet serieus? Er is vanochtend ingebroken in een huis in uw gemeente!'

'Een inbraak? Vooralsnog zie ik het als vandalisme en zo behandel ik deze zaak ook.' Hij ziet er plotseling nog vermoeider uit, zijn stem klinkt zacht als hij verdergaat: 'Luister, juffrouw. We onderzoeken momenteel een moordzaak. Het gaat om een echtpaar, ouders van twee jonge kinderen. Gerespecteerde mensen, nooit een vlieg kwaad gedaan. De man is afgeslacht in zijn eigen huis, een boerderij op nog geen tien kilometer van de plek waar we nu staan.' Chevalier haalt diep adem, kijkt zwijgend naar de grond. 'En zij werd twee dagen later gevonden. In het bos. Afgeschoten als een wild beest. Ze bleek vier maanden zwanger te zijn.' Hij kijkt me nog steeds niet aan. Zucht diep. 'Ik ervaar dit als de gruwelijkste zaak in mijn carrière, een zwarte bladzijde in de geschiedenis van onze gemeente. Dus komt u bij mij niet aan met een gebroken ruit.' Hij pakt me bij mijn bovenarm en duwt me de gang op. 'Als u zich vanwege het incident niet meer veilig voelt, schaft u dan een busje pepperspray aan. Ze kosten nog geen tientje bij de Chasse & Pêche op het *centre commercial* bij de stad. Ik moet het hier echt bij laten. Goedendag, juffrouw – *au revoir.*'

19

De eigenaar van de buurtwinkel werd door Dianne treffend getypeerd als een mager tweelingbroertje van Salman Rushdie. Meteen bij binnenkomst had hij me in de gaten, dat jonge meisje dat zonder begeleiding onder schooltijd langs zijn schappen sloop, en hij bleef me de hele tijd raar aankijken.

Ik had een zakje kaaschips gepakt en ook een Caramac, omdat ik de geur van zoet melkpoeder en karamel die ik bij het voorbijgaan opsnoof niet kon weerstaan.

Salman deed mijn aankopen tergend langzaam in een tasje en gaf me wisselgeld. Boog zich toen langs de kassa bijna over me heen. 'Zeg, moet jij niet op school zijn?'

Ik deed een stap achteruit en durfde geen antwoord te geven. Mijn hart bonkte in mijn keel toen ik eindelijk buiten stond.

Half rennend, half huppelend schoot ik terug de brandgang in, mijn buit in het plastic tasje naast me heen en weer zwiepend. Ik haastte me langs de betonnen schuttingen en geschoren ligusterhagen en bij elke pas kreeg ik meer spijt van mijn impulsieve daad. Hoe sneller ik thuis was, hoe kleiner de kans dat iemand me onderweg zou zien en er later mijn moeder over zou aanspreken.

Ze was in elk geval nog niet thuis. Haar fiets stond niet in onze achtertuin, en ook niet voor.

Er was wel iets veranderd. Naast de voordeur stond een krat met flessen melk en vla. Ertussen stak een handgeschreven bonnetje van de melkboer.

Ik sloeg er verder geen acht op en gaf met mijn schouder een zetje tegen de deur.

Au.

Ik duwde, nu met allebei mijn handen.

De deur gaf geen krimp.

Ik draaide aan de knop, duwde nog eens tegen het donkerblauw gelakte hout, fel en venijnig deze keer, tegen beter weten in, ik zette er mijn heup en zelfs mijn voorhoofd tegenaan en zette zoveel kracht dat het zeer deed.

Niets.

Iemand had de voordeur dichtgetrokken.

20

Ik geloof eerder dat Chevalier me gerust wilde stellen dan dat hij me serieus adviseerde om me te bewapenen, maar ik volg zijn raad toch maar op. Als een kwaadwillende bij me naar binnen zou stappen, is er niemand die me hoort schreeuwen.

In zo'n huis zou niemand alleen mogen wonen, in elk geval niet zonder een stel eenkennige waakhonden en een goed werkende alarminstallatie.

Ik doe het voorlopig maar met een busje pepperspray.

Want ik blijf. Dat besluit staat vast. Stel dat Dianne niet bij vrienden is, en ook al niet halsoverkop met een nieuwe liefde op vakantie is gegaan; stel dat haar gsm, computer en internetverbinding uitstekend werken en er dus geen enkele plausibele reden overblijft voor haar afwezigheid?

Ik vind het stuitend hoe gemakkelijk die rechercheur over de mogelijkheid van een eventuele vermissing heen stapte. Zéker nu de regio is opgeschrikt door een afschuwelijk drama zou de politie extra gespitst moeten zijn op dit soort dingen.

Moord. Tweevoudige moord. De woorden die Chevalier zo geëmotioneerd uitsprak, echoën door mijn hoofd.

... afgeslacht in zijn eigen huis.

... zij werd twee dagen later gevonden.

... afgeschoten als een wild beest.

... vier maanden zwanger.

Nee. Ik kan niet naar huis.

Terwijl ik de provinciale weg op rijd, vraag ik me af of Dianne ook weleens 's nachts uit haar raam heeft staan kijken en dat dwaallicht heeft gezien. Zouden de ruiten bij haar al eens eerder zijn ingegooid? Is er weleens bij haar ingebroken?

Ado's, zei Chevalier – adolescenten, jongeren. Zou het waar zijn en gaat het om relatief onschuldig vandalisme? Of is er meer aan de hand?

De dorpsbewoners zijn ontegenzeglijk de naarste mensen die ik in mijn leven ben tegengekomen. Vergeleken met de kerels die ik hier tot nu toe heb ontmoet, komt zelfs Sjef me voor als een hartelijke oude baas. Is Dianne tegen dezelfde vijandigheid aan gelopen als ik?

Hoe dan ook: als ze zaterdag nog niet terug is – op de datum die al maanden in ons beider agenda's stond genoteerd – dan ga ik de noodklok luiden. Dan zal ik haar bij de politie als vermist opgeven en ook haar moeder waarschuwen, mijn ouders en broers, vrienden. Iedereen.

In de tussenliggende tijd kan ik niets doen, behalve hopen dat Dianne snel terugkomt en dit alles berust op een misverstand.

21

De Chasse & Pêche die ik op het *centre commercial* even buiten de stad heb gevonden, heeft geen pepperspray op voorraad.

De verkoper is een magere man die meer lijkt op een pianist dan op een wapenhandelaar. Hij lacht veel, maakt grapjes en zijn handen zijn druk in de weer met het sorteren van felgekleurde dobbers. Voor in de zaak staan rekken met hengels en bakken nepvisjes met glitters en fluorescerende kleuren. Outdoorkleding en geweren hangen achterin; de man gebaart ernaar met een zijdelingse hoofdbeweging. 'Maandag komen ze weer binnen, die busjes,' zegt hij.

Maar zoveel tijd heb ik niet.

Hij is zo vriendelijk me door te verwijzen naar een in wapens gespecialiseerde winkel in het stadscentrum.

Onderweg naar de binnenstad breekt de zon door. Niet bleek en schuchter, maar zo overtuigend en krachtig als de zon maar kan zijn in het Franse zuiden. Het warme najaarslicht kleurt de asfaltweg en de huizen sepia, de heuvels in de verte krijgen een okeren gloed.

Langs de weg schreeuwen billboards om aandacht. Sommige staan op palen, andere hangen tegen zijgevels van gebouwen. De groenten van Bonduelle zijn in de aanbieding bij Carrefour, verzekeringen sluit je af bij BNP Paribas en bij 'Vet', een goedkope kledingwinkelketen, zijn deze maand volop acties met nachtjaponnen.

Wat Le Paradis en omstreken ontberen aan reuring en kleur, wordt veertig kilometer verderop dubbel en dwars gecompenseerd. Ik moet regelmatig stoppen om een voetganger te laten oversteken. Er knetteren crossbrommers door de straten, schooljeugd staat rokend te wachten bij een bushalte en oude dametjes laten hun hond uit. Het lijkt wel of iedereen naar buiten is gekomen om van het laatste beetje zonlicht te profiteren, voor de winter definitief invalt.

De zonneschijn zet de streek letterlijk in een ander licht, een positiever licht. Het centrum kan zo worden gebruikt als decor voor een historische film. Ronde uitkijktorentjes die half uit de stadsmuren steken, balkons van donker hout, huizen met diagonaal geplaatste balken en gele leem ertussen. De stad grossiert in met keien geplaveide steegjes en winkels met streekproducten. Ik passeer twee hotelletjes en een bord dat verwijst naar het bureau voor toerisme.

Ik zet mijn auto op een openbare parkeerplaats langs een rij platanen. De typische stadsbomen hebben hun blad verloren, maar zijn nog steeds herkenbaar aan de gevlekte bast die doet denken aan een camouflageprint. Als kind noemde ik ze soldatenbomen.

'De wapenkelder' is een smalle, diepe winkel met tapijttegels op de vloer en lichtbakken in het systeemplafond. Maar dat is niet het eerste wat me opvalt bij binnenkomst. Ik word overdonderd door de hoeveelheid vuurwapens en accessoires waarmee de wandvitrines zo'n beetje zijn volgestouwd. Pistolen, jachtgeweren. Stroomstootwapens, boksbeugels, wapenstokken. Werpmessen, vlindermessen, zwaarden en middeleeuwse werktuigen. Aarzelend loop ik verder en val van de ene verbazing in de andere. Op het bezit van dit soort ellende staan in Nederland boetes en gevangenisstraffen. Hier liggen diezelfde wapens te wachten op een koper in een voor iedereen toegankelijke winkel. Netjes uitgestald en keurig geprijsd. Alsof het tuingereedschap betreft.

Op geen van de verpakkingen, folders of reclameposters staat een vrouw afgebeeld. Dit is een mannenwereld. Een wereld van ernstig kijkende, trotse mannen. Mannen in camouflagekleding in een bos, mannen met gehoorbeschermers en een pistool in twee handen, mannen met de borst vooruit, geweer achteloos over de schouder, mannen met één voet op de flank van een dood everzwijn.

De hele opzet van de winkel maakt me misselijk. De agressie is voelbaar. Niets van wat hier wordt verkocht is onschuldig, zelfs niet de aaibaar ogende replica-eenden en plastic konijnen. Alles is gemaakt met het doel om uiteindelijk een levend wezen te verwonden, uit te schakelen of te doden.

Een kerel met een korte, grijze baard komt naar voren gelopen. De begroeting is formeel en een lachje kan er niet vanaf. Zo te ruiken heb ik hem gestoord tijdens zijn koffiemoment.

'U zoekt?'

'Une bombe au poivre, alstublieft.'

'Pour utiliser à l'interieur ou l'éxterieur?'

Binnen- of buitengebruik. Hoe kan ik dat nou van tevoren weten? 'Zit daar verschil in?'

De man mompelt iets en neemt me mee naar de toonbank. Hij pakt verschillende busjes pepperspray van een planchet, zet ze op de glasplaat en begint uitleg te geven.

Achter in de winkel ontwaar ik door een openstaande deur een witbetegelde ruimte, een keukentje misschien. Door de kier zie ik een paar in afgetrapte bergschoenen gestoken voeten ongeduldig heen en weer wiebelen.

'Doet u deze allebei maar,' zeg ik, wijzend naar een goedkope spray die een soort gas verspreidt, en een busje duurdere, volgens de verkoper een nieuwere generatie. Deze werkt zelfs nog na een plons in het water en zou zijn cayennepepergel vier meter ver kunnen spuiten, zodat je de aanvaller niet dichtbij hoeft laten komen. Die gel plakt vervolgens als lijm op de aanvaller en laat een moeilijk te verwijderen feloranje inkt achter.

Ik haal mijn bankpas door het betaalapparaat en toets de pincode in. Het duurt even voor de bon tevoorschijn komt. Het apparaat maakt knarsende geluiden.

De baardige verkoper draait dun papier om mijn aankopen heen en doet ze in een plastic zakje. 'U komt uit het buitenland, zeker?'

'Klopt, uit Nederland.'

'Dat dacht ik al te horen. We zien hier wel vaker Nederlanders. Maar vooral in de zomer. In dit jaargetijde nooit, eigenlijk.' Hij neemt me nieuwsgierig op. 'Woont u hier of bent u op doorreis?'

'Ik ben op bezoek bij een vriendin die hier woont.'

'Zij is ook Nederlandse?'

Ik knik.

De bonnetjes zijn eindelijk uitgeprint. Ik pak ze van hem aan en stop ze in mijn zak.

Achter in de winkel wordt de deur opengetrokken. 'Ik ben ervandoor, Eric!' Frans met een zwaar accent – een zwaar Nederlands accent.

Ik blijf beweginloos bij de kassa staan. Staar ontzet naar de man die in de deuropening is verschenen.

Een meter vijfentachtig lang, fit en tanig. Bergschoenen, jeans vol vlekken. Een al even vuile legerjas hangt om zijn lijf. Hij heeft ultrakort geschoren haar en hoekige, zwarte wenkbrauwen. Grijze irissen. Er hangt een beangstigend sterk aura om hem heen, bijna bovennatuurlijk.

Ik ken deze man.

Ik heb nooit begrepen wat Dianne in hem zag.

22

Hugo Sanders, zoon van een projectontwikkelaar, opgegroeid in weelde en verwend tot op het bot. Hij heeft alles van huis uit meegekregen, met uitzondering van een aantrekkelijk hoofd en een innemend karakter.

Tenminste, dat was mijn mening. Dianne zag dat anders. Ze leerde hem kennen via haar werk – hij sprak al drie talen vloeiend voor hij haar inhuurde om hem Franse conversatielessen aan huis te geven. Het was liefde op het eerste gezicht, een liefde die grensde aan aanbidding. Of gekte, wat mij betreft. *Un amour fou.*

Dianne dronk de woorden die uit zijn mond kwamen. Alles wat die man zei was diepzinnig en wijs. Er was geen wereldprobleem denkbaar of Hugo Sanders had er wel een pasklare, zij het doorgaans radicale oplossing voor.

Ik wilde Dianne graag begrijpen en blij voor haar zijn, maar het lukte me niet. In stilte noemde ik hem *Het Orakel van Haren*, naar zijn woonplaats, in een poging zijn onmiskenbare charisma te ontkrachten. Deze methode was een stokpaardje van een leraar op de opleiding journalistiek: als je invloedrijke mensen maar lang genoeg rare bijnamen geeft en hun daden en uitspraken in het belachelijke trekt, verdwijnt daarmee ook een deel van hun magie en kracht.

Ik hoopte destijds dat het inderdaad zo makkelijk zou

werken. Want feit was dat Hugo invloed had, heel veel invloed.

Mijn grootste angst was dat Dianne en ik uit elkaar gedreven zouden worden. Voor het eerst in mijn leven was ik bang dat ik haar zou verliezen als beste vriendin, als grote zus, als rolmodel.

Die angst was niet ongegrond. Het was gewoonweg schokkend om te zien hoezeer Diannes gedrag door zijn toedoen veranderde. Ze paste zelfs haar kledingstijl aan om hem ter wille te zijn. Dianne was altijd al een tikje alternatief en 'anders', wat er mede de oorzaak van is dat onze vriendenkringen elkaar nooit hebben overlapt, maar onder Hugo's invloed deed ze er nog een schepje bovenop. Ze droeg enkel nog legerkistjes, jeans en makkelijke sweaters en maakte zich vrijwel niet meer op. Als we op het punt stonden ergens naartoe te gaan en hij belde op, dan grijnsde ze spijtig en zei: 'Tja, jee, Eef... sorry,' en snelde ervandoor.

In zijn buurt veranderde ze in een kritiekloze volgeling, maar de rest kreeg te maken met haar schaduwzijde. Ze werd onrustig, opvliegender dan ze toch al was. Ze zocht steeds de discussie op over uiteenlopende kwesties en werd kwaad als ik tegengas gaf. Een middag gezellig winkelen was er niet meer bij, dagjes weg werden een zeldzaamheid.

Dat was Hugo's invloed op haar, het neveneffect van hun relatie, die even plotseling eindigde als hij was begonnen. Drie maanden heerste de waanzin, hield de turbulentie aan, daarna was het voorbij. Volkomen windstil.

Het enige wat ze erover kwijt wilde was: 'Ik ben klaar met hem.'

Vorig jaar december is de naam Hugo Sanders voor het laatst gevallen. Een week voor de kerst maakte ze het uit.

Achteraf gezien was het typisch iets voor Dianne om zich met zoveel hartstocht en overgave in een relatie te storten en vervolgens de interesse weer volkomen te verliezen.

In die zin ondergingen Hugo en zijn wijsheden hetzelfde lot als de sponsorloop voor de kinderen van Mali en het omvangrijke oeuvre van Jean de la Fontaine.

Het Orakel van Haren is in niets veranderd. Hooguit zijn de kleren die hij draagt goedkoper – dit ensemble lijkt uit een legerdump te komen – en vooral vuiler. Hij heeft nog steeds die scheef geplaatste ogen waarin steeds een bozige, verwijtende blik sluimert, en die magere, gekromde neus. Nieuw is het waas van een baard die uit zwarte en witte haren bestaat en naadloos overgaat in zijn gemillimeterde schedel. Hugo is eind dertig, een stuk ouder dan Dianne.

'Ik wist niet dat jij in Frankrijk woonde,' zeg ik, nadat ik de controle over mijn stembanden heb hervonden. Als ik snel zou blozen had ik nu purper gezien.

Demonstratief slaat hij zijn armen over elkaar. De mouwen zijn opgerold en tonen zwart behaarde, pezige polsen. 'O, nee?'

Ik schud mijn hoofd. 'Hoe zou ik dat moeten weten, dan?'

Er schittert een vreemde glinstering in zijn ogen. 'Zeg eens, Eva. Wat doe jij hier? Het toeristenseizoen is voorbij.'

'Ik ben op bezoek bij Dianne.'

Zijn gezicht is een en al ongeloof. *'Bezoek?'*

Hij kijkt naar de wapenhandelaar, die een hulpeloos gebaar maakt – de man verstaat geen woord van onze conversatie – en dan weer naar mij.

'Ik heb Dianne nog niet gesproken,' zeg ik. 'Ze is er niet. En eerlijk gezegd, vind ik dat best wel vreemd.' *Dat ik jou hier tegenkom vind ik trouwens ook vreemd,* voeg ik er in stilte aan toe. Ik heb net voldoende ontzag voor hem om mijn woorden in te slikken.

Ik bestudeer zijn gezichtsuitdrukking, maar kan er weinig meer uit opmaken dan dat hij geagiteerd is – zijn natuurlijke gemoedstoestand.

Zacht zeg ik: 'Weet jij waar ze is?'

'Waarom vraag je dat?'

'Zo'n rare vraag is dat toch niet?'

Hij lijkt na te denken. Kauwt onrustig op zijn wang. 'Het zal wel, maar mij fop je niet, Eva Lambregts.' Hij draait zich om en beent weg, verdwijnt in de keuken. Ik hoor een deur slaan.

Met het tasje tegen me aan geklemd snel ik de winkel uit. Ik haast me tussen de historische gebouwen door en via trappen en steegjes terug naar de parkeerplaats. Pas daar kijk ik om. Er lopen studenten met rugzakken en een groepje zakenmannen staat voor een gebouw te roken.

Hugo is me niet gevolgd.

Ik stap in mijn auto, maar start hem niet. Trillend blijf ik zitten, mijn handen op het stuur. Wegrijden gaat me niet lukken. Nog niet. Ik zou meteen een ongeluk veroorzaken.

Mijn heftige reactie verbaast me. Waar komt die vandaan? En wat doet Hugo hier – nota bene in een wápenwinkel? Zie ik iets over het hoofd? Wat moet ik doen? Kán ik iets doen?

In een parkje dat grenst aan de parkeerplaats staat een groep gepensioneerden petanque te spelen. Ze hebben alpinopetjes op en winterjassen aan. Twee mannen zitten op een bankje langs het speelveld en geven aanwijzingen. Even verderop scharrelen stadsduiven rond.

Het onthaaste tafereel heeft een kalmerende invloed. Geleidelijk trekt de paniek weg, maar de vragen blijven achter als aangespoeld wrakhout.

Toen ik Hugo vroeg of hij hier woonde, sprak hij me niet tegen. Ik mag er dus van uitgaan dat het inderdaad zo is. Wat is de reden van zijn emigratie? Zou hij helemaal naar Le

Paradis zijn gekomen om Dianne lastig te vallen – is Het Orakel van Haren in werkelijkheid een grensoverschrijdende stalker? Of zijn Dianne en Hugo weer bij elkaar? Maar waarom weet hij dan niet waar Dianne is? En waarom heeft Dianne me daar niets over verteld? En hoe valt dit allemaal te rijmen met zijn vreemde reactie? Hij zei zoiets als 'mij hou je niet voor de gek'.

Mijn mobiel begint te zoemen. Van schrik stoot ik mijn achterhoofd tegen de hoofdsteun. Het is een sms.

HE LEKKER DING, HOE IS HET DAAR?

IK MIS JE, VERVEEL ME TE PLETTER

X-JE ER

Zal ik Erwin bellen? Ik ben benieuwd naar zijn mening, want ik weet niet meer wat ik moet denken. Erwin staat er volkomen blanco in: hij heeft zowel Hugo als Dianne nog nooit ontmoet.

Misschien wil Erwin wel hiernaartoe komen? Ik kan niet ontkennen dat het me na twee nachten in dat godvergeten huis heerlijk lijkt om tegen zijn warme mannenlijf aan te kunnen kruipen, om er niet meer alleen voor te hoeven staan.

Maar stel dat Dianne vanavond thuiskomt, of zelfs nu al thuis ís? Dan zou ik hem helemaal voor niets gealarmeerd hebben en hiernaartoe hebben laten komen.

Uiteindelijk, na minutenlang twijfelen, vinden mijn vingertoppen de toetsen. Mijn vingers trillen nog steeds als ik het berichtje typ.

ALLES OK, MIS JOU OOK, HOUD MOED ;)

XIEJE OVER 2 WK X

23

Mijn moeder kon elk moment op haar Gazelle de straat in komen fietsen. Ik kon me levendig voorstellen hoe ze zou reageren als ze mij in de voortuin zag staan, in winterjas en met een plastic tasje in de hand. Eerst zou ze schrikken, zich haasten om bij me te komen en op haar hurken zakken: 'Wat is er aan de hand? Wat doe je hier nu buiten, lieverd? Wat is er gebeurd?'

En daarna zou alles anders worden.

Ik had misbruik gemaakt van haar vertrouwen. Ik had koorts geveinsd en was het huis uit geslopen om snoep te gaan kopen.

Ik was een rotkind.

Een leugenachtig rotkind.

Dianne deed dit soort dingen wel vaker. Ze kreeg toch nooit op haar donder, zei ze steeds, want haar moeder was er nooit. Dus wat maakte het uit?

Zij voelde zich geen rotkind.

Ik liep om het huis heen de achtertuin in. Tegen de schutting stond een bankje. Daarop ging ik zitten, legde het tasje naast me op het groen geschilderde hout en keek somber voor me uit. Ik probeerde een excuus te verzinnen, een goede smoes die zou verklaren waarom ik buiten was en niet binnen.

Een leugentje om bestwil.

Hoe hard ik het ook probeerde, er kwam niets bruikbaars in me op.

Ik keek naar het huis. Achter mijn raam waren de gordijnen half dichtgetrokken. Naast mijn kamer was onze badkamer.

Het klapraampje daarvan stond open.

24

Het schemert als ik Diannes erf op rijd. Bij binnenkomst overvalt de kou me. Het huis is vochtig en kil en er komen lichte wolkjes condens uit mijn mond.

Ik loop direct door naar de kachel. Het hout dat ik vanochtend heb aangestoken, is opgebrand. Tegen beter weten in schud ik de inhoud van het doosje aanmaakblokjes uit over de tegels. Kruimels.

Een korte inspectie van de keukenkastjes levert geen aanmaakblokjes op. Wel een stapel oud papier onder de gootsteen.

Ik neem de bovenste laag mee terug naar de woonkamer, maak er proppen van en bouw een wigwam van het droogste en dunste hout dat ik kan vinden. Daarna zet ik de schuiven helemaal open, zodat er lucht bij kan, en steek het papier aan. Al snel begint het vuur te loeien en raast als een tornado langs de ruitjes. Het huis doet meteen al wat aangenamer aan.

De kat met de scheve bles zit bij het venster. Ik zie zijn bekje open- en dichtgaan. Hij miauwt naar me.

'Woon jij hier?' vraag ik hardop. 'Of wíl jij hier graag wonen?'

Nu hoor ik hem miauwen door het vuile glas heen.

Ik kan me niet voorstellen dat Dianne een huisdier heeft.

Niets in huis wijst daarop. Ik ben geen kattenvoer tegengekomen en ook geen kattenbak. Op de gedessineerde stof van de slaapbanken liggen geen kattenharen. Griezeltje is waarschijnlijk een boerderijkat die voor de winter liever een warme plek op schoot reserveert, dan dat hij in een tochtige schuur op muizenjacht gaat.

Ik loop naar de koelkast en kom terug met een opgerolde plak ham.

'Ik kan je niet binnenlaten, maar ik heb wel iets lekkers voor je.' Ik open de voordeur en leg de ham op het betonnen stoepje.

De kat is er meteen bij, grist het vlees weg en maakt zich grommend uit de voeten.

'Ook dankjewel,' roep ik hem na.

Ik sluit de deur achter me en draai de knip erop. Het vuur is weer aan het doven, achter de ruitjes is het donker. Ik maak het gietijzeren deurtje open en begin te blazen. Asdeeltjes dwarrelen op de stenen vloer en komen neer in mijn haar en op mijn kleren. De rookwalmen slaan op mijn adem, maar hoe hard ik ook blaas, de vlammen van zojuist laten zich niet terugroepen. Ze hebben het papier verbrand, een paar takken verschroeid, en dat was het dan. Ik kan me er maar beter bij neerleggen: vuur maken is niet een van mijn talenten. Het lukte me als kind ook al nooit om onze open haard brandend te houden. Ik maak een aantekening in mijn hoofd om morgen een grootverpakking aanmaakblokjes te gaan halen.

Mijn mobieltje zoemt in mijn broekzak. Erwin. 'Hoi,' zeg ik, met een stem die vele malen vrolijker klinkt dan ik me voel.

'Bel ik gelegen?' vraagt hij.

'Ja, natuurlijk.'

'Luister effe. Ik kan kaartjes krijgen voor Coldplay, zaterdag over drie weken, heb jij dan iets?'

Drie weken. Het lukt me amper om me daar een voorstelling van te maken. 'Ik geloof van niet,' antwoord ik na enig aarzelen.

'Zin om ernaartoe te gaan?'

'Ja, goed,' zeg ik vlak. 'Gezellig.'

'Je klinkt anders niet echt enthousiast. Is er iets?'

'Alles is oké.'

'Dianne is zeker wel blij je te zien.'

Ik wil niet meer liegen. Nu ik zijn vertrouwde stem hoor, zou ik willen dat hij bij me was, dat ik hem kon aanraken. 'Dianne is er niet.'

'Wat bedoel je?'

'Nou… ze is niet thuis. Ik heb haar nog niet gezien.'

'Nog niet… Hè!? Waar slaap jij dan?'

'In het huis.'

'In háár huis bedoel je? En ze is er zelf niet?' Hij pauzeert even. 'Ze woonde toch alleen?'

'Voor zover ik weet wel, ja.'

'Wie heeft je binnengelaten?'

'Ik heb de achterdeursleutel in een gieter buiten gevonden.'

Een paar seconden blijft het stil. Dan klinkt het: 'Afgelopen zondag?'

'Ja, hoe –'

'En je hebt Dianne al die tijd niet gezien of gesproken?'

'Nee. Ze is er gewoon niet. Vorige week reageerde ze ook al niet op mijn e-mails. En haar telefoon staat uit.'

'Heb je haar ouders gebeld?'

'Haar moeder. Die zegt dat Dianne vast wel ergens uithangt en dat ik me niet druk over haar moet maken.'

'Zit je daar nou al die tijd in je eentje te koekeloeren?'

Ik zeg niets meer.

'Midden in de rimboe,' voegt hij eraan toe. 'Eef, als die vriendin van je er niet is, wat dóé je daar in hemelsnaam dan nog?'

'Wachten tot ze terugkomt.'

'Heb je enig idee hoe maf dat klinkt? Sorry hoor, maar ik vind het niet normaal.'

Mijn zicht wordt troebel. Ik ben te trots om dat te laten merken. Toch kan ik niet voorkomen dat Erwin de snikken in mijn stem hoort. 'Ik ben gewoon bang, oké? Bang dat er iets met haar is gebeurd. Ik ken haar al mijn hele leven, ze is als een zus voor me. Ik vertrouw het niet. Ze zou nooit zomaar weggaan en mij niets laten weten, al zeker niet een week voordat ik kom logeren.'

'Zijn er geen vrienden of buren bij wie je kunt informeren?'

'Ze schreef me dat ze vrienden heeft gemaakt, maar ze heeft nooit namen genoemd. Ik ben in elk geval nog geen mensen tegengekomen die bevriend met haar zijn.' *En dan druk ik het nog zacht uit.* 'Weet je wie ik wél tegenkwam, trouwens? Haar ex-vriend, Hugo Sanders – over hem heb ik je toch weleens verteld? Een maand of vijf voor Dianne naar Frankrijk vertrok zijn ze uit elkaar gegaan, maar vanmiddag kwam ik hem tegen in een wapenwinkel. Is dat toevallig? Dat kan –'

'Wápenwinkel?' onderbreekt hij me.

'De politie gaf me de tip om pepperspray te kopen.'

'Waarom?'

'Gisteren is de ruit van de achterdeur gesneuveld. Ik ben daarvan aangifte wezen doen. De politie denkt dat kwajongens het hebben gedaan, maar –'

'Het klinkt niet best, Eva. Het klinkt eigenlijk nogal…' Hij zoekt naar een passend woord, maar krijgt het blijkbaar niet gevonden. Na een korte stilte zegt hij: 'Ik zou me een stuk beter voelen als je nu in je auto zou stappen en terug naar huis kwam.'

Ik ga harder praten: 'Je snapt het niet! Dit gaat over Dianne, mijn beste vriendin. Níémand die ik hier heb gesproken gaat met haar om, of vindt haar zelfs maar aardig. Stel dat er iets met haar is gebeurd? Wie gaat er dan naar de politie? Van haar moeder hoeft ze niets te verwachten, die gaat zich pas druk maken als Dianne niet belt op haar verjaardag, en die is pas volgend jaar.' Ik haal een paar keer diep adem. Vervolg dan, rustiger: 'Ik wil ten minste tot zaterdag blijven. Dan zou ze er moeten zijn omdat we die dag hebben afgesproken. Is ze er dan nog niet, dan ga ik aangifte doen.'

'Je klinkt behoorlijk overstuur.'

'Ik ben niet overstuur. Ik ben moe. En bang, omdat ik geen bal begrijp van wat er hier gebeurt. Het huis is koud. En de mensen zijn verschrikkelijk. Achterlijk en zwaar xenofobisch.' Ik begin te lachen door mijn tranen heen. 'Maar je moet je om mij geen zorgen maken, da's echt nergens voor nodig. Ik heb vanmiddag nog wel een busje hightech pepperspray op de kop getikt, dus wie doet me wat.'

'Ik heb toch liever dat je naar huis komt.'

'Ja, zeg!'

Hij zucht luid. 'Verdomme... Ik moet de rest van de week werken. Weet je wat? Als je nou naar huis rijdt, beloof ik je dat we zaterdag samen teruggaan. Voor mijn part met het vliegtuig. En als ze er dan nog niet is, dan blijf ik bij je en gaan we haar samen zoeken.'

Zijn bezorgdheid siert hem. En dat hij me een vliegreis aanbiedt ontgaat me evenmin. Misschien beschouwt Erwin onze verbintenis toch als wat minder vrijblijvend dan ik dacht.

'Vertrouw me nou maar,' zeg ik. 'Je hoeft je geen zorgen te maken. Ik bel je morgenvroeg. Kus.' Zonder hem de kans te geven om te reageren druk ik de verbinding weg.

Nog geen minuut later volgt een sms.

OKÉ. MAAR PAS GOED OP JEZELF.

X-JE

Gelukkig. Erwin maakt er geen toestand van.

'Je bent een schat,' fluister ik naar het schermpje en druk er een kus op.

Later die avond krijg ik weer een sms. Ik lig al in bed. Slaap- dronken lees ik het bericht. Deborah schrijft dat ze al in geen tijden iets van Dianne heeft gehoord en ze vraagt zich af waarom ik denk dat zij haar onlangs nog zou hebben ge- sproken. Hebben Dianne en ik soms ruzie of zo?

Ik stel haar gerust in een kort berichtje. Snel erna val ik in slaap.

25

De glaszetter is een buikige vijftiger met een open gezichtsuitdrukking.

Hij schudt me de hand. 'U woont hier prachtig, als ik het
mag zeggen. Hoe lang is uw oprit wel niet? Ik vermoed toch
zeker wel een kilometer?'

'Dat zou goed kunnen, ik heb het nooit opgemeten.'

Hij snuift en kijkt opgewekt om zich heen, naar het huis,
de schuur en de hangar. 'Prachtig. Ik heb altijd al zo willen
wonen, maar ik krijg mijn vrouw niet mee. Te achteraf, hè?'

Deze man komt niet uit het dorp; de *vitrerie* die ik vanochtend in een beduimelde *Pages Jaunes* vond, had een ves-
tigingsadres in een verderop gelegen plaatsje.

Ik ga hem voor naar de keuken.

'U heeft geluk gehad,' hoor ik hem zeggen. 'Net voor uw
telefoontje van vanochtend belde een klant af. Anders had
ik pas na het weekend kunnen komen meten.'

Zijn aandacht wordt meteen getrokken door de planken
die ik tegen de deur heb gespijkerd. Hij bevoelt het hout,
klopt erop. 'U kunt eigenlijk net zo goed een nieuwe deur
bestellen. Met alle respect, deze is *préhistoire*. Kunststof is
het helemaal tegenwoordig, met dubbelglas natuurlijk.'

'Dit is mijn huis niet, ik wil alleen dat het gerepareerd is
voor de eigenares thuiskomt.'

'Ah, *d'accord*.' De man maakt er verder geen woorden meer aan vuil en pakt, luid fluitend, een rolmaat uit zijn koffertje.

Met mijn armen over elkaar kijk ik naar buiten. Op de metalen vuilnisbak ligt een harig, vormeloos hoopje, grijs en zwart gemêleerd. Het beweegt niet. Gisteren lag er niets op dat deksel, dat weet ik zeker. Ik heb het vuilnisbakje uit de keuken er nog in geleegd. Het lijkt wel een dood konijn, maar bij mijn weten hebben konijnen niet zo'n kleur. Die zijn eerder bruin dan grijs.

Zijdelings schuif ik achter de glaszetter langs naar buiten. Op een paar meter van de vuilnisbak houd ik mijn pas in.

Het is een kat. Hij is op zijn rug gelegd, zijn poten wijd uitgespreid. Zijn buik ligt open. Helemaal. Van zijn borst tot aan zijn staartaanzet. Als ik zijn bles zie, die rare, scheve bles die eindigt boven een doods, starend oog, wend ik walgend mijn gezicht af.

Achter me roept de glaszetter dat hij klaar is. Hij komt naar buiten gelopen en gaat naast me staan.

Een paar seconden is het stil. Dan vraagt hij: 'Uw kat?'

Ik klap voorover. Mijn ontbijt verlaat in zure golven mijn maag, tranen schieten in mijn ogen. Eén, twee, drie golven. Ik wacht, nog steeds gebukt, maar er komt niets meer.

Ik ga rechtop staan, sidderend over mijn hele lijf, en dep mijn ogen droog met de mouwen van mijn vest.

'… hoorde die kat hier?'

Ik knik.

'*A mon avis*… Als u het mij vraagt, is dit het werk van jagers.'

'Waarom denk u dat?'

Hij haalt zijn schouders op. 'Op die manier ontwei je een dier, maak je het schoon, zeg maar. Alleen, ze hebben er bij deze alles in laten zitten.' Hij loopt op Griezeltje af en bekijkt hem van dichtbij. 'Hagel. De schutter heeft hagelpatronen gebruikt. Op korte afstand, ik zie overal de inslagpunten zitten. Het arme beestje heeft er niets meer van gevoeld.'

'Hoe... hoe weet u dat?'

'Als je jaagt, weet je dat soort dingen.'

'U bent jager?'

'Wie niet? À la campagne jaagt iedereen, mevrouw. Nou ja, bijna iedereen.'

Ik kijk hem geschokt aan.

De glaszetter glimlacht. 'Mensen op het platteland kopen liever geen vlees in de supermarkt. Dat vertrouwen we niet. Het kan besmet zijn met een of andere ziekte, jarenlang ingevroren zijn geweest, aan elkaar zijn geplakt, ingespoten, gekleurd...' Hij trekt een vies gezicht. 'U heeft die programma's vast weleens gezien op tv, wat ze tegenwoordig allemaal met je eten uithalen om een paar centen wijzer te worden.'

Ik luister nog maar half en staar naar wat er over is van Griezeltje. 'Het is zo zinloos,' fluister ik voor me uit. 'Zo gemeen. Wat voor zieke geest bedenkt zoiets?'

Hij haalt zijn schouders op. 'Tja... Ik zou het in elk geval zo meteen maar opruimen. Het is dan wel koud voor de tijd van het jaar, het gaat straks toch echt stinken en daar komt ongedierte op af.'

'Ik durf hem niet aan te raken.'

De glaszetter trekt de mouw van zijn jas omhoog en kijkt op zijn horloge. Dan bekijkt hij peinzend de kat. 'Heeft u ergens een schop, mevrouw?'

'Ik denk van wel.' Ik kom meteen in beweging en haast me naar de schuur. Uit het oude, roestige gerei dat slordig tegen de wand aan staat, kies ik een spade die nog redelijk intact is. Ik spoed me terug naar de achterkant van het huis.

De man neemt het gereedschap van me over. Wijst dan naar de bosrand en de houtstapel. 'Het gat. Daar ergens?'

'Ja, goed. Denk ik.'

Hij steekt zijn arm uit om het kadaver van de vuilnisbak te pakken.

'Stop!' roep ik. 'Wacht even.'

Ik haal mijn mobieltje uit mijn zak en maak een paar foto's vanuit verschillende hoeken. Het is afschuwelijk, maar ik moet dit vastleggen. Mocht het nodig zijn, dan kan ik Dianne laten zien wat er is gebeurd.

De politie krijgt de foto's sowieso te zien, want dit ga ik melden bij rechercheur Chevalier. Dit is geen ingeslagen ruit, hij kan het niet meer afdoen als kattenkwaad. Deze boodschap kan maar op één manier worden geïnterpreteerd: als een regelrechte bedreiging.

'Kan het nu?'

Ik stop de gsm weg. 'Ja. Dank u wel.'

De glaszetter heeft Griezeltje aan een van zijn poten vast en legt hem bij het hout in het gras. Dan neemt hij de spade in twee handen en begint met krachtige bewegingen te graven.

Ik blijf staan kijken naar die man, zoals hij voorovergebogen bij de bosrand staat te werken. Het valt me op hoe goed gecamoufleerd hij is door de beige broek en zijn bruine trui. Als hij een paar meter zou doorlopen, zou ik echt moeite moeten doen om hem nog te kunnen onderscheiden tussen het kreupelhout en de afgestorven varens en stammen.

Mijn ogen flitsen van links naar rechts. Ik scan de bosrand, die het huis aan deze zijde in een wijde boog omsluit.

Als ze me bang wilden maken, besef ik, dan zijn ze daar nu definitief in geslaagd.

26

Ik stond op van het tuinbankje en keek langs de achtergevel van ons huis omhoog. Het klapraampje van de badkamer stond half open.

Met bonzend hart staarde ik naar de gemetselde muur die de afscheiding vormde tussen Diannes tuin en die van ons. Als ik daarop zou klimmen, en vervolgens op de aluminiumbehuizing van de zonneluifel…

Nee. Alleen al de gedachte maakte me duizelig. Het was te hoog, te ver weg. Bovendien kon ik helemaal niet goed klimmen.

Ik durfde niet.

Vanaf de straat kwam een fietser de brandgang in gereden. Ik hoorde het gerammel van de ketting tegen de kast. Gekraak van de vering van een zadel. Dit was niet de fiets van mijn moeder, want die maakte alleen zachte tikgeluidjes.

Ik rende met tasje en al naar de poort en rukte hem open. 'Dianne!'

Ze stond rechtop op de trappers en kneep met beide handen de trommelremmen in. Het klonk alsof er bij ons in de brandgang een complete treinwagon tot stilstand werd gebracht.

Dianne had rozige wangen van het fietsen door de kou en

er wapperde een gebreide sjaal om haar schouders. Ik was nog steeds niet gewend aan de make-up die ze was gaan dragen sinds ze op de middelbare school zat. Nu had ze grote, zilveren oorringen in – die had iedereen in haar klas, zei ze. Een kennis van mijn vader schatte haar laatst op vijftien, terwijl ze afgelopen zomer twaalf was geworden.

'Eef! Ben je nu al uit school?'

Ik schudde mijn hoofd, vocht tegen de tranen. 'Ik ben ziek.' Bedrukt hield ik de plastic zak omhoog. 'Ik heb chips gehaald bij 't winkeltje, maar iemand heeft de voordeur dichtgetrokken. Als mijn moeder thuiskomt...'

'Kun je er niet meer in?' Ze zette haar fiets tegen de schutting. De bagagedrager kreunde onder het gewicht van haar schooltas. 'Staat er nergens een raam open?'

'Jawel, maar alleen boven.'

Ze liep met me mee de tuin in. In het midden hield ze haar pas in en blikte omhoog, op dezelfde plaats als waar ik zojuist had gestaan. 'Het badkamerraampje, bedoel je?'

Ik knikte. 'Het is te hoog.'

Ze deed een stap naar voren en bleef toen weer stilstaan. Ik zag haar aarzeling; ze zoog haar onderlip even naar binnen terwijl ze de situatie inschatte.

'Het is echt te hoog,' herhaalde ik, en ik merkte dat mijn stem trillerig was geworden. 'Ik wacht wel tot mama thuiskomt.'

'Dan krijg je hartstikke op je kop.' Dianne rolde de kliko tegen de muur van het huis, klom erop, zocht daarna steun bij de bovenkant van de muur en trok zich omhoog. Vrijwel meteen ging ze rechtop staan, schuifelde dichter naar de gevel, legde haar handen ertegenaan en zette haar voet op de rand van de zonneluifel. Die maakte scharende geluiden onder haar gewicht. Langzaam schoof ze verder, balancerend op haar tenen.

'Pas nou op!' riep ik.

Ze keek naar beneden. Ik dacht eerst dat ze mijn blik zocht en me toe zou lachen om me gerust te stellen, maar dat deed ze niet. Ze keek naar de grond, perste haar lippen op elkaar en klom daarna verder omhoog via de regenpijp, tot ze met haar vingertoppen het kozijn van de badkamer kon aantikken.

Dianne strekte haar lijf zo ver ze kon, ze kromde haar hand om de onderkant van het openstaande kozijn en verplaatste haar vingers millimeter voor millimeter om de uitzetter omhoog te duwen.

Ze verloor haar evenwicht.

Effectief viel ze misschien nog geen tweeënhalve meter, maar ik voelde me misselijk worden bij de smak die ze maakte op een van de metalen T-vormige staanders waartussen mijn moeders waslijnen waren gespannen.

Dianne zwiepte naar voren. Ze werd heel even tegengehouden door de dunne lijnen en glipte er toen als in slow motion doorheen. Er klonk een geluid alsof iemand een reusachtige rits opentrok.

In een halve seconde was ik bij haar, viel op mijn knieën.

Ze lag plat op haar rug op de grindtegels en ademde zwaar. De stof van haar spijkerbroek was opengereten van haar kruis tot halverwege haar onderbeen. De ligger van de waslijn had langgerekte schaafwonden in haar huid getrokken.

'Shit,' kreunde ze, en ze ging rechtop zitten.

Geschrokken staarde ik naar haar been. De wonden glinsterden, er welden duizenden minuscule bloeddruppeltjes in op. Langs de randen zat opgestroopte dunne huid, alsof er een kaasschaaf langs was gehaald.

Ik huiverde. 'Doet het heel erg zeer?'

Nors schudde ze haar hoofd, haar lippen stijf op elkaar gedrukt. 'Ik was bang. Daarom viel ik.'

'Sorry.'

Ze wendde haar gezicht af. Daarna krabbelde ze op.

'Kun je lopen? Kun je…'

Dianne negeerde me. Met vastberaden passen liep ze terug naar de vuilnisbak, klom erop en binnen de kortste keren bungelde ze met twee handen aan het openstaande raam van de badkamer. Het lukte haar deze keer wel om het verder open te krijgen. Vloekend en tierend werkte ze zich door het raam heen.

Via de voordeur liet ze me binnen. In de gang bleven we tegenover elkaar staan. Mijn hart sloeg zo hard en snel dat het wel leek of ik bij elke slag een beetje werd opgetild.

Door mijn tranen heen zag ik Dianne klappertanden. Haar ogen waren dik en rood en tranen glansden in haar ooghoeken. Ik merkte dat ze haar best deed om haar been stil te houden, maar het bleef aan één stuk door trillen en de aandacht op zich vestigen. Haar broek fladderde er als een vod omheen. Er zaten bloedspatten op, en tussen de gescheurde stof glinsterde vers bloed op haar huid.

'Ik vind het echt heel erg,' snikte ik.

'Het is maar een broek en een stom been,' mompelde ze. Resoluut draaide ze haar hoofd van me weg.

Haar hand zocht de deurknop. 'Ik ga nou, oké?'

Ik knikte alleen maar.

Nog geen twee minuten erna hoorde ik het zachte, monotone tikken van mijn moeders fiets in de straat.

27

Op de plaats waar de glaszetter een halfuur geleden nog zijn bestelwagentje had geparkeerd, staat nu een politieauto.

Het is niet Chevalier, de gendarme die mijn aangifte opnam, of beter gezegd: niet opnam. De man die met grote passen op de voordeur afkomt lopen, herken ik als zijn collega – de agent die door de gang liep toen Chevalier me naar buiten werkte.

Hij moet zo ongeveer van mijn leeftijd zijn en ziet er fit uit, alsof hij elke dag jogt en zich opdrukt. Ik heb een fysiotherapeut gehad met zo'n frisse uitstraling.

Ik maak de voordeur open, maar blijf op de drempel staan.

'Mademoiselle Lambrèk. Daar bent u al.' Zijn glimlach is professioneel. Hij geeft een stevige, koele hand. 'Pascal Blondy, recherche.'

Ik open mijn mond om te beginnen over Griezeltje, maar ik krijg de kans niet.

Blondy steekt meteen van wal. 'Kan het zijn dat mijn collega gisteren wat bot is geweest?'

Ik knik, maar niet met volle overtuiging.

'Dan wil ik me graag hierbij voor zijn gedrag verontschuldigen. Hij wordt erg in beslag genomen door de zaak-Bernard en Patricia Bonnet en vroeg me om poolshoogte bij u te nemen.'

'Dank u wel, dat is erg vriendelijk. Is er al meer bekend over het echtpaar?'

Blondy kijkt gekweld. 'Het is ingewikkeld. We hebben te maken met een waaier aan motieven en tegelijkertijd rechtvaardigt geen daarvan zo'n zwaar – gruwelijk, mag ik wel zeggen – misdrijf.'

'Ik kan me herinneren dat uw collega zei dat het gewone, gerespecteerde mensen waren.'

'Ook gerespecteerde mensen kunnen vijanden hebben.' Blondy's adem is zichtbaar. Hij wrijft demonstratief in zijn handen en legt zijn hoofd in zijn nek om met half toegeknepen ogen de lucht te keuren. De boodschap komt luid en duidelijk over.

'Wilt u misschien even binnenkomen?' Ik doe een stap opzij. 'Niet dat het veel uitmaakt, ik heb steeds ruzie met de houtkachel. Maar binnen waait het tenminste niet.'

Hij loopt de schemerige woonkamer in en kijkt aandachtig om zich heen.

'Wilt u koffie? Ik heb oploskoffie.'

'*Volontiers* – Ja, graag.' Blondy volgt me naar de keuken, schuift een van de houten stoelen naar achteren en neemt erop plaats. Zijn jas, een licht gewatteerde donkere dienstjas met embleem, houdt hij aan.

Ik voel dat hij me bestudeert terwijl ik een pan leidingwater op het gasfornuis zet en alles bij elkaar zoek wat ik nodig heb. Ik word er nerveus van, maar als ik me naar hem omdraai, is zijn aandacht verflauwd. Hij bladert afwezig door een *ParuVendu*.

Ik zet een blik suiker op tafel en leg er een paar lepeltjes bij. 'Hoe zijn die mensen om het leven gekomen? Als ik dat mag vragen, tenminste?'

'Dat is geen geheim, het heeft uitgebreid in de krant gestaan. Ze zijn allebei doodgeschoten met zwaar kaliber kogels uit hetzelfde jachtgeweer. Eén door het hoofd, één door het hart.' Hij pauzeert even. 'De schutter is een ijskoude. Het had de sfeer van een executie, al had de vrouw behalve de twee dodelijke schotwonden nog ander letsel.'

'Wat voor letsel?'

'Schaafwonden, snijwonden.' Hij laat zijn vinger langs zijn onderlip gaan. Het komt me voor als een obsceen gebaar. 'Ze had een kapotte lip. Gescheurd. Vermoedelijk heeft ze de verwondingen opgelopen tijdens een ontsnappingspoging, maar we kunnen niet uitsluiten dat de moordenaar haar heeft mishandeld.'

Ik negeer de rilling die langs mijn ruggengraat trekt en concentreer me op het tellen van de schepjes oploskoffie.

Blondy pakt een tandenstoker uit een pakje en duwt hem tussen zijn tanden. 'Gestopt met roken,' mompelt hij, en hij strekt zijn benen onder de tafel.

Ik zet de mokken op het blad en ga tegenover hem zitten. 'U zei net dat er verschillende motieven waren. Welke zijn dat dan? Of mag u daar niet over praten?'

'O, jawel hoor. De familie verbouwde onder meer gentechmaïs, genetisch gemanipuleerde maïs. Sommige mensen zijn daar niet blij mee. Eigenaars van aangrenzende percelen, bijvoorbeeld.'

'Waarom?'

'Ze zijn bang dat hun eigen gewassen worden besmet met genen waaraan gesleuteld is. Een risico dat je nooit kunt uitsluiten natuurlijk, de natuur blijft de natuur, die laat zich echt niet inperken door een hekje of een weg. Zaden kunnen worden meegenomen door de wind en door dieren, stuifmeel kan worden opgenomen door andere planten, onbedoelde bevruchting...' Zijn ogen houden de mijne vast, het stokje wiebelt tussen zijn lippen. 'Dat hou je niet tegen. Tenminste, dat is de achterliggende gedachte.'

Ik heb hier pas nog iets over gelezen. Agrariërs die zulke maïs verbouwen, zouden aan andere regels moeten voldoen dan reguliere landbouwers. In datzelfde stuk stond ook dat deze vorm van landbouw in de vs gemeengoed is en dat Amerikaanse consumenten zich er geen moment druk over maken. In Europa heeft de teelt juist te maken met een sterke antilobby. Het fijne weet ik er echter niet van. 'Wat zijn de risico's?'

'Ik heb gehoord over maïskolven die zelf gifstoffen aanmaken tegen schadelijke insecten. Dat klinkt heel handig, maar dat gif komt op die manier dus wel in varkens en kippen terecht. En uiteindelijk dus ook via het vlees of de eieren in u en mij. In andere gentechzaden zitten weer genen die ervoor zorgen dat de gewonnen zaden niet kunnen ontkiemen. Die "killergenen" stopt de leverancier erin om ervoor te zorgen dat het spul niet zomaar op eigen houtje uitzaait.'

'Dat is toch juist goed?'

'Op tv zeiden ze dat het een commercieel verhaal was. Ze zeiden dat als die gentechjongens dat niet zouden doen, ze hun dure zaden maar één keer konden verkopen. Daarna kunnen de boeren na elke oogst een deel apart houden om weer uit te zaaien. Wat die zadenbedrijven trouwens ook schijnen te kunnen, is genetische resistentie inbouwen tegen bepaalde landbouwgiffen. Dan kun je als boer dus naar hartenlust de boel platspuiten, want jouw plantjes groeien toch wel door – alles wat ertussen staat, sterft af.' De rechercheur hoest een paar keer luidruchtig in zijn vuist en vervolgt: 'Er is weinig bekend over de gevolgen op de lange termijn. Stel bijvoorbeeld eens dat jouw velden worden besmet. Misschien worden je planten er onvruchtbaar van of mislukt je oogst op de een of andere manier. Dan ben je toch behoorlijk gedupeerd.'

'Zijn zulke angsten gegrond?'

Hij haalt zijn schouders op. 'Wie zal het zeggen? De meeste mensen vertrouwen het nu eenmaal niet, dat gerommel met genen. En misschien is dat ook wel terecht. Er staan wereldwijd maar een paar bedrijven aan het roer en er gaat ontzaglijk veel geld in om. Het overgrote deel van de gentechzaden is afkomstig van hetzelfde concern als het landbouwgif waartegen ze resistent zijn. Dus ja, wie moet je vertrouwen?'

Het is begonnen te regenen. Regendruppels tikken tegen de ruiten en zakken langs het vuile glas naar beneden.

'Denkt u echt dat het echtpaar door een van hun buren is vermoord?'

'Angst is een sterke motivator. Jaloezie kan ook een motief zijn: de familie Bonnet heeft een voorbeeldfunctie in deze gemeenschap. Ze is de rijkste in de verre omtrek, met de meeste grond, de beste contacten. Zeer gerespecteerd. Monsieur Bonnet is zelfs burgemeester van ons dorp geweest en onderhield een uitgebreid netwerk van hoogwaardigheidsbekleders tot op provinciaal niveau. Daarin zijn collega's momenteel ook aan het spitten.' Hij pauzeert even. Zijn stem klinkt scherper als hij vervolgt: 'En dan heeft de regio de laatste tijd ook nog te maken met activisten. Fanatiekelingen die zich afzetten tegen elke vorm van vooruitgang. Boeren met genmaïsproefvelden zijn al vaker doelwit geweest van hun acties. Net als de foie-grasproducenten trouwens, ook al zo'n geliefd stokpaardje van relschoppers. Vooral van buitenlandse wereldverbeteraars, trouwens. Dromers.' Hij heft zijn kin en staart me secondelang aan. 'Hoe dan ook, het kan zijn dat ze nu een stap verder zijn gegaan.' Weer een pauze. 'Dat het pesten en hinderen extreme vormen heeft aangenomen.' In zijn blik ligt nu een kilte die me doet terugdeinzen in mijn stoel.

Het komt over als een regelrechte beschuldiging. Dianne

is vegetariër en, de laatste keer dat het ter sprake kwam tenminste, fel gekant tegen alle vormen van menselijk ingrijpen in de natuur. Ik ben haar vriendin. Denkt deze man nu dat ik…?

Het komt me ineens logisch voor. Natuurlijk denkt deze rechercheur hier iets wijzer te worden, hij is immers druk bezig met een moordonderzoek. Waarom anders zou hij in zijn kostbare tijd op de koffie gaan bij een buitenlandse vrouw bij wie een ruit is ingegooid?

Pascal Blondy verbreekt zelf de stilte. 'Maar goed… Deze zaak zal ons nog wel even bezighouden. Is uw vriendin inmiddels al terecht?'

Ik schud mijn hoofd. 'Nee.' Dan moet ik denken aan de nonchalante houding van Chevalier gisteren en zie ik weer het slappe, ontzielde kattenlijfje op de vuilnisbak voor me. Een beeld dat ik nooit meer zal vergeten. 'Goed dat u er bent, trouwens, ik stond namelijk op het punt om naar het bureau te komen.'

'Hoe dat zo?' De tandenstoker hangt stil in zijn mondhoek.

'Het "kattenkwaad" heeft serieuzere vormen aangenomen,' zeg ik, harder dan ik van plan was.

'Kattenkwaad? Wat bedoelt u daarmee?'

Ik wijs naar de kapotte ruit die ik met hout heb dichtgespijkerd. 'Uw collega Chevalier deed dat af als een kwajongensstreek, ado's die zich verveelden.'

'Dat zou goed kunnen, ja.'

Met tegenzin haal ik mijn mobiele telefoon uit mijn zak. 'Deze foto heb ik anderhalf uur geleden gemaakt. Het is een kat die kennelijk hier thuishoorde, hij liep steeds rond het huis.'

Blondy bekijkt de foto van dichtbij en maakt een sissend geluid. 'Niet fraai.'

'Valt dit nog onder kattenkwaad? Jongens die zich verve-len?'

'Wie zal het zeggen.'

Ik voel de kwaadheid terugkomen. 'Hij was opengesne-den. Wat voor onmens doet zoiets zieks? Dit valt toch niet meer onder zogenaamde *bêtises*?' Feller vervolg ik: 'Dat is gewoon… moord. Iemand die zoiets doet is gevaarlijk. Gék. Die moet worden opgesloten.'

Hij kucht even en kijkt me vanonder zijn wenkbrau-wen aan. 'We hebben het wel over een kat, mevrouw.' Hij spreekt het woord uit alsof hij kakkerlak bedoelt, of stront-vlieg.

'Het was een heel lief beestje,' zeg ik, overrompeld door zijn gevoelloosheid.

'Ja, dat kan best. Maar het was wel een kat.' Hij maait met zijn arm om zich heen. 'Er zijn hier duizenden katten. Mil-joenen, weet ik veel. Het is net onkruid.'

'Het was een dier. Een levend wezen.'

'Eet u vlees?'

'Ja, maar –'

'Dan meet u met twee maten. Dat doen wel meer stadse mensen. Een kat is een dier, zoals u terecht opmerkt. En die-ren zijn er voor ons. Zo is het nu eenmaal bedoeld.'

Ik val volledig stil. Deze mentaliteit ligt zo ver af van de mijne en van de mening van iedereen die ik ken, dat ik me even geen raad weet. Dierenwelzijn staat blijkbaar niet op zijn prioriteitenlijst. Ik moet het anders aanpakken. 'Het kan toch niets anders zijn als een regelrechte bedreiging?' Ik wijs naar mezelf. 'Naar mij toe?'

'Da's niet te zeggen. Kijk… uw vriendin heeft zich in on-ze gemeente, om het maar recht voor zijn raap te zeggen, niet bepaald geliefd gemaakt.'

'Zijn zulke dingen vaker voorgekomen?'

'Niet dat ik weet. Ze heeft er in elk geval nooit aangifte van gedaan. Maar het zou me niets verbazen. Pesterijen als deze zijn vrij… gangbaar.'

'Ze zegt dat ze vrienden heeft gemaakt.'

Blondy drukt zijn kin tegen zijn borst en kijkt me ongelovig aan. 'Is dat zo?'

Ik knik.

'Heeft ze ook namen genoemd?'

'Nee.'

De agent kijkt fronsend naar de bosrand. Boomtoppen wiegen heen en weer, blaadjes laten los en dwarrelen als glinsterende gouden confetti over het veld.

'Het verbaast me echt dat ze dat heeft gezegd,' gaat hij verder.

'In welk opzicht?'

'Uw vriendin is fel gekant tegen de manier waarop de mensen hier leven. Mij is ter ore gekomen dat ze meer dan eens de discussie is aangegaan met jagers.' Hij kijkt me indringend aan. 'Dat valt niet overal even goed, zoals u toch zult begrijpen. Er zijn personen die daar aanstoot aan nemen.'

Ik moet denken aan de vijandige houding van de jagers in de jachthut en in het restaurant, aan de buren en de inbraak, aan Griezeltje… Gruwelijke beelden en gedachten trekken in mijn hoofd voorbij.

Bijna fluisterend zeg ik: 'Denkt u dat de jagers het op Dianne gemunt hebben? Dat ze… haar misschien iets hebben aangedaan?'

'Wát?' Hij kijkt me stomverbaasd aan. 'Hoe komt u daar nu bij? Ik wil alleen aangeven dat ik moeilijk kan geloven dat uw vriendin hier vrienden heeft gemaakt.' Hij draait zich om en schuift mijn mobiel over het tafelblad terug. 'En u ook niet, lijkt me zo. Maar dat moet u niet persoonlijk opnemen. De mensen hier houden er gewoonweg niet van dat vreemdelingen zich in hun dorp vestigen en met hun zaken komen bemoeien. Begrijpelijk, vanuit ons perspectief.'

Hij zei *ons*. Niet *hun*.

Ook Blondy, de wetsdienaar, ziet mij als een buitenstaander.

Hij staat op, pakt mijn hand nadrukkelijk vast en schudt hem. 'Als ik u een tip mag geven: gaat u toch gewoon lekker terug naar huis.'

Mijn hand ligt doods en klam in zijn krachtige vuist, maar mijn stem klinkt vastberaden. 'Niet voor ik mijn vriendin heb gesproken. Als ze zaterdag nog steeds niet thuis is, doe ik aangifte van vermissing. En als het zover komt, wil ik u verzoeken die aangifte serieus te nemen.'

'Waarom zou ik dat niet doen?' zegt hij gepikeerd. Hij draait zich om en loopt weg. 'Nou, tot ziens. En sterkte.'

Pascal Blondy laat zichzelf uit.

Met mijn armen over elkaar kijk ik hoe hij in zijn politie-Peugeot stapt en wegrijdt.

Pas als hij uit het zicht is verdwenen, ruim ik de kopjes op. Het zijne is nog vol – hij heeft zijn koffie niet aangeraakt.

Na zijn vertrek loop ik onophoudelijk door het huis te ijsberen. Stilzitten lukt niet. Er gonst een onrustige energie door me heen die me steeds in beweging houdt. Ik ruim mijn kleding op, maak stapeltjes in mijn opengeslagen koffer in de logeerkamer. Veeg de as en houtsplinters bij de kachel op een hoopje, spoel de koffiekopjes om en droog ze af.

Mijn gedachten blijven maar in cirkels draaien, ik heb geen idee wat ik moet doen. Blijven of weggaan? Iemand bellen?

Ik loop naar de woonkamer en staar uit het raam, de droogdoek in mijn hand. Er liggen plassen op het erf, waarin opgekrulde bladeren ronddrijven als flinterdunne, stuur-loze miniatuurscheepjes. Nog meer herfstblad jaagt over de velden, het kleurt bruin en geel tegen de sombere bosrand en de hemel, die deze desolate plek als een staalgrijze koepel overspant.

Ik heb amper in de gaten dat ik ben gaan huilen. Tranen glijden over mijn gezicht, spatten op de tegelvloer uit elkaar. De velden worden onscherp.

Erwin had gelijk. Het heeft geen nut om hier te blijven. Ik kan Dianne zaterdag nog eens proberen te bellen, en als ze dan nog steeds niet opneemt, zou ik per vliegtuig kunnen terugkomen – mét Erwin. Maar nu lijkt wachten tot zater-dag me ineens een onmogelijke opgave. Het vooruitzicht om hier nog drie nachten te moeten blijven is ondraaglijk.

Wie het ook zijn die me weg willen hebben, ze hebben ge-wonnen.

Ik blijf hier geen dag langer.

28

Net als ik de trap op wil lopen om mijn koffer te pakken, hoor ik rumoer buiten. Weer een bezoeker? Instinctief grijp ik een busje pepperspray van het aanrecht en duw het in mijn achterzak. De bovenkant steekt uit, ik trek mijn vest eroverheen.

Er komt een motor stapvoets het terrein op gereden. Het is een zwaar model, glanzend rood, en hij komt midden op het erf tot stilstand.

De motorrijder heeft een rugzak om zijn sjofele leren pak gegespt. Hij zet zijn helm af en haalt zijn vingers door een bos donkere, losse krullen. Dan stapt hij af, trekt zijn handschoenen een voor een aan de vingers uit en legt ze op de tank. Kijkt keurend om zich heen, neemt het huis in zich op. Lichte wolkjes condens vergezellen zijn adem.

Ik ruk de voordeur open en ren op hem af. 'Krijg nou wat! Ik kan mijn ogen niet geloven!'

Zijn gezicht klaart op. 'Toch! Ik begon al te vermoeden dat ik fout zat, ik zag je auto nergens.'

'Die staat daar.' Ik wijs naar de hangar.

Erwin grijnst, spreidt zijn armen. Ik stort me er zo'n beetje in.

Hij kust mijn voorhoofd en mijn mond. 'Wat een ontvangst!'

'Ik dacht dat je moest werken.'

'Ik kon ruilen met een collega.'

Erwin ruikt naar een mengeling van olie, leer en buiten-lucht. Geuren die ik niet eerder bij hem heb geroken of zelfs maar met hem associeerde.

'Ik wist niet dat jij een motor had?'

'Heb ik ook niet. Deze heb ik geleend van Remco, het pak ook trouwens.' Demonstratief houdt hij zijn armen van zich af. 'Het stinkt en is me twee maten te groot. Maar goed. Ik ben er.'

'Wat ongelooflijk lief dat je helemaal hiernaartoe bent ge-komen.'

'Je klonk alsof je wel wat gezelschap kon gebruiken.' Hij glimlacht, kust me nog eens op mijn mond. 'En het is niet echt een straf, een ritje op de motor naar Zuid-Frankrijk. Hoewel...' Hij legt zijn hoofd in zijn nek. 'Is het de hele tijd al zulk kloteweer?'

'Gisteren scheen de zon even.'

'En Dianne?'

'Geen spoor.'

Het begint weer te regenen. 'Kom,' zeg ik, 'zet de motor maar in de hangar, daar staat-ie droog.'

Ik ga hem voor, duw de zware schuifdeur open. Het me-talen gevaarte kraakt en knarst. Het valt me nu pas op dat de hele onderkant aan het wegroesten is.

'Gaaf zeg,' mompelt hij, terwijl hij het geribde binnenste van de hangar in zich opneemt. 'Gebruiken ze deze als stal-ling voor vliegtuigjes – nee toch?'

'Niet dat ik weet.'

Ik kan mijn ogen niet van Erwin afhouden. Het gemak waarmee hij de machine parkeert en op slot zet, zijn pak openritst, de rugzak van zijn rug laat glijden. Hij oogt an-ders. Zelfverzekerder, mannelijker.

Ik realiseer me echt wel dat hij niet veranderd kan zijn en dat ik hem alleen maar met andere ogen zie.

'Je had niet veel later moeten komen. Ik stond op het punt om je raad op te volgen en naar huis te rijden.'

'Echt? Nú, bedoel je?'

Ik knik.

'Gek! Het is vijf uur!'

'Weet ik. Maar ik was het helemaal beu.' Ik wil hem vertellen over Griezeltje en Pascal Blondy, maar houd me in. Erwin zal wel moe zijn – motorrijden is zoveel inspannender dan autorijden. 'Je zult wel doodop zijn.'

'Gaat wel. Maar ik snak naar een kop koffie.'

We lopen het huis in, ik vergrendel de voordeur zorgvuldig achter ons.

'*Djiezus*, wat is het hier koud! Is de verwarming kapot of zo?'

Schaapachtig wijs ik naar de houtkachel. 'Ik ben vergeten aanmaakblokjes te kopen en dat stomme vuur gaat steeds uit.'

'Is er geen gewone verwarming?'

'Nee.'

'Oké dan.' Hij maakt een schamper geluid. '*Back to basics.* Zo'n vermoeden had ik al. Heb je oud papier, een krant?'

Ik knik. 'Maar het gaat toch steeds uit.'

'Niet als je het goed doet.'

Ik loop naar de keuken om een stapeltje kranten te halen.

Erwin neemt ze van me over, hurkt voor de kachel en begint er doelbewust in te porren met een pook. As stuift in het rond. Zijn bewegingen zijn geroutineerd en scheppen vertrouwen.

'Hoe heb je me eigenlijk gevonden?' vraag ik.

'Je hebt het me pas nog zelf laten zien bij mij thuis,' mompelt hij, druk in de weer met het uitzoeken van geschikte houtblokken.

Ik trek mijn wenkbrauwen op. 'En dat onthou jij? Van bovenaf is dit hele gebied één groot broccoliveld.'

Hij glimlacht geamuseerd als het vuur begint op te laaien. 'Het adres stond nog in Google Earth opgeslagen.'

Een halfuur later heeft Erwin zijn bagage naar boven gebracht en hebben we elk twee mokken oploskoffie gedronken. De houtkachel tikt en zingt, de woonkamer voelt behaaglijk nu de kou en het vocht zijn verjaagd.

'Was je nou echt van plan om vandaag nog naar huis te gaan? Jij rijdt toch niet graag in het donker?'

'Ik wilde weg. Het vloog me ineens allemaal aan.'

'Hoezo?'

Ik vertel hem over de deur en de kat, de glaszetter wiens naam me is ontschoten, mijn semi-aangifte op het politiebureau in het dorp, en ik vat het gesprek dat ik had met Pascal Blondy voor hem samen.

'Gezellige boel hier,' doet Erwin het af. Kijkt dan op zijn mobieltje – een horloge heeft hij niet. 'Zes uur. Heb je iets te eten in huis?'

'Brood en Franse kaas.'

Erwin trekt zijn neus op. 'Is dat alles?'

Ik haal mijn schouders op.

Hij staat op van de bank en rekt zich uit. 'Nou, hop dan, wegwezen.'

'Wat gaan we doen?'

'Naar de stad, of zo. Ergens waar we wat kunnen eten. Ik sterf van de honger.'

Ze zou vandaag naar de stad zijn gegaan, zoals elke laatste donderdag van de maand. Bernard had alleen nog maar werksokken in de la liggen, zelf kon ze wel een nieuwe winterjas gebruiken en Emily zou zondag dertig worden – ze had gevraagd om dagcrème en badolie.

Als ze de klok had kunnen terugdraaien, dan was ze alsnog in de auto gestapt. Dan zou het er allemaal anders hebben uitgezien. Maar vanochtend kon ze het niet opbrengen om de deur uit te gaan. Ze voelde zich te beroerd.

Koffie kon ze niet meer velen, alleen al van de geur werd ze misselijk. Kokhalzend stond ze boven het aanrecht. Terwijl Bernard onwetend aan het ontbijt zat en zijn espresso naar binnen slurpte, spuwde zij huiverend gal op.

Ze maakte zich zorgen over hoe lang ze haar zwangerschap nog verborgen kon houden voor Bernard. Hoe lang ze nog de schijn zou kunnen ophouden dat hun huwelijk gelukkig was en haar voldoening bood. Binnenkort zou ze het hem moeten vertellen. Binnenkort, als ze alle moed bijeengeraapt had, zou ze hem zeggen dat ze van hem hield – maar dat houden van niet meer genoeg was. De liefde die ze voor hem voelde, was eerder als die van een zus voor een broer, of vergelijkbaar met een goede vriendschap. Die was onvoldoende sterk om haar leven nog verder met Bernard te willen delen. Want ze wist nu hoe liefde ook kon zijn:

overweldigend, overrompelend, gekmakend.

Haar lichaam werd beheerst door hormonen en ze voelde zich huilerig. Aan haar buik was nog steeds niets te zien, maar dat zou snel veranderen. Over een maand zou ze zichtbaar zwanger zijn, misschien al eerder. Bernard kon ze misschien nog iets op de mouw spelden over haar toegenomen gewicht, maar haar vriendinnen zouden zich niet laten foppen. Een zwangerschap tekent nu eenmaal sneller als je al kinderen hebt gehad.

Christian en Noélie waren op school, de schoolbus zou hen rond halfzes thuisbrengen. De knechten en het personeel werkten op het veld. Er moest op een verder gelegen perceel maïs worden geoogst – de laatste oogst van dit seizoen.

Achteraf gezien moesten de indringers dit hebben gepland. Ze moesten hebben geweten dat Bernard vandaag alleen thuis zou zijn. Dat hij zijn administratie zou doen in het kantoortje dat aan het woonhuis vastzat. Het kantoortje waarvan hij de deur nooit op slot deed, omdat ze die gebruikten als achterdeur.

De indringers waren uitstekend op de hoogte van hun routines.

Nu begreep ze waarom.

Ze hadden de beste informant gehad die maar mogelijk was: iemand van binnenuit.

Zijzelf.

Zij had hun alle informatie gegeven die ze nodig hadden.

Zonder het te beseffen.

29

We eten in een Amerikaans aandoend restaurant op een industrieterrein. Binnen is een sfeer gecreëerd die haaks staat op de directe omgeving: het restaurant doet intiem aan door de verschillende ruimtes en de warme kleuren van de vloerbedekking, het behang en het hout. De talrijke hanglampen hebben lange, goudkleurige franjes en de banken zijn met rode stof bekleed. De rugleuningen zijn zo hoog dat ze nissen vormen, als in ouderwetse luxe treinwagons.

'Zo'n eettent zou je in Nederland ook moeten hebben,' zegt Erwin, en hij tikt speels tegen de franjes van onze lamp. 'Lachen, dit.'

Achter ons zit een gezin met jonge kinderen. Ik kan hen niet zien, alleen maar horen. De vloeken die de ouders uiten in een poging het kroost tot de orde te roepen, doen mij steeds ineenkrimpen, maar Erwin verblikt of verbloost niet. Hij spreekt geen woord Frans. Voor hem is het allemaal ruis.

We hebben allebei een hamburger met friet genomen en drinken er bier bij.

'Wat zoekt Dianne hier eigenlijk?' vraagt Erwin.

Ik doop het uiteinde van een paar frietjes in een kommetje ketchup. 'Een betere manier van leven. Bewuster. Meer één zijn met de natuur.'

'Had ze daar ervaring mee, dan? Wist ze waar ze aan begon?'

'Dat niet, maar ze leert supersnel en ze had zich volgens mij wel goed ingelezen.'

Hij trekt een afkeurend gezicht. 'Klinkt als zo'n aflevering van *Ik vertrek*. Die mensen denken ook allemaal dat ze het wel even doen.'

'Zo ging het niet.'

'Hoe ging het dan wel?' Hij neemt een slok van zijn bier.

'Dat is lastig uit te leggen. Je kent Dianne alleen van foto's en mijn verhalen. Als je haar ontmoet, dan begrijp je wel dat ze niet iemand is die in zeven sloten tegelijk loopt,' hoor ik mezelf de woorden van haar moeder herhalen. 'Ze is niet naïef. Ze is eigenlijk behoorlijk intelligent.'

Dianne en ik kwamen terug van een avond stappen en namen nog een Bacardi-cola op mijn bed. Ze had te veel gedronken om nog naar huis te kunnen rijden. Omdat we niet konden slapen, hadden we de tv aangezet op MTV.

Drie weken eerder had ze het uitgemaakt met het Orakel en dat had haar goed gedaan. Het was gezellig, bijna net als vroeger, toen we nog regelmatig bij elkaar logeerden. We hadden de grootste lol, we kletsten over mannen, we gaven commentaar op wat we op het beeldscherm voorbij zagen komen en leken wel weer tieners, totdat door een interview met een rapper – ik weet niet meer wie – dat alleen maar leek te gaan over dure auto's en merkkleding, plotseling de sfeer omsloeg.

'Ik kan dit niet meer aanzien!' riep ze. 'Kijk dan. Kijk nou wat die vent doet!'

Ik keek.

'Wat zie je?' drong ze aan.

'Iemand die trots is op zijn huis, op wat-ie heeft bereikt?'

Ze rolde met haar ogen. 'Wat je ziet, is een reclameblok. Snap je dat niet? Geloof maar dat die rapper vet betaald krijgt om dat blikje Pepsi de hele tijd vast te houden.' Ze tikte met haar wijsvinger tegen haar slaap. 'In je bovenkamer is nu een verband gelegd tussen Pepsi en rijk en cool. Iedereen benijdt die kerel. Je wilt ook zo'n huis, je wilt worden zoals hij. Dus...'

Ik wilde helemaal niet worden zoals die rapper, ik voelde me ineens juist erg moe worden. En ze was nog maar net begonnen, nauwelijks op stoom.

'Dat is de essentie,' ging ze verder, en ze veegde een gebleekte lok uit haar gezicht. 'Daar draait het allemaal om: je denkt dat je zelf je keuzes maakt, dat je iets lekker vindt of mooi, maar in werkelijkheid word je aangestuurd door je onbewuste, je emotie, en dat wordt aan alle kanten slim gemanipuleerd. De hele economie draait op ons massale, stompzinnige kuddegedrag.'

Ik nam een slok van mijn Bacardi-cola. Geen Pepsi of Coca-Cola, maar iets merkloos van de Aldi, gekocht met mijn verstand en beperkte budget. Maar helemaal ongelijk had ze niet. Dat had ze nooit. Bacardi was ook maar gewoon rum, natuurlijk.

Dianne wees nijdig naar de tv, waar nu een andere rapper zijn zwembad en de inhoud van zijn kledingkamer toonde. 'Hoe meer dure spullen je hebt, hoe beter. Da's de boodschap, right? Kopen, kopen. Dus wat doen we? We stoppen onze kindjes in de opvang, zodat we allebei kunnen gaan werken voor nieuwe spullen. We werken ons te pletter om naast die nieuwe auto en dat bankstel ook nog een paar weken naar Frankrijk of Turkije op vakantie te kunnen – omdat je dat nodig hebt, om "bij te tanken". Hoe krom is dat? Dat je werkt om op vakantie te kunnen gaan om van dat werk bij te kunnen komen? Hoe gehersenspoeld ben je dan?'

Ik liet het even bezinken. Knikte alleen maar.

'Wil je zien hoe het met ons is gesteld?' Ze keek me fel aan. 'Dan moet je op koopzondag eens naar een woonboulevard gaan. Daar lopen we verdwaasd achter elkaar aan te sjokken, omdat we geen idee meer hebben wat we anders kunnen doen op zo'n dag.'

Ik schoot in de lach. Ik kon het niet helpen. 'Sorry, hoor! Jij leeft zo toch helemaal niet? En ik ook niet.'

Ze was messcherp, op volle oorlogssterkte. 'Hoeveel mensen ken jij, die ongeveer zo leven als ik schets? Of die zo dénken?'

'Weet ik niet,' zei ik. Na enkele seconden voegde ik eraan toe: 'Aardig wat, ben ik bang.'

'Weet je wat het trieste is? We noemen het welvaart. En we denken dat we vrij zijn. Maar we zitten gevangen in een efficiënte, alsmaar doormalende machine, die gevoed wordt door de blindheid, graaizucht, angst en stupiditeit van ons allemaal.'

Ik had haar dit betoog al eerder horen afsteken, steeds in andere bewoordingen. Dit was een van de favoriete stokpaardjes uit haar goed gesorteerde stal. Diannes argumenten werden steeds sterker. Ik benijdde haar energie, de daadkracht en passie die achter elk woord scholen, maar wilde dat ze niet steeds zo tegen me tekeerging – ze gaf me te vaak het gevoel dat ik bij de makke schapen hoorde.

'… we zijn dit gewoon gewend,' hoorde ik haar doorgaan. 'Het is onze cultuur geworden. Maar stel dat we het heel anders gewend waren? Stel dat jij en ik waren opgegroeid in een wereld zónder machtige bedrijven, zónder propaganda?' Ze verwachtte geen antwoord, vervolgde direct: 'Wat wij als vakantie ervaren, zo kan elke dag van je leven eruitzien. Je moet alleen die knop hierboven omzetten.'

Op tv was nu een reclameblok. Een écht reclameblok,

met onverbloemde commercials.

Zachter ging ze verder: 'Ik denk er steeds vaker over om te gaan emigreren, Eef. Om ergens te gaan wonen waar je nog kunt opgaan in de natuur, waar je je leven nog zelf mag bepalen.' Ze draaide op haar zij en staarde voor zich uit. 'Ik denk dat het leven zo bedoeld is. Niet wat wij ervan hebben gemaakt, met files en tussen het aangeplante groen en gebouwen waarvan de ramen niet eens meer open kunnen.'

Twee weken later kwam Dianne met de mededeling dat ze een huis had gezien in Frankrijk en het voor een paar jaar had gehuurd. Een test, om te kijken of ze er geschikt voor was. Ze kon zich prima bedruipen met haar vertaalwerk, dat liep grotendeels toch al via e-mail. En veel geld zou ze niet meer nodig hebben: de huur was laag en ze ging haar eigen groenten verbouwen, water uit de put halen, stoken op hout.

We zouden elkaar blijven zien, al was het natuurlijk veel minder, maar we konden elkaar zo vaak spreken als we maar wilden.

Ik was steeds bang geweest dat een man haar bij me weg zou halen. Het gevaar bleek een ideologie te zijn.

'Dianne was het beu om nog langer mee te draaien in de consumptiemaatschappij,' zeg ik tegen Erwin.

'Klinkt een beetje aanstellerig.'

Ik snijd een stuk hamburger af. 'Misschien. Maar er zit wel wat in. Als je het zou omdraaien, zou niemand het aanstellerig vinden.'

'Omdraaien?'

'Als je zou zeggen: ik ben het zat om in een achterlijk gehucht te wonen zonder tv en alleen maar te kunnen eten wat de moestuin biedt. Daar zou niemand raar van opkijken.

Maar als je eenvoud opzoekt, wordt het ineens aanstellerig genoemd en word je meewarig nagekeken. Dat klopt toch niet?'

'Ik wist niet dat jij zo alternatief was.'

'Als je erover gaat nadenken, kun je alleen maar toegeven dat Dianne in veel opzichten gelijk heeft. Maar ik vind haar *move* wel erg drastisch. Ze zit hier moederziel alleen.'

Erwin neemt een slok bier. 'Als ze er gelukkiger van wordt, waarom niet? En die ex van haar hangt hier toch ook rond?'

Achter ons sist de moeder de meest gruwelijke verwensingen. Een van de kinderen begint te huilen.

'Trouwens,' gaat Erwin verder. 'Dat jij die ex-vriend tegen het lijf bent gelopen, is geen toeval, hoor.'

'Zou je denken?'

'Zeker weten. Die doen het nog samen.'

Ik kijk hem onderzoekend aan. 'Ik wil dat eigenlijk niet geloven.'

'Waarom niet?'

'Omdat het zou betekenen dat Dianne tegen me heeft gelogen. Dat heeft ze nog nooit gedaan. Dianne zou het me verteld hebben als ze weer bij elkaar zouden zijn.'

'Iedereen liegt weleens.'

'Dianne niet. Niet tegen mij.'

'Nou… Nu duidelijk wel.'

'Kan hij haar niet zijn gevolgd? Ik heb hem altijd een engerd gevonden, misschien is hij wel een stalker.'

'Stel dat dat zo is, waarom zou ze dat dan niet tegen je vertellen?'

'Om me niet ongerust te maken?'

Hoofdschuddend neemt hij me op. 'Geloof je het zelf?'

30

De wind giert om het huis, maar binnen is het behaaglijk warm. Het hout knappert zacht achter de ruitjes van de kachel. We liggen onderuitgezakt op een van de slaapbanken, mijn rug tegen Erwins borst. Zijn duimen maken cirkelende bewegingen over de gladde stof van mijn bh. Eén hand dwaalt af, zoekt zich een weg naar beneden, langs mijn huiverende buik, verder naar beneden, tot onder de rand van mijn boxershort. Blijft daar liggen, zacht strelend.

Ik heb altijd vriendjes gehad met twee linkerhanden, maar Erwin is een uitzondering. En hij weet zijn handen niet alleen te gebruiken om het vuur in de kachel op te poken.

Ik ga verzitten, duw mijn bekken lichtjes omhoog. Zijn vingertoppen kruipen verder en vinden zacht, soepel vlees dat glad en vochtig is geworden.

Mijn onderlijf begint zachtjes te schokken onder de liefkozingen, die zo achteloos lijken, maar doelgericht worden uitgevoerd. Ik draai mijn gezicht naar hem toe, druk me dichter tegen zijn warme lijf aan.

'Geil,' hoor ik hem mompelen. 'Je bent hartstikke nat.'

Zijn vingers gaan in en uit me, ik kreun en duw mijn bekken tegen zijn hand. Zijn erectie drukt in mijn rug.

'Draai 's om.'

De slaapbank piept en maakt krakende geluiden. Ik ga op mijn knieën voor Erwin zitten, mijn achterste naar de kachel gekeerd.

Erwin houdt me zijn vingers voor, smeert het vocht uit over mijn lippen, duwt een vinger in mijn mond. Ik proef mezelf, lik tot zijn vingers schoon zijn en alleen nog naar huid smaken.

Ik voel me verliefd. Waanzinnig, overrompelend, allesoverheersend smoorverliefd. Ik wil niets liever dan hier blijven, op deze gammele slaapbank voor de kachel, en urenlang met Erwin blijven vrijen terwijl de regen de ruiten geselt en de wind onafgebroken aan de houten luiken rukt.

Toch houdt iets me tegen. 'Stel dat Dianne thuiskomt?'

'Ziet ze er een beetje uit?' grapt hij fluisterend. 'Dan mag ze meedoen.'

'Je bent overmoedig.'

'Ik heb een week lang geen seks gehad.'

'Da's niet lang.'

'Da's verdomme een eeuwigheid.' Erwin heeft zijn jeans opengeritst. Hij manoeuvreert mijn hoofd naar zijn kruis. Niet dwingend of ongeduldig, maar voorzichtig, rustig, vragend.

Ik heb geen aanmoediging nodig en omsluit hem met mijn lippen, gebruik mijn tong, probeer steeds dieper te gaan, steeds verder. Een hand woelt door mijn haar, de andere omvat mijn kaak en wang. 'Doorgaan,' fluistert hij, 'doorgaan, doorgaan. O, fuck, ga door.' Ik hoor zijn stem opbreken en hem naar adem happen.

Dan, abrupt, houdt hij me tegen. Hij schuift van de bank, trekt mijn jeans en mijn boxer uit en spreidt mijn benen.

Ik voel de hitte van de houtkachel op mijn onbedekte kruis. Hij blijft stil zitten, op zijn knieën voor de bank, en kijkt naar me. Als hij uiteindelijk vooroverbuigt en zijn tong in het zachte vlees tussen mijn benen begraaft, slaak ik een kreet. Ik grijp in zijn haar, dat vochtig is van het zweet, en stoot onsamenhangende woordjes uit.

Hij blijft doorgaan, gestaag, in hetzelfde tempo, één hand glijdt nu tussen mijn benen, zijn vingers kneden, plagen, gaan in en uit me, verhogen de druk.

Ik leg mijn hoofd in mijn nek en zie het plafond draaien. Ik word duizelig, gek, compleet waanzinnig. 'Ik wil neuken,' kreun ik.

'M'n condooms liggen boven,' klinkt het gesmoord. 'In mijn rugzak.'

'Fuck de condooms, Erwin.'

'Shit.'

Het volgende moment is hij in me.

De slaapbank kraakt en piept en schaart over de tegelvloer. In het binnenwerk voel ik metalen veren knappen.

Erwin likt mijn lippen, mijn tong, ik proef mezelf en zijn verse zweet.

Plotseling stopt hij met bewegen. Drukt zich een beetje omhoog, zodat hij me aan kan kijken. 'Ik geef om je, Eva,' mompelt hij, ernstig, en hij aait door mijn haar. 'Ik ben hierheen gekomen omdat ik me zorgen maakte. Ik denk dat ik van je hou.'

'Ik hou ook van jou,' zeg ik naar waarheid.

'Echt?' Erwin trekt een mondhoek op en kijkt me oprecht verbaasd aan. 'Dat heb je nooit gezegd.'

'Ik heb het ook niet eerder zo gevoeld.'

'Ik ook niet,' fluistert hij. 'Maf hè?'

Ik kus hem op zijn mond. En nog eens. Sla dan mijn benen om hem heen en druk hem tegen me aan. 'Ga door.'

'Dan hou ik het niet meer.'

'Maakt me niet uit,' fluister ik. 'Kom maar.'

31

De glaszetter stond om acht uur aan de deur. Hij verpestte ons voornemen om een lange, lome ochtend in bed door te brengen, maar de achterdeur toont weer als nieuw.

Door een fonkelnieuwe ruit kijk ik naar twee konijnen die bij de houtopslag aan het spelen zijn. Ze rennen achter elkaar aan en maken vreugdesprongetjes. Een van hen sjouwt triomfantelijk rond met een stukje hout in zijn bek. Net als ik Erwin erbij wil roepen, schrikken ze ergens van en schieten ze weg, de ondergroei in.

Ik loop naar buiten om te kijken wat er aan de hand is. De ochtend is opvallend zacht en vriendelijk. Het is niet eens koud. Een bleke zon verdiept de lappendeken aan herfst-kleuren. Uit omliggende bossen stijgen rookpluimen op.

Ik draai me om en zie ook uit onze schoorsteen een dikke, grijze pluim komen, die op zijn weg naar boven geleidelijk uitdijt en opbreekt. Sinds de komst van Erwin, die zich heeft ontpopt als een volbloed pyromaan, is het vuur in de kachel niet meer gedoofd.

Bizar, als ik er zo bij nadenk: huizen in deze streek worden grotendeels nog met hout warm gestookt en de meeste families zijn niet op een riool aangesloten. Het hele landschap doet middeleeuws aan. Maar in de velden groeit ultramoderne, genetisch gemanipuleerde maïs. Het contrast kan niet groter zijn dan dit.

Ik leg mijn hoofd in mijn nek. Boven het huis zweven roofvogels. Ze cirkelen, geruisloos, hun enorme vleugels uitgespreid. Ademloos kijk ik naar hun zweefvlucht, mijn hand boven mijn ogen, tot ze grotere cirkels gaan bestrijken, steeds hoger gaan vliegen en ten slotte uit het zicht verdwijnen. De konijnen kunnen weer tevoorschijn komen.

'Weet je al wat je gaat doen?' hoor ik Erwin vragen als ik de deur achter me dichttrek.

Hij staat zich te scheren boven de gootsteen. Zijn gestreepte overhemd hangt open, daaronder draagt hij een T-shirt van Green Day.

Ik leg mijn wang tegen zijn rug. Laat mijn handen onder zijn hemd verdwijnen en streel zijn buik over de stof van het shirt heen. 'Ik wil blijven.'

'Waarschijnlijk is er niets aan de hand.'

'Misschien. Ik hoop het. Maar door wat er allemaal gebeurt, ga je je de ergste dingen in je hoofd halen.'

'Logisch.' Hij tikt zijn scheerapparaat uit in de gootsteen en gaat met zijn vlakke hand over zijn kin. 'In principe rijd ik zondag terug. Maar mocht Dianne dan nog niet boven water zijn, dan blijf ik.'

'Hoe doe je dat met je werk?'

'Ik kijk wel wat ik kan regelen. Jij bent belangrijker. Ik laat je hier niet alleen achter.' Hij draait zich om, kust mijn voorhoofd en zegt dan, zijn blik op het erf gericht: 'We hebben bezoek.'

Door het raam zie ik Daniel op het erf rondscharrelen, met opgetrokken schouders, weifelend. Zonder hond vandaag.

'Da's Daniel. Ik vermoed dat hij een zoon van de buren is.'

'Van die buurman die je zijn erf af joeg?'

'Die, ja. Daniel mag hier niet komen van zijn ouders, maar dat doet hij toch. Hij helpt Dianne met de moestuin.

Ze heeft er volgens hem niet veel kaas van gegeten.'

'Tot zover haar goede voorbereiding,' sneert hij.

Ik doe net alsof ik het niet hoor en loop naar de voordeur. 'Blijf jij maar binnen,' zeg ik over mijn schouder. 'Hij is nogal schuchter.'

Daniel schrikt zichtbaar als ik de voordeur open. Zijn bruine ogen worden groter achter de brillenglazen en zijn handen hangen als bevroren klauwtjes in het luchtledige.

'Hallo Daniel,' zeg ik, zo vriendelijk mogelijk.

Zijn gezichtje klaart op. 'Mademoiselle Eva,' herinnert hij zich. Ik herken mijn eigen naam amper, hij verkort de 'a' en legt er de klemtoon op. Het klinkt nu als Eee-báh!

Onbeholpen blijft hij voor me staan, zijn hals uitgerekt.

Het duurt even voor het tot me doordringt waarop hij wacht, dan herinner ik me de lessen Franse omgangsvormen en buig voorover om een plichtmatige kus op mijn wang in ontvangst te nemen. *'Ça va, mon ami?'*

'Is mademoiselle Dianne al terug?'

'Nee. Ik had gehoopt dat jij haar misschien had gezien.'

Hij schudt zijn hoofd. Kijkt naar de grond.

'Is er iets?'

'Gisteren waren er vrienden van mijn vader. Ze hadden het over u.'

'O ja? Wat zeiden ze dan?'

'Dat ze u heel erg hebben laten schrikken. En dat u de politie heeft gebeld.'

Ik frons en laat me op mijn hurken zakken. Probeer oogcontact met hem te maken, maar dat staat hij niet toe. Zo zacht en lief mogelijk vraag ik: 'Hebben ze ook gezegd hóé ze me hebben laten schrikken?'

Hij knikt. 'Met een kat. En nog iets, wat ik niet goed heb verstaan. Ze hebben geloof ik glas stukgemaakt.'

'Wie hebben dat gedaan?'

Hij drukt zijn kin naar zijn borst, slaat zijn ogen neer. 'Mijn vader en een vriend van mijn vader.'

'Is jouw vader de buurman?' Ik probeer me uit alle macht de naam van Diannes buren voor de geest te halen. 'Beau? Heet jouw vader Régis Beau?'

Hij kijkt me verschrikt aan, beseft kennelijk nu pas dat zijn vader een strafbaar feit heeft begaan en hij hierdoor misschien wel in de problemen kan komen. Alert kijkt hij om zich heen. 'Heeft u echt de politie gebeld?'

'Nee. Maar ik was wel erg verdrietig. Ik had de kat een naam gegeven. Een Nederlandse naam, zoals iets *Fantôme*. Hij zag er namelijk een beetje eng uit, maar daardoor was hij juist schattig.'

'Is-ie dóód?'

Ik knik. 'Ja,' zeg ik zacht. 'Hij is dood.'

De jongen perst zijn lippen op elkaar, zijn blik is weer naar binnen gekeerd. Zelden heb ik een kind gezien dat zo introvert is. Toch zoekt hij gezelschap op, zelfs al is dat van een buitenlandse, vreemde vrouw over wie hij niets dan slechts kan hebben gehoord.

Hij moet wel erg eenzaam zijn.

'Jij kunt er niets aan doen,' zeg ik.

Achter de jongen zie ik Erwins gestalte bij het raam. Hij heeft een mok in zijn handen.

'Weet je ook waarom ze zo'n hekel aan me hebben, dat ze zulke dingen doen? Ik had maandag met je vader willen praten, ik ben bij jullie thuis geweest, maar hij stuurde me weg.'

Nu lichten zijn ogen op. 'Ze zijn boos op buitenlanders. Mijn vader zegt dat jullie hiernaartoe komen om alles kapot te maken en om over ons te bazen. Ze zeggen dat Dianne en haar vrienden slechte, domme mensen zijn, die veel problemen veroorzaken.'

Vrienden? Talloze vragen schieten door mijn hoofd. 'Ken jij vrienden van Dianne?'

'Er is hier weleens een meneer. Ik weet niet hoe die heet, hij is niet aardig tegen me.'

'Een meneer met kleine, lichte ogen en heel kort geschoren haar?'

'Ja. Hij ziet er gemeen uit. Hij komt ook uit Holland.'

Mijn hart bonkt in mijn keel. 'En wie nog meer? Wat voor vrienden ken je nog meer?'

Hij haalt zijn schouders op. 'Ik weet niet hoe ze heten. Als er vreemde auto's staan, loop ik meestal door. Ik mag hier niet eens komen van mijn ouders.'

'Zijn het auto's met een Franse of Nederlandse kentekenplaat?'

De voordeur gaat open. Erwin verschijnt in de deuropening, de mok nog steeds in zijn hand. Zoals hij daar staat lijkt hij sprekend op een oude Romein, met zijn dikke haar en lange, krachtige neus, die vrijwel zonder glooiing overgaat in zijn voorhoofd.

Hoe kan ik hem ooit als 'best wel knap' hebben omschreven?

Hij is onweerstaanbaar.

'Dat is mijn vriend,' zeg ik, en ik ga rechtop staan. 'Hij is heel aardig.'

Daniel reageert niet. Verstrooid kijk ik naar de plaats waar hij zojuist nog stond.

Hij is weg.

'Daniel? Je hoeft niet bang te zijn!'

Deze keer roept hij niets terug. Hij drentelt met opgetrokken schouders naar het bos. Onthutst kijk ik hem na.

Erwin komt naast me staan. 'Dat is niet schuchter meer, dat is mensenschuw.'

Ik reageer niet.

'Sorry, Eef. Ik had geen idee dat het zo erg was.'

'De buurman heeft de kat vermoord,' zeg ik, terwijl ik

Daniel steeds kleiner zie worden, een groene vlek op het grauwe veld. 'Daniel heeft hem erover horen praten met zijn vrienden. Ze zijn ook verantwoordelijk voor de deur.'

'De buurman is toch zijn vader?'

'Ja. Régis Beau heet hij. De smerige dierenmoordenaar. Ik moet dit aan de gendarme vertellen.'

'Waarom?'

'Die man moet gestraft worden voor wat hij heeft gedaan.'

'Politie wil bewijs. Heb je dat?'

'Hoeveel bewijs heb ik nodig? Die jongen heeft het toch zelf gehoord?'

'Je kunt van dat jochie toch niet verlangen dat hij tegen zijn eigen vader getuigt? Denk even na. Als die kerel zo'n kouwe is…'

Erwin heeft gelijk. Mijn aangifte zou Daniel in grote problemen kunnen brengen. Ik pers mijn lippen op elkaar.

'Nog wat,' gaat Erwin verder. 'Hoe leuk denk je dat Dianne het zal vinden, als jij tijdens haar afwezigheid aangifte doet tegen haar buren? Dat kun je toch niet maken?'

Uit frustratie stamp ik op de grond. 'Verdomme. Verdomme!'

'Zie het positief: je weet nu in elk geval uit welke hoek de wind waait.'

'Ik vind niet dat het ongestraft mag blijven.'

'Mee eens. Maar het is niet aan jou of mij om daarover te beslissen. Die keuze is aan Dianne.'

'Weet je wat Daniel ook zei? Dat hij Hugo hier regelmatig ziet.'

'Dus was het niet zo vreemd dat je hem in de stad tegenkwam. Die twee zijn samen op pad, joh, die zitten bij vrienden of zo. Het is al donderdag. Je zult zien dat ze zaterdag gewoon thuis is en dan heb je je al die tijd zorgen gemaakt om niets.'

Ik wil Erwin heel graag geloven, maar het lukt me niet. Ik blijf het gevoel houden dat er weleens iets heel erg mis kan zijn. Waarom reageerde Hugo anders zo vreemd? Hij maakte juist helemaal niet de indruk dat hij wist waar Dianne uithing.

'Zeg,' hoor ik achter me. 'Er zou hier vlakbij een toeristisch dorp moeten liggen met een heel goede pizzeria. Wat denk je ervan om daar zo te gaan lunchen?' Hij pakt me beet en zoent me zacht en langdurig op mijn mond. 'Dan kunnen we bij thuiskomst verdergaan met waar we vanochtend zijn gebleven. Lijkt je dat wat?'

32

De tocht naar het dorp loopt langs eindeloze herfstbossen, weilanden en kaal akkerland. De laatste paar kilometers kronkelt de weg zich door een langgerekte vallei. Ik heb zelden zoiets moois gezien. Ooit heeft er een reusachtige rivier van meer dan tachtig meter diep gestroomd. De diverse waterstanden zijn nog zichtbaar aan de diepe richels in de rotsen, die duizelingwekkend hoog uit de grond oprijzen. Hier en daar vormen zich uitstulpingen; rotsachtige gezwellen die gevaarlijk laag het asfalt overkappen. Mensen hebben het gewaagd er huizen onder te bouwen en daarmee de kosten voor een dak uitgespaard.

Ver onder ons, achter de metalen vangrail, loopt de huidige rivier, een rustig kabbelende stroom. Afgaande op de talloze kanoverhuurbedrijven die we passeren, moet het hier 's zomers wemelen van de kanovaarders. Nu is er op het water niets te zoeken en liggen de oevers van de verhuurbedrijven er troosteloos bij.

Uit reclameborden langs de weg maken we op dat de grotten in deze vallei 35.000 jaar geleden al werden bewoond door de eerste mensen in West-Europa, de cro-magnons. De *homo sapiens* van de eenentwintigste eeuw heeft een aantal van die grotten opengesteld voor publiek. De rest is in gebruik genomen door de plaatselijke bevolking en fungeert als opslagplaats voor wijn en aardappelen.

Ons eindpunt, het toeristische dorp, heeft in dit jaargetijde weinig te bieden. De rommelmarkten en concerten die
op de affiches staan aangekondigd, hebben een tot twee
maanden geleden al plaatsgevonden. Cafés worden uitge-
baat door norse lieden die zwijgend tv staan te kijken, met
een arm op hun bar geleund, en ons de meeste tijd links laten liggen.

Het maakt me niet uit. We drinken espresso en een biertje, wandelen hand in hand langs het water en kletsen over
van alles en nog wat.

Het is al donker aan het worden. Erwin is boven aan het
douchen en ik ruim de boodschappen op. Het lijkt wel of ik
hier meer eet dan in Nederland, of misschien koop ik wel te
veel omdat de supermarkt niet naast de deur ligt. Ik doe het
licht aan in de woonkamer en keuken en loop naar het gasstel om water op te zetten voor koffie.

Er wordt op de achterdeur geklopt. In het smetteloos
nieuwe glas zie ik alleen mezelf weerspiegeld, van top tot
teen, met een brandend peertje boven mijn hoofd. Dan pas
zie ik in blauw uniform gestoken benen. In een leren holster
aan de heup steekt een pistool.

Ik draai de sleutel om en maak de deur open.

Chevalier oogt een stuk fitter en beter uitgeslapen dan de
laatste keer dat ik hem zag. Dat is pas twee dagen geleden,
realiseer ik me. Het lijken wel twee weken. Dinsdag schatte
ik de plaatselijke arm der wet nog begin veertig. In werkelijkheid zal hij niet veel ouder zijn dan vijfendertig.

We schudden elkaar de hand, maar ik blijf met opzet in de
deuropening staan en nodig hem niet uit om binnen te komen.

Chevalier heeft daar geen boodschap aan. Hij doet een

stap naar voren en knikt quasivriendelijk naar me, alsof hij me bedankt voor mijn gastvrijheid. Zijn lengte is imponerend. Hij is langer dan Erwin, zeker een meter negentig.

Lichtelijk geïntimideerd ga ik opzij.

'Mijn collega vertelde over de kat. Het spijt me voor u.'

'Dank u wel.'

Hij loopt een paar passen de keuken in en draait zich naar me om. 'Het verbaast me dat u daarvan geen aangifte heeft gedaan. U moet er toch behoorlijk van zijn geschrokken.'

'Dit is niet mijn huis,' zeg ik bedachtzaam. 'Ik denk dat het beter is als mijn vriendin over dat soort zaken beslist als ze weer thuis is.'

'Ah. Natuurlijk. Heel goed.' Chevalier pakt een stoel bij de rug en trekt hem naar achteren. De pootjes schrapen over de tegelvloer. Hij gaat zitten, maakt een ordelijk stapeltje van het krantje en de tijdschriften die verspreid over het tafelblad liggen.

'Blijft u staan?' vraagt hij. Het klinkt als een berisping.

Weifelend neem ik tegenover hem plaats. Rechtop, mijn knieën tegen elkaar. Mijn handen trillen licht. Ik voel me niet op mijn gemak bij deze man. Hetzelfde euvel deed zich voor bij Blondy. Politiemensen maken me nerveus. Ook al doe ik niets verkeerd, ik schrik altijd als ik een agent zie en vraag me vervolgens koortsachtig af of ik te hard heb gereden, mijn rijbewijs wel bij me heb en of de autopapieren in orde zijn. Het komt waarschijnlijk door de uniformen, of door het machtige instituut dat ze vertegenwoordigen. Of allebei.

Wat komt deze man doen? Hij heeft het toch zo druk met die moordzaak?

'U logeert hier nog?' vraagt hij naar de bekende weg.

'Ja. Ik hoop dat…' Ik slik een nerveuze trilling in mijn stem weg. 'Dat Dianne morgen of zaterdag thuiskomt.'

Hij kijkt me strak aan. Zijn ogen hebben een aparte kleur, tussen bruin en geel in, als herfstblad. 'U heeft contact met haar gehad?'

'Nee.'

'Hoe weet u dan of ze morgen of zaterdag thuiskomt?'

'Dat weet ik niet, dat hoop ik alleen maar.'

Chevalier snuift en veegt met de rug van zijn hand langs zijn neus. Hij heeft iets grofs, deze politieman. Zijn motoriek is krachtig, maar tegelijkertijd ruw. Onbehouwen.

Hij kijkt langs me heen naar het aanrecht. 'Ik zie dat u mijn raad heeft opgevolgd.'

Aarzelend kijk ik over mijn schouder. Met een blik op de busjes pepperspray zeg ik: 'Ja. Dank u wel nog voor de tip. Ik voel me een stuk veiliger.'

'Mooi.' Hij trommelt met zijn stompe vingertoppen op het tafelblad. Zijn nagels zijn afgebeten. 'Vindt u dit eigenlijk zelf niet een beetje vreemd?'

'Wat bedoelt u?'

'Nou, dat u hier logeert terwijl uw vriendin van niets weet? Vindt u dat zelf ook niet opmerkelijk?'

Verward frons ik mijn wenkbrauwen. Ik voel me alsmaar nerveuzer worden. 'Ik begrijp niet waarom u... Ze is mijn beste vriendin.'

Hij wijst naar zijn borst. 'Ik zou niet zomaar in het huis van een vriend gaan wonen als hij niet thuis is. Dat lijkt me ongepast.'

'Ze zou niet willen dat ik in een hotel ging slapen.'

'Hoe ver ligt uw woonplaats hiervandaan?'

'Veertienhonderd kilometer. Ongeveer.'

'Veertien uur rijden.'

Ik knik.

'Tja. Alles bij elkaar blijf ik het een vreemd verhaal vinden, mademoiselle. U komt helemaal hiernaartoe gereden vanuit het hoge noorden, een rit van maar liefst veertien uur, terwijl u niet eens weet of uw vriendin wel thuis is om u te ontvangen?'

'Toch is het zo.'

De manier waarop hij me bekijkt bevalt me helemaal niet. Zijn collega had ook al zo'n blik in zijn ogen, die zoveel lijkt te zeggen als: ik geloof je niet, leugenachtig stuk vreten.

Ik voel aandrang ertegen in opstand te komen, maar moet denken aan wat mijn moeder altijd zegt: verdedigen is schuld bekennen.

'Er staat een motor in de hangar, met een Nederlands kenteken.'

Ik knik alleen maar.

'Hoe komt die daar?'

'Waarom stelt u mij al deze vragen?'

'Dat is mijn werk. Vragen stellen. En de antwoorden analyseren. Eén en één bij elkaar optellen. Mademoiselle Lambrèk, ik heb er moeite mee te geloven dat u geen contact heeft gehad met uw vriendin. Ik zou u er met klem op willen wijzen dat u beter niet kunt liegen.'

'Sorry, hoor, ik –'

'Ik denk dat u iets achterhoudt.'

Mijn wenkbrauwen schieten omhoog. 'Wát?'

'Je hoort toch wat ik zeg?'

Hij tutoyeert me. Zomaar ineens. In Nederland zou niemand daarvan opkijken, zelfs mijn huisarts zegt 'jij' tegen me en andersom. Maar in Frankrijk is het een grove belediging.

Chevalier staat op van zijn stoel en zet een paar passen in de richting van de woonkamer.

Ik spring op en loop langs hem heen de woonkamer in. Sla mijn armen over elkaar. Mijn nervositeit begint plaats te maken voor ergernis. Boosheid. Met welk recht denkt deze man hier zomaar rond te kunnen neuzen?

Erwins motorpak ligt opgevouwen op een van de traptreden, de helm twee treden lager.

'Kijk eens aan,' hoor ik Chevalier zeggen.

Boven onze hoofden klinken gedempte voetstappen op de houten vloer. Erwin is uit de douche.

'Wie is dat, daarboven?'

'Dat gaat u niets aan. U heeft niet het recht om –'

Chevalier is in een paar passen bij me. Buigt zich dreigend over me heen. Zijn amberkleurige ogen schieten vuur en zijn wijsvinger drukt tegen mijn borst. 'Ik heb jouw toestemming niet nodig, mademoiselle Lambrèk, om dit huis van de nok tot de kelder te doorzoeken. In feite kan ik je oppakken voor inbraak.'

Perplex wijk ik achteruit.

Hij wijst naar de trap, als een vader die zijn kind terechtwijst. 'Is ze boven?'

Ik ben met stomheid geslagen. In de beslotenheid van de woonkamer en het tikkende vuur in de kachel staren we elkaar aan, luisteren naar schuifelende voetstappen op de houten verdiepingsvloer.

'Dat is mijn vriend,' zeg ik uiteindelijk.

'Vriend?'

'De motor is van hem.'

Alsof het zo is afgesproken komt Erwin de trap af. Zijn haar nog vochtig, zijn blauwe T-shirt verkreukeld door de rugzak waar het zojuist uit is gevist.

'Dit is rechercheur Chevalier,' zeg ik in het Nederlands. En in het Frans: 'Mijn vriend, Erwin Veltkamp uit Nederland.'

Erwin knikt naar hem, schudt hem de hand. Hij is een paar centimeter kleiner dan de politieman.

'U bent de vriend van mademoiselle Lambrèk?'

Erwin schudt verontschuldigend zijn hoofd en glimlacht. *'I don't speak French, sorry.'* Kijkt mij aan. 'Wat moet die politieman van je?'

'Hij denkt dat ik weet waar Dianne is.'

'Hè!? Belachelijk!' Erwin schraapt zijn keel. *'Listen, sir. She doesn't...'*

Met een geërgerd gebaar kapt Chevalier Erwins monoloog af en hij richt zich tot mij. 'Uw vriend spreekt geen Frans?'

'Pas du tout – geen woord.'

'Bon.' Hij recht zijn rug, laat zijn blik argwanend door de kamer gaan en dan weer op mij rusten. 'Ik hou je in de gaten.' Voor ik kan reageren, heeft hij zich omgedraaid.

Ik hoor de achterdeur dichtslaan.

'Wat moest dat voorstellen?' vraagt Erwin.

'Blijkbaar denkt de politie dat ik weet waar Dianne is. Ik krijg de kriebels van die lui. Die andere agent deed ook al zo vreemd.' Ik kijk Erwin recht aan. 'Om eerlijk te zijn: ik word er bang van. Stel dat Dianne niet terugkomt terwijl de politie vermoedt dat ik iets met haar verdwijning te maken heb?'

Erwin slaat zijn armen om me heen en drukt me tegen zich aan. Hij ruikt naar chloorwater en shampoo. 'Rustig maar.'

Nu merk ik pas dat ik over mijn hele lijf tril.

'Kwam hij daarvoor?' vraagt Erwin. 'Om vragen te stellen over Dianne?'

Ik knik.

'Je hebt niet eens aangifte gedaan van vermissing. Dus waarom zijn ze daar nu mee bezig?'

'Misschien heeft het te maken met de moorden waarover ik je vertelde. Die andere agent, Blondy, liet doorschemeren dat die kunnen zijn gepleegd door buitenlanders met extreme denkbeelden.'

'Milieuactivisten bedoel je?'

'Ja. Ik kreeg heel sterk het gevoel dat hij een visje uitgooide om mijn reactie te peilen. En die kerel van daarnet zei dat hij het raar vond dat ik in Diannes huis logeer, dat maakt me kennelijk verdacht.'

'Het is ook een beetje raar, natuurlijk.'

Ik werp hem een vernietigende blik toe. 'Vind je?'

'Ik denk niet dat ik zomaar in het huis van een vriend zou trekken als hij er zelf niet was.'

Dat zei Chevalier ook al. 'Dianne is niet zomaar een vriendin. Ze is als een zus voor me.'

'Ook bij mijn zus zou ik niet in huis gaan zitten als ze daar niet eerst toestemming voor had gegeven.'

Ik slaak een diepe zucht. Het heeft geen zin er verder op in te gaan. 'Ik hoop alleen maar dat ze terugkomt,' zeg ik zacht, en ik leg mijn hoofd tegen zijn borst.

'Die duikt vanavond of morgen gewoon op. Gezond en wel, zich van geen kwaad bewust. Wedden?'

'Denk je?'

Hij knikt vastberaden.

'Ik heb er anders zo'n rotgevoel over.'

Erwin pakt me bij mijn schouders en kust mijn voorhoofd. 'Je bent een lieverd, Eef, maar je tobt te veel.'

33

Vogels vliegen kwetterend op van het erf en strijken verder-op in het drassige maïsveld neer. Ik sta voor het huis, rek me uit in de zon. Die schijnt opmerkelijk fel voor de tijd van het jaar en al zeker voor dit tijdstip – het is pas halfelf in de ochtend. Warm is het niet, maar het is tenminste droog en voor het eerst sinds ik hier ben is de hemel strakblauw, zover het oog reikt. In de verte lichten gele boomkruinen op als glanzend bladgoud.

De sombere stemming waarin Chevalier me gisteren achterliet, werd verdreven door Erwins opgewektheid en zijn nuchtere kijk op dingen. Hij geeft me het gevoel dat ik niet meer alles zelf hoef te doen en ook op zijn inzicht en hulp kan vertrouwen. Het voelt gevaarlijk goed om er niet meer alleen voor te staan.

In Nederland bleef onze relatie aan de oppervlakte dobberen, kalm en niet onprettig. Hier in de Franse binnenlanden zijn we geleidelijk aan het afdalen naar onontdekte diepten en wat ik zie bevalt me buitengewoon goed.

Ik kan me niet herinneren dat ik verliefde gevoelens voor hem heb gehad. Maar ik heb ze nu.

'Fúck!' Erwins kreet galmt door de vallei en doet de spreeuwen opschrikken.

Binnen twee seconden ben ik bij hem in de hangar. Erwin

staat naast de motor. Hij heeft het stuur vast en kijkt zoekend om zich heen op de grond.

'Wat is er?'

'De standaard is afgebroken.'

'Hoe kan dat nou?'

'Weet ik veel. Ik wilde hem verplaatsen en er viel zo een stuk ijzer onder vandaan.'

Met de punt van mijn schoen wijs ik naar een stuk metaal in het zand. 'Is dit het?'

'Ja.'

'En nou?'

'Nou moet ik hem laten maken. Ik kan zo niet eens gaan tanken. Shitzooi.' Hij duwt de zware motor al mopperend vooruit en zet hem met de zijkant tegen een verroest stuk landbouwwerktuig. Als hij het gevaarte loslaat, schuift het door zijn gewicht iets onderuit, maar blijft dan hangen.

'Moet je een nieuwe standaard bestellen?' vraag ik.

'Ik denk het. Het lijkt me stug dat ze dit type op voorraad hebben. Deze motor is zeker vijftien jaar oud.' Hij hurkt. Pakt het afgebroken stuk ijzer van de grond en houdt het tegen de U-vormige standaard. 'Zou hier een lasser in de buurt zitten?'

'Dat moet haast wel. Dit is landbouwgebied, iedereen is hier afhankelijk van allerlei grote machines. Ik kijk binnen wel even in de gids.'

Na een vijftal telefoontjes heb ik beet. Een garagebedrijf aan de rand van de stad heeft een lasser in dienst die het probleem nog vandaag denkt te kunnen oplossen.

Erwin zit aan de keukentafel en knijpt zijn ogen tot spleetjes tegen de zon. 'En?'

'Ze maken tijd voor je als je je voor de middag meldt. Een garagebedrijf, het zit op hetzelfde bedrijventerrein als het restaurant waar we woensdag hebben gegeten.'

Hij staat op, loopt naar de kamer en begint zijn motorpak aan te trekken. 'Ik had een reservehelm moeten meenemen, dan hadden we samen kunnen gaan. Motorrijden is echt leuk, Eef, zeker op zo'n dag als vandaag.'

'Zal ik met de auto achter je aan rijden?' vraag ik, terwijl ik het telefoonnummer en adres van de garage op een blaadje krabbel.

'Ben je gek. Het was toch vlak bij Buffalo Grill, zei je?'

Ik knik. 'De werkplaats zou er pal achter moeten liggen.'

'Dan vind ik het wel.' Erwin stopt het kladje in een zak op zijn mouw, die hij zorgvuldig dichtritst. Hij zet zijn helm op, gespt hem vast en trekt zijn handschoenen aan. 'Tot straks.'

Pas als hij is weggereden, krijg ik spijt. De zorgeloze energie die Erwin met zich meebracht is samen met hem verdwenen. Het huis voelt alweer even vijandig en verlaten aan als voor zijn komst. Ik zou gewoon achter hem aan moeten rijden. Wie weet hoe lang dat lassen wel niet gaat duren; we zouden de tijd kunnen gebruiken om wat te gaan eten, om boodschappen te doen of bij McDonald's mijn mailbox te lezen. Ik zou Erwin mee kunnen nemen naar de oude binnenstad en hem de wapenwinkel laten zien waar ik Hugo ben tegengekomen.

Maar dat doe ik allemaal niet.

Ik kijk rond in de kamer. De zon schijnt door de ramen en veroorzaakt langgerekte, lichte vlakken op de bruine tegelvloer. De banken staan niet meer recht tegen de muren geparkeerd, zoals ik ze heb aangetroffen, maar schuin naar de kachel toe gericht. Over de rugleuning van de dichtstbijzijnde ligt mijn jas. Erwins sneakers en vuile sokken slingeren onder de salontafel en erbovenop liggen verfrommelde kassabonnen, een lege chipszak en er staan glazen die ik nog niet heb opgeruimd. Kringen op het tafelblad. Stukjes van verpakkingen en papiertjes op de vloer.

Als Dianne nu zou thuiskomen, is het in een vuil, rommelig huis. Schoonmaken is helemaal niet mijn hobby, maar wat voor vriendin ben ik eigenlijk, dat ik haar huis zo weinig respecteer?

Ik pak mijn jas van de bank en hang hem in de keuken aan een haak. Schuif de banken terug op hun oude plek tegen de muur. Erwins schoenen en sokken breng ik naar boven.

In de badkamer en de logeerkamer tref ik nog meer rotzooi aan. De badkamerspiegel zit onder de tandpastaspetters. Ik laat de wasbak volstromen met heet water en ga op zoek naar allesreiniger.

De bestelbus die stapvoets het erf op komt rijden, hoor ik niet.

34

Ik ben nog geen kwartier bezig geweest met het opruimen en schoonmaken van de bovenverdieping. In de woonkamer is het kouder geworden. Ik doe de kachel open en leg twee dikke blokken op de laag as en opgloeiende houtresten. Van Erwin heb ik geleerd wat ik fout deed: er kon steeds te weinig zuurstof bij het vuur komen. Ik por in het rooster, trek de asla ietsje open en duw dan het deurtje dicht. Meteen laait het vuur op; door de met roet beslagen ruitjes zie ik de vlammen aan het hout likken.

Tegelijkertijd hoor ik iemand aan de achterdeur rammelen, ongeduldig en hard, alsof degene die daar staat geen afgesloten deur verwacht. Erwin?

Dianne?

Verwachtingsvol spring ik op en haast me naar de keuken, maar nog voor ik ter hoogte van de trap ben, wordt mijn gehoor lamgelegd door een immense knal. Glasscherven schieten alle kanten op. Ze glijden rinkelend over de tegelvloer tot ver in de huiskamer.

Instinctief laat ik me plat op de vloer vallen. Twee mannen komen naar binnen gerend. Het eerste wat ik zie zijn hun maskers: glanzende, roze varkensmaskers met dikke wangen, een plastic glimlach en twee priemende kijkgaten in een stel cartoonesk getekende ogen. De hoge wenkbrauwen zorgen voor een permanent verbaasde uitdrukking. De indringers hebben smoezelige jeans en legerkleding aan.

'Ze is het,' hoor ik een van hen in het Frans roepen.

'Mee,' roept de ander, Frans met een buitenlands accent. Hij grijpt me bij mijn haar alsof ik een pop ben. Trekt me omhoog, op mijn voeten.

Vreemd genoeg moet ik denken aan de pepperspray. Die staat op het aanrecht. Het goedkope reservebusje ligt in de bestekla.

Op het moment dat ik ze keihard nodig heb, draag ik ze niet bij me.

'Lopen! Naar buiten!'

De buitenlander heeft iets donkers in zijn handen, een knuppel of een zaklamp. Ik kan het niet goed zien en het gaat te snel. Hij zwaait het ding omhoog en laat het met kracht op mijn hoofd neerkomen.

Door de klap bijt ik op mijn tong. Tranen schieten in mijn ogen. Ik heb nog nooit zo'n pijn gehad, het lijkt alsof mijn schedel uit elkaar barst. Dit komt nooit meer goed, schiet het door me heen, nooit meer. Mijn mond gaat open, maar ik breng geen geluid meer voort.

'*Bouger* – lopen!'

Mijn benen willen niet, het is alsof ze niet meer bij me horen; volledig slappe, nutteloze ledematen.

Verlamd van angst.

'Lopen, trut!' roept de buitenlander, en hij trapt me vol tegen mijn scheenbeen.

De man met het wapen trekt de voordeur open. 'Pak haar schouders,' blaft hij.

Het volgende moment zweef ik boven de grond, word ik door vier handen opgetild en naar buiten gedragen, over het stoepje, over het erf.

Er staat een gesloten busje. Groen, oud, smerig.

Mijn hart knalt bijna uit mijn lijf van angst. Ik word hysterisch, begin wild om me heen te trappen, krom mijn lichaam en strek het weer, probeer mijn schouders los te rukken.

Ze houden hun pas niet eens in, mijn gespartel jaagt hen alleen maar op. Ik word in de laadruimte gegooid.

Ze springen er meteen achteraan. Een van hen plant zijn voet in mijn rug, zijn hele gewicht drukt tussen mijn schouderbladen en houdt me op mijn plek. De ander grijpt mijn maaiende polsen vast, trekt mijn armen naar achteren. Een stuk touw wordt ter hoogte van mijn ellebogen zo strak aangetrokken, dat ik bang ben dat mijn schouders uit de kom zullen schieten. De eerste man stapt van me af en ontfermt zich over mijn knieën en enkels, bindt ze ruw aan elkaar.

Ze werken gehaast door, kijken steeds op, naar buiten, en gaan dan weer verder. Hun ademhaling klinkt spookachtig hol achter het voorgevormde plastic. Hun ogen kan ik niet zien; achter de donkere gaten van hun maskers is alleen de glinstering van hun oogbollen zichtbaar.

Mijn hoofd wordt naar achteren getrokken en er wordt een brede strook tape over mijn mond geplakt, van wang tot wang. Ik probeer mijn mond te openen, maar dat gaat niet meer.

Mijn ontvoerders springen uit de laadbak, de deuren worden dichtgesmeten en op slot gedaan. Er dringt geen licht van buiten door. Het is nu donker. Aardedonker.

Ik kronkel over de vloer, schaaf mijn gezicht en kin aan het vuil en zand dat op de houten ondergrond ligt. Mijn hoofd bonkt en steekt en er prikt iets in mijn oog. Ik denk dat het mijn eigen bloed is.

De auto wordt gestart en begint te rijden. Samen met de motor komt een radio tot leven. Opgewonden gekwetter van een dj klinkt gedempt door de beplating heen. Het busje stinkt naar olie en benzine.

Ik probeer nog eens mijn mond te openen, maar het is zinloos. De tape kleeft onverbiddelijk vast aan mijn lippen en geeft geen millimeter mee, wat ik ook probeer. Snuivend haal ik adem door mijn neus. Ik ben bang dat ik zal stikken, mijn longen barsten bijna uit elkaar.

Pijnscheuten trekken door mijn hoofd en mijn armen en schouders. Ik buig en strek mijn vingers, graai in het lucht-ledige, probeer grip te krijgen op het touw dat rond mijn knieën zit, maar het lukt me niet.

Toch blijf ik het proberen, ik moet los zien te komen – *het moet*!

Minuten gaan voorbij. Misschien zijn het wel uren. Ik raak alle besef van tijd en richting kwijt. Bij elke hobbel en ma-noeuvre word ik heen en weer geschud, ik schuif steeds ver-der op en kom tegen een van de wanden te liggen, ik ver-moed dat het de cabine is. Ik hoor gedempt praten, maar kan er niets van verstaan. De dj ratelt aan één stuk door en laat dan een nummer horen van een Franse band. Mijn ontvoer-ders zetten de radio harder.

Tevergeefs laat ik mijn handen alle kanten op draaien, op zoek naar het touw, tot de brandende pijn in mijn schouders ondraaglijk is geworden en ik mijn pogingen moet staken. Het lijkt wel of ik stik. Alsof er te weinig lucht is in deze ruimte. Alsof ik het allemaal heb opgebruikt. Met mijn ogen wijd open staar ik voor me uit in het donker.

Ik ga dood. Ik ben echt bang dat ik doodga.

Dat ik dit niet zal overleven.

Het busje mindert vaart. Het rijdt nu stapvoets over hobbe-lig terrein. Het voelt alsof we naar boven rijden, heuvel op. Ik begin weer te schuiven en kom tegen een andere wand te liggen.

Buiten klinken stemmen. Er zijn meer mensen. Mannen. De wagen trekt weer op, maakt een scherpe bocht en rijdt langzaam, over vlak terrein verder, tot hij uiteindelijk tot stilstand komt en de motor wordt afgezet.

35

Hoewel Dianne voor mij door en door vertrouwd voelt en voorspelbaar is, kan ze op mensen die haar minder goed kennen grillig overkomen. Sommigen typeren haar als een ongeleid projectiel. Dat vind ik zwaar overdreven. Ik vind haar dynamiek eerder fascinerend, ik bewonder haar daadkracht. Zij durft tenminste te zeggen wat ze denkt, stelling te nemen en haar overtuiging vol vuur te verdedigen. Ik niet. Ik ga confrontaties liever uit de weg. Mijn hele leven al. Uit angst voor de gevolgen, maar ook omdat ik nooit zo zeker van mijn zaak ben als Dianne, houd ik meestal mijn mond.

Dianne is van ons tweeën de motor, de aanjager, ik fungeer als stabilisator en soms als rem. Wanneer we samen zijn, werkt dat uitstekend.

Eén keer heb ik aan de noodrem moeten trekken.

Dat was vorig jaar, in de eerste helft van de zomer. We reden in haar auto naar het academisch ziekenhuis. Diannes stiefvader was opgenomen voor een blindedarmoperatie. Vlak bij het ziekenhuis was een woonwijk met vijvers, die via ondiepe sloten met elkaar in verbinding stonden.

De moedereend moet uit een van die sloten zijn gekomen. Ineens stak ze over, een sliert pulletjes hobbelde achter haar aan de weg op. Dianne remde voluit, ik hing met mijn volle gewicht in de gordel, mijn hoofd knakte naar voren.

Een Volkswagen Golf haalde ons claxonnerend in. De bestuurder stak zijn middelvinger op, ik zag zijn mond open- en dichtgaan, hij schreeuwde naar ons. Vol afgrijzen keken we toe hoe hij gas bij gaf, ons op volle snelheid passeerde en op het eendengezin in reed.

Als door een wonder haalden slechts twee kleintjes de overkant niet.

Een eind verderop reed de Golf de parkeerplaats van het ziekenhuis op. Dianne zette meteen de achtervolging in; op discrete afstand reed ze achter hem aan. We zagen een veertiger uitstappen en zonder op of om te kijken naar de bezoekersingang lopen.

Dianne parkeerde haar auto schuin tegenover de Golf. De auto's werden alleen van elkaar gescheiden door een voetpad en een groenstrook. We bleven wachten tot het bezoekuur was begonnen en het rustiger werd op de parkeerplaats. Daarna haalde ze een zakmes uit het dashboardkastje en stapte uit.

Terwijl ze de glanzende, van dure velgen voorziene Golf bekraste en de banden een voor een lek stak, kreeg ik tranen in mijn ogen. Natuurlijk, zo'n kerel verdiende het om gestraft te worden. Dat sprak voor zich. Maar de wijze waarop Dianne tekeerging op die parkeerplaats, had weinig van een koelbloedige wraakactie. Die had een heel andere lading.

Ik zal nooit meer de opgewonden blik in haar ogen vergeten, toen ze terugkwam in de auto. Haar wangen rood van inspanning, een serene glimlach op haar gezicht.

Tevreden bekeek ze haar sloopwerk. De Golf was behoorlijk toegetakeld.

'Zullen we nu gaan?' vroeg ik.

'Nee. We wachten.' Dianne was nog steeds buiten adem.

'Waarop?'

'Tot die klootzak terugkomt.'

'En dan?'

Zwijgend legde ze haar handen op het stuur. Haar glimlach werd grimmig. Het fanatisme dat in haar ogen flikkerde, deed me terugdeinzen in mijn stoel.

'Wil je hem áánrijden?' Ik schreeuwde het bijna. 'Shit, Dianne! Doe niet zo eng! Ben je gek geworden of zo?'

'Hij had kunnen remmen,' gromde ze. 'Die zak had gewoon kunnen remmen. Maar dat deed hij niet.' Ze keek me aan. 'Ik word misselijk van zulke mensen. Doodziek word ik ervan.'

Ik had moeite woorden te vinden en staarde naar de vernielde Golf. Uiteindelijk zei ik, zo kalm en nadrukkelijk mogelijk: 'Dianne, die man is duizenden euro's kwijt aan de reparatie van zijn auto. Hij is voldoende gestraft. Hoor je me?'

'Door zulke halfzachte reacties verandert er nooit iets.' Mokkend draaide ze haar hoofd weg.

'Dianne?' Ik legde mijn hand op haar arm, kneep erin. 'Nu moet je ophouden. Je draaft door.'

Heel even, een fractie van een seconde, dacht ik onzekerheid in haar blik te bespeuren. 'Vind je dat echt?'

Ik knikte vol overtuiging. 'Ja. Dit gaat te ver.'

Lange tijd bleven we zitten, voor ons uit starend. Ze had haar hand op de mijne gelegd. We spraken geen woord, allebei opgesloten in onze eigen gedachten.

Daarna liet ze mijn hand los, startte de auto en reed van het parkeerterrein af.

We hebben het er nooit meer over gehad.

Het zijn rokers, de mannen met varkensmaskers. Hun kleding stinkt naar shag. Ze zijn de laadruimte in gesprongen en hebben de achterportieren opengezet. Ik kan niet zien wat zich daarbuiten bevindt, het daglicht verblindt me na de lange rit in volslagen duisternis.

Ik word bij mijn schouders gepakt en op mijn zij gedwongen. Iemand trekt in één beweging een jutezak over mijn hoofd en bindt die rond mijn hals vast. Mijn zakken worden doorzocht, mijn gsm afgepakt.

Een vreemd soort gelatenheid daalt over me neer. Ik doe geen poging meer om me los te worstelen, het heeft geen enkele zin het hun moeilijk te maken. Ze zullen het altijd van me winnen, wat ik ook probeer. Ik heb al mijn energie nodig om zuurstof door mijn neusgaten mijn longen in te trekken, om eenvoudigweg in leven te blijven.

Ik word over de laadvloer naar buiten geschoven. Mannen grijpen me vast aan mijn schouders en onder mijn knieen. Beginnen dan te lopen. De jute belemmert mijn zicht, ik kan geen details zien, alleen licht, donker en onduidelijke contouren. Door de ruwe stof heen voel ik de wind op mijn gezicht. Ik hoor geknerp van kiezels en het knappen van kleikorrels onder hun laarzen.

Het wordt donkerder. We gaan ergens naar binnen. Ik hoor voetstappen, de gejaagde ademhaling van mensen die zwijgend met ons meelopen. Mijn hoofd bungelt naar achteren en schuurt bij elke stap tegen het dijbeen van een van de ontvoerders.

We dalen een trap af. Het begint nu vochtig te ruiken en de lucht voelt kil. Geluiden klinken gedempt.

Ik hoor gebonk voor en achter me, haastige voetstappen op krakend hout. Mijn ontvoerders hebben hulp van twee of drie anderen.

Er wordt niets gezegd. Waarom praten ze niet? Wie zijn deze mensen?

Wat willen ze in hemelsnaam van me?

Er gaat een deur open, hij piept behoorlijk. Ik voel de luchtweerstand als we erdoorheen gaan. We betreden een afgesloten ruimte.

Zes, zeven passen verder word ik op de grond neergelegd, plat op mijn buik. Iemand peutert aan de jutezak bij mijn hals, haalt hem van mijn hoofd. Een ander grijpt mijn haar beet om mijn gezicht naar zich toe te draaien. Hij plukt ongeduldig aan het uiteinde van de tape en trekt de strook in één beweging los van mijn mond. Dankbaar zuig ik vochtige kelderlucht met liters tegelijk mijn longen in. En nog eens. Tranen lopen over mijn wangen. Ik moet hoesten.

'Niemand hoort je hier,' zegt iemand in het Frans. 'Schreeuwen heeft geen zin.'

Dan lopen ze weg.

Ik til mijn hoofd op, onvast als een paar maanden oude baby, en draai mijn gezicht in de richting van hun voetstappen. Ik zie nog net de deur achter de mannen dichtvallen.

Ik ben alleen.

Blinde paniek giert door me heen. Ik krijg het gevoel alsof ik stik, alsof het touw van de jutezak nog steeds om mijn hals zit en mijn luchtpijp naar binnen drukt. Dan weer lijkt het alsof ik zweef, de grond als een valluik onder me verdwijnt en ik achterwaartse loopings in het luchtledige maak.

Ik voel me licht in mijn hoofd en begin het besef van tijd te verliezen.

Langzaam, geleidelijk aan, trekt het onwerkelijke gevoel weg.

De pijn die erachter zit, is heel reëel. Dreunende, bonzende, diepe pijnscheuten aan de rechterkant van mijn hoofd. Er zit daar een wond, er komt bloed uit. Mijn oogleden en slaap zijn aan die kant plakkerig.

Maar het is niet erg. Die wond is niet erg. De pijn is niet het ergste. Het ergste gaat nog komen. Ze hebben me hier niet zomaar naartoe gebracht.

36

Mijn cel is een soort hondenkennel. Een vierkante ruimte niet groter dan mijn keukentje thuis, afgebakend met spijlen van de grond tot aan het lage balkenplafond en in het midden een traliedeur, afgesloten met een ketting en een hangslot. De kooi is in het achterste gedeelte van de smalle ruimte gebouwd. Helemaal aan de andere kant van de kelder zit de deur en in het midden van de ruimte hangt een peertje aan het plafond. Veel licht geeft het niet, maar wel voldoende om te zien dat die deur de enige in- en uitgang is. Er zijn geen ramen, geen luiken, niets dan rotsachtige wanden.

Wat gaan ze met me doen? Ik vecht tegen een nieuwe golf van paniek. Probeer rustig te blijven en me te concentreren op mijn ademhaling. *Ik wil niet dood.* Er moet een manier zijn om weg te komen. *Dat moet.*

Ik lig op mijn buik. Mijn armen zijn nog steeds achter mijn rug bij de ellebogen aan elkaar gebonden. Ik moet proberen omhoog te komen, te gaan zitten, of staan als dat lukt.

Met moeite trek ik mijn knieën omhoog, onder mijn lichaam. Ik hel te ver over het zwaartepunt heen en kom op mijn zij te liggen. Grommend van inspanning trek ik mijn knieën weer op en zet ik me af met mijn schouder en hoofd, schommel heen en weer over de koude vloer, zet opnieuw af, en nog eens. Ik voel de pezen aan mijn schouder trekken, mijn gezicht vormt een pijnlijke grimas. Als ik er bijna ben, gaat het mis. Ik kan niet in balans blijven met aan elkaar gebonden knieën en ik rol weer terug op mijn linkerzij.

Hijgend blijf ik liggen, mijn ogen gesloten. Tranen van bittere frustratie lopen over mijn wangen en prikken op mijn schrale lippen.

Ontsnappen is uitgesloten.

Ze hebben me te goed vastgebonden en ik ben niet sterk genoeg om zelfs maar op te staan.

Seconden gaan voorbij zonder dat er iets gebeurt. Minuten, uren misschien wel. Ik hoor alleen het zachte zoemen van de lamp. Meer geluiden zijn er niet.

Mijn emoties worden beheerst door angst en pijn, maar ik weet dat ik de moed niet mag laten zakken. Kan ik iets bedenken om hieruit te komen? Ik moet proberen helder te blijven, nadenken, een list verzinnen. Iets. Zolang ik mijn geest daarmee bezighoud, kan die geen levendige scenario's verzinnen, het een nog gruwelijker en afschuwelijker dan het ander.

Liggend op de koude vloer stel ik mezelf allerlei vragen. Wie zijn deze mannen? Een van hen was Frans, maar de ander sprak Frans met een buitenlands accent – Scandinavisch, Duits? Wie of wat zijn deze mensen? Wat willen ze van me?

Het huis? Heeft het iets met Diannes huis te maken? Of gaat het om Dianne zelf? 'Ze is het!' riep een van de ontvoerders toen ze het huis binnendrongen. Wat had dat te betekenen?

Waar is Dianne?

Dianne.

Plotseling begin ik te zweten. Mijn ademhaling versnelt

en mijn blik wordt glazig als ik de feiten tot me door laat dringen: Dianne spoorloos, zonder aanwijsbare reden. Een boerenechtpaar vermoord.

Dit gebeurt in dezelfde periode, in hetzelfde gehucht.

En zij werd twee dagen later gevonden. In het bos.

De bossen hier zijn amper vergelijkbaar met die in Nederland. Het zijn uitgestrekte wouden, ontelbare hectares oernatuur, waar je uren en misschien wel dagen kunt lopen zonder een levende ziel tegen te komen. Wat als die arme, zwangere vrouw niet was gevonden? Wat als haar lichaam elders in een van die onmetelijk diepe, donkere wouden had gelegen, op een plek waar ze niet zou zijn opgemerkt?

Zou ze dan nu als 'vermist' worden beschouwd?

Vermist, zoals Dianne?

Waarom heb ik dat niet eerder gezien? Hoe kan het dat ik die link niet eerder heb gelegd? Ik heb van begin af aan groot gevaar gelopen door hier te blijven, in Diannes huis nog wel, maar dat heb ik niet beseft – of in elk geval *onvoldoende* beseft.

Erwin is nu vast wel terug van de garage. Is hij me al aan het zoeken? Wanneer zal hij begrijpen dat er iets is gebeurd en hij naar de politie moet gaan? Nemen ze zijn aangifte bij de gendarme wel serieus? Ze kunnen Erwin waarschijnlijk nauwelijks verstaan. Komt het tot een zoekactie?

Waar ben ik eigenlijk?

Kunnen ze me hier vinden?

De langgerekte, dierlijke schreeuw, die weerkaatst tussen de kelderwanden, ontsnapt uit mijn eigen keel.

37

Ze zijn terug. Als twee figuren uit een horrorfilm staan ze naast elkaar in de deuropening, in voddige legerkleding en met glanzende varkensmaskers voor hun gezicht.

Ik krimp in elkaar, probeer weg te kruipen, naar de muur toe.

Ze sluiten de deur achter zich en lopen in rustig tempo op me af. De ketting rinkelt als het hangslot wordt weggehaald. Eén man stapt naar binnen, de ander hangt de ketting aan een traliestang en blokkeert de uitgang met zijn lange gestalte.

'Wat willen jullie?' vraag ik in het Frans. Mijn stem klinkt pieperig en schor.

Niemand geeft antwoord. Twee paar glinsterende ogen kijken op me neer vanachter hun maskers. Als de kleinste over me heen buigt en een mes tevoorschijn haalt, begin ik te gillen. Ik worstel, probeer los te komen en rol wild heen en weer.

Onverstoorbaar houdt hij mijn bovenarm vast en wrikt het mes tussen mijn ellebogen, snijdt de touwen door. De tweede man rukt aan de touwen rond mijn knieën en enkels en controleert alleen maar of ze nog stevig vastzitten. Laat het zo.

'Wat willen jullie?' herhaal ik. Tranen stromen over mijn wangen.

Mijn ontvoerders trekken me omhoog, zetten me overeind en sleuren me de kooi uit.

Mijn armen zijn zo lang in dezelfde achterwaartse positie gedwongen geweest, dat de ruwe behandeling me doet jammeren van de pijn.

Midden in de ruimte houden we halt. Een van de mannen gaat voor me staan. De ander neemt mijn bovenarm in een ijzeren greep en trekt mijn pols in één ruk naar achteren en omhoog.

Helse zenuwpijnen schieten door mijn arm en schouder. Ik buig als vanzelf naar voren om de druk te verlichten en kan ternauwernood mijn balans behouden. Het zweet is me uitgebroken, ik voel de druppels uit mijn haar langs mijn slapen glijden. Schokkerig haal ik adem.

De man voor me kijkt naar de vloer. Het is alsof hij ergens op wacht of nadenkt over wat hij zal gaan zeggen. Hij draagt een bivakmuts onder zijn masker, zie ik nu, en zijn handen steken in dunne, zwarte handschoenen. Ik kan niet zien wat voor kleur haar of zelfs huidskleur hij heeft.

Secondelang gebeurt er niets en hoor ik alleen hun ademhaling achter het voorgevormde plastic. Dan stapt de man naar voren, komt heel dicht bij me staan.

Ik deins achteruit, maar word hardhandig tegengehouden door mijn bewaker. Ik vang een zweem op van zijn geur, hij is geen roker.

De man voor me is dat wel. Ik ruik de stank van goedkope shag die aan zijn kleding hangt, en de geur van textiel dat te lang in een vochtige ruimte heeft gelegen.

Hij is een van mijn ontvoerders.

Het masker raakt nu bijna mijn gezicht. Ik zie de zachte glinstering van zijn ogen achter de gaten. Zijn gehandschoende hand schiet omhoog en omklemt mijn kaak, dusdanig hard dat mijn oog wordt dichtgedrukt en mijn mond een 'o' vormt. Zijn duim perst mijn wang tegen mijn kiezen. Ik proef bloed.

'*Gut*, Eva. Ik vraag het één keer netjes aan je…' Een harde, onaangename stem, niet Scandinavisch: Duits. Het is een Duitser. 'Waar is Dianne?'

Dianne.

Hij heeft mijn gezicht zo stevig vast dat ik de woorden vervormd uitspreek. 'D-dat weet ik n-niet.'

De stomp in mijn maag zag ik niet aankomen. Ik klap naar voren, maar de man achter me houdt mijn pols stevig vast en ik voel mijn schoudergewricht knakken. Ik schreeuw het uit.

'Zeg het, verdomme!'

Mijn haar wordt vastgegrepen en mijn hoofd naar achteren getrokken, zodat ik mijn belager aan moet kijken.

Klappertandend antwoord ik: 'Ik w-weet het echt n-niet.'

'*Quatsch!*'

'Het…' Ik moet slikken, er zit een prop in mijn keel. En bloed.

'Nou?' dringt hij aan in het Frans. 'Tong verloren?'

'Ik… Ik w-weet niet waar ze is. Geloof me. A-Alsjeblieft.'

Ik verwacht een volgende stomp en zet me schrap, knijp mijn ogen alvast stijf dicht.

Er gebeurt niets.

De man is van me weggelopen, de gang op. De deur valt met een klap achter hem dicht.

Ik blijf alleen achter met mijn bewaker. Ik hoor hem ademen tegen de binnenkant van zijn masker. Zijn greep verslapt een beetje, zodat ik rechter op kan gaan staan. Geleidelijk laat hij mijn haar los, zodat ik wat vrijer kan bewegen.

Het is een teken van mededogen, besef ik. Hij wil het niet pijnlijker voor me maken dan nodig is. Dat ik alleen gelaten ben met iemand die misschien wel medelijden met me heeft, geeft me hoop.

'Ik kan jullie niet helpen,' fluister ik. 'Ik weet niet waar Dianne is... Ik weet het niet, echt niet. Ik ben hierheen gekomen om haar te zoeken. Alsjeblieft. Laat me gaan.'

Voor de man kan reageren, gaat de deur weer open. De ondervrager is terug en in zijn kielzog komen een derde en vierde man naar binnen. Ze doen de deur achter zich op slot.

De kleinste van de twee draagt een identiek varkensmasker, en hij is tenger van bouw. Of misschien lijkt dat alleen maar zo omdat de man die met hem mee naar binnen is gekomen zo imposant oogt – hij is de grootste van de vier. Zijn masker wijkt af, hij draagt de kop van een wild zwijn; ruig, donker rubber, met een lange snuit en gekromde slagtanden. Het masker is niet grappig of ludiek bedoeld, maar levensecht. Gemaakt om mensen schrik aan te jagen.

De tengere man komt op me af gelopen. 'Je bent een vriendin van Dianne?' vraagt hij, in vloeiend Frans.

Ik knik schokkerig.

'Weet je waarom je hier bent?'

Ik schud mijn hoofd. 'Nee.'

'Wat kom je hier doen? Heeft Dianne je gevraagd om haar te komen helpen?'

Ik schud mijn hoofd nog eens.

Achter het masker klinkt een geërgerde zucht. 'Mijn collega's hebben minder geduld dan ik, Eva, ze meppen er graag op los. En ik heb ze wel ergere dingen zien doen. Je bent een knappe, gezonde meid. Nog wel. En je lijkt me niet dom. Dus kun je ons beter snel vertellen wat je allemaal weet.'

Ik probeer te slikken. Stotterend zeg ik: 'Ik ben hier op vakantie. Ik weet niet wat jullie –'

'Wanneer heb je haar voor het laatst gezien?'

'Gezien...?' De angst en paniek vormen een dikke, mistige barrière tussen mij en de laatjes en kaartenbakken in mijn geheugen.

'Wanneer, Eva?'

'Een half... Een halfjaar geleden.'

'Een halfjáár?' Hij duwt tegen mijn schouder. 'Je liegt dat je barst!'

'Nee, ik –'

'Wat doe je in haar huis? Wat doe je hier in Frankrijk?'

'Ik ben bij Dianne op bezoek.'

'Op bezoek bij iemand die niet thuis is?' hoont hij. 'Je hebt d'r een halfjaar niet gezien en nu maak je ineens een ommetje van dik duizend kilometer om bij haar op de thee te gaan? *Bien sûr* – túúrlijk!'

Het klinkt ook mij nu erg zwak en leugenachtig in de oren. Onzeker, mijn stem niet meer dan een fluistering, voeg ik eraan toe: 'Ik dacht dat ze wel thuis zou komen. Het was bedoeld als een verrassing.'

'En wij moeten dat geloven?'

'Ik wéét niet waar Dianne is. Echt niet. Alsjeblieft, laat me gaan.' Tranen stromen over mijn wangen, mijn hart lijkt wel tien keer in omvang te zijn toegenomen, het neemt alle ruimte in mijn borstkas in beslag en beukt onregelmatig tegen mijn ribben.

'Ik kan niets meer voor je doen.' De Fransman draait zich om en maakt een wegwerpgebaar naar de twee mannen bij de muur. Loopt dan weg, de gang op, en sluit de deur achter zich.

In de hoek wordt op fluistertoon overlegd.

De Duitser maakt zich los van de muur en beent op me af. Vlak voor me blijft hij staan, zwijgend, en grijpt dan mijn keel vast.

'Je kunt beter wat gaan vertellen,' zegt hij zacht, bijna fluisterend. Hij wrijft met zijn duim over mijn strottenhoofd. 'Dit is je laatste kans.' Hij spreekt elk woord met nadruk uit: 'Waar... is... ze...?'

'Ik weet het niet.' Mijn stem klinkt schor, de spieren in mijn gezicht beginnen te trekken. 'Echt niet.'

Deze man kan mijn strottenhoofd zonder enige inspanning naar binnen duwen, in één kleine beweging, een achteloze handeling die hem nauwelijks kracht kost, alsof hij een mier dooddrukt – en hij wil dat ik dat weet. Hij wil dat ik weet dat hij me kan vermoorden – en *zal* vermoorden als ik niets zeg. En dat het helemaal niets voor hem betekent.

Hij houdt zijn hoofd scheef. 'Ben je bereid om te sterven, Eva?'

Wild schud ik mijn hoofd, mijn ogen opengesperd. 'Nee!' Warme vloeistof sijpelt door de stof van mijn boxershort en jeans heen.

Hij moet het merken, ruiken toch op zijn minst, maar hij reageert er niet op.

Langzaam, heel nadrukkelijk, bevoelt hij de wervels in mijn hals. Tast ze af. Zet zich schrap, spant de spieren in zijn arm aan. '*Tut mir leid,*' zegt hij zacht.

'*Arrêtez!*' De man met het wildzwijnmasker komt naar voren gelopen. 'Genoeg voor nu.'

'Ja, maar –'

'Genoeg, zei ik.'

Ik word meteen naar achteren getrokken. Mijn bewaker sleurt me naar de kooi en geeft me een venijnig zetje, zodat ik hard met mijn knieën op de vloer terechtkom. Mijn kreet valt weg in het gerammel van de ketting.

Binnen enkele seconden is de kelder leeg. Het licht is nog aan, ik kan de elektriciteit horen zoemen. Verder niets. Geen stemmen, geen verkeer, geen voetstappen. Niets dan stilte.

Op de koude ondergrond klem ik mijn kaken op elkaar om het geklapper van mijn tanden tegen te gaan. Het lukt niet. Tranen branden achter mijn oogleden.

Ik geloof niet meer in een goede afloop.

De man met het wildzwijnmasker; ik denk dat ik hem heb herkend. Toen hij naar voren kwam, kreeg ik een regelrecht déjà vu. Zijn manier van lopen, die hoofdbeweging... Dat beeld heb ik eerder gezien. Exact zo.

Zijn vermomming kan zijn identiteit niet maskeren.

Ik weet wie hij is.

38

Het peertje brandt nog steeds als ik wakker schrik van een geluid. Gerammel, geschraap. Ik heb geen idee hoeveel tijd er is verstreken. Het kan midden in de nacht zijn of overdag.

Beducht op rondscharrelende ratten ga ik rechtop zitten en speur de vloer af. Niets te zien, behalve de touwen waarmee ik vastgebonden ben geweest. De ontvoerders zijn vergeten om mijn armen weer achter mijn rug vast te binden. Of misschien maakt het hun niet uit, omdat ze weten dat ik toch nergens heen kan.

Meteen na hun vertrek ben ik aan de knopen gaan peuteren. Mijn benen had ik snel bevrijd, maar het slot van de kooi krijg ik met geen mogelijkheid open. De tralierekken zitten met roestige bouten verankerd in de grond en de muren. Er is geen beweging in te krijgen.

De vermoeidheid neemt weer de overhand. Mijn hele lichaam voelt murw en mijn ledematen lijken honderd kilo per stuk te wegen. Mijn tong ligt als een leren lap in mijn uitgedroogde mond. En ik ruik mezelf: er stijgt een zurige lucht op uit mijn kleding.

Langzaam begin ik weer in slaap te sukkelen. Ik leun met gesloten ogen tegen de muur aan.

Geknars.

Gealarmeerd sper ik mijn ogen open, kijk naar de deur.

Het geluid komt daarvandaan.

Het lijkt wel of er iemand aan het slot morrelt.

Ik kan niet meer blijven zitten. Ik duw mezelf omhoog, loop naar voren en pak de tralies vast. Met ingehouden adem staar ik naar die donkere rechthoek aan de andere kant van de kelderruimte.

Eerst is het alsof ik alleen maar denk dat ik de klink naar beneden zie gaan. Dan dringt het tot me door dat het daadwerkelijk gebeurt. Dat de metalen hendel steeds lager zakt, heel langzaam en heel zachtjes.

Om geen geluid te maken.

Er is daar iemand. Iemand die het slot heeft opengepeuterd. Iemand die de deur geluidloos opent, naar binnen komt lopen, iemand die...

Ik knijp in de tralies, mijn mond staat open van de spanning en ik rek mijn pijnlijke hals.

Er flitst een zaklamp door het vertrek. Een gele, ovale lichtbundel schiet van links naar rechts over de grijze vloer en de wanden, en verlicht spinnenwebben en krimpscheuren in het oude cement.

De bundel schijnt recht in mijn ogen en verblindt me.

'Eva?' hoor ik fluisteren. 'Godverdegodver. Dus toch.'

Snelle voetstappen. Het licht komt dichterbij, zwiept heen en weer over de vloer. De slanke gestalte die de zaklamp vastheeft, is in het zwart gekleed en draagt een bivakmuts die haar ogen vrijlaat.

We staan tegenover elkaar, de tralies tussen ons in. Ze knipt haar zaklamp uit. Legt haar handen over de mijne. Koude, smalle handen.

Tussen de tralies door kijken we elkaar aan. 'Mijn schuld. Mijn stomme schuld. Ik haal je hier weg,' fluistert ze.

'Ze zoeken je,' is het enige wat ik kan uitbrengen, mijn stem schor en krakerig. 'Ik was in je huis, en –'

'Sst. Ik weet het. Stil nu.' Beducht draait ze haar ogen naar het plafond, fluistert: 'Ze zitten hierboven.'

Dianne knipt de zaklamp aan en klemt hem tussen haar tanden. Pakt het hangslot vast en begint met een geribbeld staafje in het sleutelgat te porren. Er verschijnen fronsrimpels tussen haar wenkbrauwen. Ze werkt uiterst geconcentreerd. Het slot springt met een metalige klik open.

'Voilà,' fluistert ze.

Hoewel we beiden de ketting vasthouden en voorzichtig te werk gaan om zo min mogelijk geluid te maken, kunnen we niet helemaal voorkomen dat de schakels over de tralies ratelen. We verstijven tegelijkertijd, maar Dianne herstelt zich sneller. Ze legt de ketting op de grond alsof het een gewond hondje is.

'Kun je lopen?' fluistert ze.

Ik knik.

'Blijf vlak achter me.'

Als ze zich omdraait, zie ik dat op haar rug een jachtgeweer aan een draagband hangt. Het is zo groot dat de loop bijna boven haar hoofd uitsteekt.

Alert loop ik achter haar aan de gang op. Diannes zaklamp verlicht een gewelfd plafond van dikke, oude bakstenen. Het maakt een eeuwenoude indruk, als van een klooster. De gang komt uit in een vierkante ruimte met een soortgelijk plafond. Aan het einde is een stenen trapje naar boven en daarachter een dikke houten deur met opvallend zwaar beslag.

Ik blijf zo dicht mogelijk bij Dianne, volg haar de trap op. Mijn hartslag dreunt door mijn hele lijf heen, maar ik ben lang niet zo bang en schrikachtig als een uur geleden. Integendeel. Ik voel me sterker dan ooit. Euforisch bijna. Mijn dorst is weg, ik heb geen pijn meer. Dianne is er. Ze leeft!

Ik ben vastberaden: ik laat me niet nog eens gevangennemen. Dit is mijn kans, de enige kans om hiervandaan te komen, en die zal ik benutten.

Dianne blijft boven aan het trapje stilstaan. Ze draait zich naar me om. 'Alles oké?'

'Ja.'

'Luister goed,' fluistert ze. 'Dit huis grenst aan een ravijn. Er is maar één manier om hier weg te komen. Op mijn teken loop je rechts om het huis heen. Als je aan de voorkant bent, steek je het erf over in de richting van de lantaarnpaal, zo snel als je kunt. Maar blijf zoveel mogelijk in de schaduw, zodat je vanuit het huis niet wordt gezien. Zorg dat je aan de andere kant van het muurtje terechtkomt. Oké?'

Ik knik opnieuw.

Ze pakt mijn hand. 'Achter het muurtje is een smal pad, dat langs een rotswand naar beneden loopt. Volg het tot je bij een omheining komt, een hekwerk. Sla dan rechts af en volg het hek tot aan de toegangspoort. Heb je dat?'

'Ja.'

'De poort zelf is op slot, maar het looppoortje ernaast is open. Ga erdoorheen, ga dan naar links en blijf parallel aan de omheining lopen tot je je auto ziet staan. Kun je dat onthouden?'

'Míjn auto?'

'Herhaal wat ik zei.'

Ik vat haar aanwijzingen kort samen. 'Ga je niet mee?'

'Later. Ik moet eerst nog wat doen.' Ze duwt de klink naar beneden en geeft de deur een zetje met haar schouder.

Frisse nachtlucht stroomt over onze gezichten.

Ik pak haar arm vast. 'Wie zijn die kerels, Dianne?'

Ze schudt haar hoofd. 'Straks. Zorg dat je heelhuids bij Erwin komt, hij is in alle staten.'

'Érwin?'

'Hij is erg bezorgd over je.' Abrupt slaat ze haar armen om me heen en kust mijn wang. Drukt me dicht tegen zich aan. 'Succes, zusje van me,' fluistert ze, en ze verdwijnt in de duisternis.

39

Voetje voor voetje loop ik langs de muur van het huis, in de richting die Dianne me heeft gewezen. Mijn ogen hebben tijd nodig om aan de duisternis te wennen. Langzaam worden de contouren van de omgeving duidelijker. Ik had durven zweren dat ik was vastgehouden in de kelder van een schuur of boerderij, maar daarop lijkt dit gebouw in de verste verte niet; het is eerder een voornaam ogend landhuis. Het heeft drie verdiepingen, een bordes en talloze ramen met vakverdeling en luiken. De vlakke grond eromheen is bedekt met fijn, lichtgekleurd grind. Een laag muurtje vormt de scheiding met het bos.

Ik zie mijn eigen adem als ik over het erf ren, naar de enige lantaarnpaal die ik kan ontdekken. Daar spring ik over het muurtje en werk me enkele meters door het struikgewas heen tot ik op de rotswand stuit waar Dianne het over had.

Pas dan blijf ik staan, mijn handpalmen tegen het koude steen. Buiten adem.

Schichtig kijk ik naar het huis. De imposante voorgevel wordt beschenen door spots die een zacht licht werpen op het bordes, de stenen muren en een klimop, die aan de rechterzijde bijna tot aan het dak reikt. Achter sommige ramen brandt licht, maar ik kan niet zien wat er daarbinnen gebeurt. De gordijnen zijn dicht.

Ik zie Dianne niet. Is ze daar ergens?

Ik draai me om en begin het pad af te dalen. De bodem is amper zichtbaar. Buiten het bereik van de lantaarn is er alleen het maanlicht, dat grillige schaduwen op de stammen en takken werpt.

Verderop is het donkerder – een koepel van boomkruinen tegen de rots, die alle licht tegenhoudt. Had ik maar een zaklamp. De ondergrond is verraderlijk, er groeien taaie stengels over het pad, uitlopers van braamstruiken misschien, met doornen die aan mijn broekspijpen trekken. Ik moet oppassen dat ik niet struikel.

Schuifelend ga ik verder. De boomtoppen sluiten zich boven mijn hoofd. Het maanlicht dringt niet meer door tot op de grond, de duisternis is overal om me heen. Ik ga steeds langzamer lopen, tot ik iets hoor ritselen en stokstijf blijf staan. Ik staar naar dat donkere gat dat voor me ligt. Mijn hart bonkt hoorbaar.

Ik durf niet verder.

Ik probeer mezelf moed in te praten. Het kan een hert zijn. Een konijn. Een vos. *Een everzwijn.* Ik denk terug aan de cel, de kelder, de gemaskerde kerels, en kom houterig weer in beweging. Begin sneller te lopen, voor zover de ondergrond dat toestaat. Weg van het huis, naar de vrijheid toe. Maar hoe graag ik ook wil vluchten, het voelt onnatuurlijk om een verlicht huis de rug toe te keren en van een inktzwarte heuvelrug af te dalen, een onbekende duisternis in. En ik maak me zorgen.

Ik kan alleen maar hopen dat Dianne weet wat ze doet en dat ik haar snel weer zal zien. Ongedeerd. Wat het ook is dat haar in de problemen heeft gebracht, er moet een goede verklaring voor zijn. En een oplossing. Ze is mijn beste vriendin, mijn zus, en ik zal haar steunen waar ik kan.

Na tien, twaalf passen stop ik weer, kijk om. Ik kan het

huis niet meer zien, alleen een spookachtig schijnsel geeft de locatie aan.

Páng!

Een geweerschot. Het geluid resoneert tegen de rotswand.

Ik verstijf. Het schot klonk gedempt. Ik weet vrijwel zeker dat het uit het huis kwam.

Dianne!

Ik leg mijn hand op mijn borst. Spits mijn oren. Kostbare tijd verstrijkt terwijl ik alleen maar luister naar het geritsel van verdorde bladeren en het kraken van takken in de wind. Moet ik terug? Kan ik Dianne helpen?

Twijfelend blijf ik staan.

Doorgaan?

Blijven?

Teruggaan?

De beslissing die ik neem wordt niet door mijn verstand ingegeven. Het lijkt wel alsof ik word teruggezogen naar het huis. Ik draai me om en begin heuvelopwaarts terug te lopen. Mijn borst gaat snel op en neer, mijn ogen zijn wijd open. Binnen zichtafstand van het landhuis laat ik me op mijn hurken tussen de struiken zakken. Ik speur de ramen af. Op de eerste verdieping brandt nog steeds licht, de gordijnen zijn gesloten. Ik zie niets afwijkends.

Als ik de naderende voetstappen opmerk, is het te laat. Iemand komt de heuvel op gelopen. Zware voetstappen, gehaast, en ze klinken gevaarlijk dichtbij.

Instinctief spring ik weg van het smalle pad en druk me tegen de rotswand aan. Leg mijn hoofd in mijn nek, wacht af. Houd mijn adem in.

Vanuit het niets wordt mijn arm vastgegrepen. Ik begin te gillen.

'Gék! Stil!' Erwin legt zijn hand over mijn mond en slaat

een arm om me heen. Ik word bijna platgedrukt tegen zijn leren jas. Een koude neus, warme adem. Vingers die mijn gezicht aftasten, onhandig, maar liefdevol. 'Ben je gewond? Hoe voel je je?'

'G-goed.'

Hij knijpt me bijna fijn. 'Ongelooflijk.'

Páng!

We verstijven tegelijkertijd. Staren in de richting van het huis, roerloos en angstig, als konijnen in het licht van koplampen.

Dan komt Erwin in beweging, hij pakt mijn hand en geeft er een rukje aan. 'Kom. Weg hier. Mee naar de auto.'

'Maar Dianne –'

Erwin verstevigt zijn greep en sleurt me bijna terug naar het pad. 'Jij kunt Dianne niet helpen, Eva.'

'Ze heeft me gered.'

'Kom, wegwezen.'

Het poortje staat open. Erwin heeft me klemvast en ik moet moeite doen om hem bij te houden en op de been te blijven. Niet ver van de poort glanst mijn auto in het maanlicht. Hij staat geparkeerd in een inham van een geasfalteerd bosweggetje.

Erwin opent het portier, hij duwt me zo'n beetje de auto in. Na de tocht in de duisternis schijnt de binnenverlichting zo fel dat mijn netvlies lijkt te exploderen.

Meteen spring ik weer uit de auto en sla het portier dicht. De binnenverlichting blijft nog een seconde branden en dan staan we in het donker, ieder aan weerszijden van mijn Citroën.

'Wat doe je nou? Instappen,' sist Erwin.

'Ik ga hier niet weg zonder Dianne.'

'Wachten kan ook ín de auto.'

Wáchten? Zwijgend staar ik hem aan. Ik geloof hem niet, hij wil helemaal niet wachten. Ik ben niet de enige die doodsbang is en op zijn benen staat te trillen. Zodra ik weer in de auto zit, is er voor Erwin geen enkele reden om nog langer te blijven. Dan springt hij naast me achter het stuur, draait de contactsleutel om en maakt dat hij wegkomt.

'Ik wacht hier,' zeg ik zacht, en ik leun met mijn ellebogen op het dak van mijn auto. Kijk om me heen. 'Waar zijn we?'

'In the middle of fucking nowhere.'

'Ver van Diannes huis?'

'Kilometer of vijftien, twintig.'

We blijven staan, Erwin aan de bestuurderszijde, ik aan de andere kant van de auto, luisterend naar het geruis van wind door de takken. Het enige licht komt van de maan. Voor de rest is het donker, niets dan dreigende, boven ons uit torenende bossen in zwart en de donkerste grijstinten. Haastig loop ik om de auto heen en ga bij Erwin staan.

Hij pakt me vast, zodat ik met mijn rug tegen zijn borst kom, en slaat zijn armen beschermend om me heen. We staren naar de bosrand. Ik voel zijn hartslag door zijn leren jas heen tegen mijn rug.

'Hoe kom jij hier?' vraag ik.

'Toen ik terugkwam en jou nergens kon vinden, werd ik helemaal gek,' fluistert hij in mijn oor. Zijn stem is krakerig van emotie. 'De achterdeur lag helemaal uit zijn voegen. Ik stond op het punt om naar de politie te gaan toen Dianne ineens voor mijn neus stond.'

'Heb je de politie gewaarschuwd?'

'Ik kreeg de kans niet. Ze werd bijna hysterisch.'

'Hoezo?'

'Ze had het over bewijsmateriaal dat ze eerst moest weghalen.'

'Bewijsmateriaal?'

Erwin haalt zijn schouders op. 'Een of ander wapen. Dit hele gedoe groeit me boven het hoofd, Eva. Die vriendin van jou spoort niet, ze is gevaarlijk.'

Het ligt op mijn lippen om te zeggen: dat valt wel mee. Maar ik zeg niets. Want het valt niet mee.

'Nou, klaar nu,' hoor ik hem zeggen. 'Ik lijk wel gek dat ik hier nog steeds sta. We gaan.'

'Nee.'

'Ik wil hier weg,' zegt hij. 'Fuck die vriendin van je, ik heb er geen zak mee te maken, met dat hele zootje hier niet.'

'Nee. Wacht nog even. Dianne heeft me gered! Ik kan haar niet –'

Páng!

We kijken elkaar met grote angstogen aan.

Erwin zegt wat ik denk: 'Dat is in het bos.'

'Vlakbij,' fluister ik.

Het volgende moment maakt een zwarte schim zich los uit de duisternis bij de poort. Ik hoor zwaar ademen, zie hoe de gestalte dichterbij komt.

'Dianne!' Ik ruk me los uit Erwins greep en ren op haar af. Ze kan ternauwernood op haar benen staan. Ik bedenk me geen moment en trek haar arm over mijn schouders om haar te ondersteunen.

Erwin neemt het van me over. Hij tilt haar op, draagt haar in looppas naar de auto. 'Het achterportier!'

Ik trek de deur open, laat mezelf op de achterbank vallen en schuif meteen door om plaats te maken. Erwin gooit Dianne zo'n beetje naast me neer. Ik trek haar voeten binnenboord en Erwin smijt het portier dicht.

Páng!

'Au! Fúck!' Vloekend springt Erwin achter het stuur. Hij start de motor. De auto laat zich bokkend over de oneffen ondergrond naar de weg terug sturen.

Páng! Páng!

Dzjéng!

'Bukken!' roept Erwin. De paniek slaat op zijn stem. 'Hou je hoofd laag!'

Ik werp me naar voren, over Dianne heen, met mijn ogen stijf dicht, terwijl Erwin de motor laat gieren en we alle kanten op worden geschud. Ineens schieten we vooruit, krijgen de wielen grip en maken we snelheid.

Erwin schreeuwt de angst van zich af, hij is aan één stuk door aan het vloeken.

Ik kom omhoog, grijp de rugleuning vast en kijk door de achterruit naar buiten. De auto maakt een duizelingwekkende vaart, het asfalt en de bomen kleuren rood van de achterlichten.

De weg achter ons is leeg.

'Ben je gewond?' vraag ik, en ik duw Dianne rechtop, tegen de rugleuning aan.

Met een kreun zakt ze weer voorover. Haar rugzak zit in de weg.

Ik begin de banden van het ding los te trekken. Haar wapen, het jachtgeweer dat ze in de kelder bij zich droeg, is nergens te bekennen. Ik trek de rugzak tussen haar rug en de bank vandaan en leg hem op de grond. Er zit iets zwaars in.

Ik help Dianne opnieuw overeind. Ze zakt zijdelings tegen het portier. Haar ogen half dicht, haar hoofd schudt heen en weer door de manoeuvres van Erwin en de bochtige weg.

Ik pak haar gezicht vast. Dan pas ruik ik de zoete ijzergeur die aan haar kleeft. Zie de donkere vlek op haar buik. Ik duw mijn vingertoppen er zachtjes tegenaan. Het is nat en plakkerig.

Dianne kreunt. 'Hij heeft me geraakt,' fluistert ze. 'Ik dacht dat hij dood was. Ik dacht echt...' ze hoest en haalt een keer diep adem, 'dat ik die klootzak te pakken had.'

'Wie?'

Ze reageert niet.

'Wie heeft je geraakt, Dianne?' herhaal ik. 'Wie heeft er op je geschoten?'

'Hugo. Hugo Sanders.'

40

'We moeten naar een ziekenhuis,' schreeuw ik tegen Erwin. 'Ze is gewond!'

'Ik heb geen idee waar ik ben!'

Ik worstel me naar voren met mijn knieën op de midden-console, ruk het handschoenenkastje open, pak de Tom-Tom eruit en ram de stekker in de sigarettenaansteker. Het ding gaat tergend langzaam aan. Met trillende vingers kies ik voor 'nuttige plaats' en daarna voor 'ziekenhuis'. Er wordt er maar één gevonden. Ik druk op 'ok'.

'Geef maar.' Op de tast plakt Erwin het apparaatje tegen de voorruit, bijna zonder gas terug te nemen. Hij staart koortsachtig naar de weg, met gefronste wenkbrauwen, als-of alleen al wilskracht de auto sneller doet gaan.

Ik laat me terug op de achterbank vallen, pak Diannes hand vast en strijk nerveus over haar haren. 'Dianne? Hoor je me? Hou vol. We gaan naar een ziekenhuis.'

Diannes haar is gegroeid sinds de laatste keer dat ik haar zag. Zelfs in het zachte lantaarnlicht is het contrast met de wit geblondeerde lokken en haar eigen donkerblonde uit-groei enorm. Ze heeft haar haren in een vlassig staartje in haar nek bij elkaar gebonden.

De TomTom laat nog niet van zich horen. Ik werp een snelle blik op het schermpje en zie dat er nog geen gps-sig-naal is gevonden.

De weg is bochtig en slingert door een onherbergzaam landschap. Ik zie nergens huizen. Er staan geen borden langs de weg. Niets wijst erop dat we in de goede richting rijden.

Misschien rijden we wel helemaal verkeerd, verspillen we belangrijke minuten.

Het is schemerig op de achterbank. Ik weet niet hoe zwaargewond Dianne is, ik zie alleen haar contouren, maar de hele auto stinkt naar een weeïge ijzergeur.

'Hou vol,' zeg ik weer, eerder om mezelf moed in te spreken.

'Bedankt dat je op me gewacht hebt,' klinkt het zachtjes naast me.

Als de maan in de auto schijnt, zie ik dat ze naar me kijkt.

'Jezus, Dianne.' Ik wrijf over haar hand. Die voelt koud en vochtig aan. 'Wat is er gebeurd? Wie zijn die mannen?'

Haar gezicht vertrekt van pijn en ze sist tussen haar tanden.

'Sorry,' haast ik me te zeggen, als ik besef hoeveel pijn ze heeft. 'Doe maar rustig aan.'

Après trois cent mètres tournez à droite.

De TomTom is wakker geworden en staat nog steeds op Franse instructies.

Ik schuif naar voren, wring me tussen de stoelen door en strek mijn arm uit om het ding op Nederlands te zetten.

'Laat maar,' bromt Erwin. 'Het lukt zo ook wel.'

Ik kijk met hem mee naar het schermpje. Het is vier minuten over één. Het ziekenhuis ligt vijfendertig kilometer verderop en daar zullen we aankomen om twaalf over half-twee – als we ons tenminste niet voor die tijd te pletter hebben gereden. Erwin rijdt verschrikkelijk hard, mijn hele auto trilt en de wielen rammelen over het hobbelige asfalt. We passeren rakelings een rotswand.

Ik laat me terugzakken op de achterbank en richt me op

Dianne. Ze ligt schuin tegen het portier aan, haar hoofd tussen de hoofdsteun en de deurstijl in. Ze ademt iets rustiger.

Ik pak haar rugzak van de grond, leg hem op mijn schoot en rits hem open. Het zware voorwerp dat ik zojuist voelde, blijkt een pistool te zijn. Geschrokken trek ik de rits weer dicht. Leg de tas uiterst voorzichtig onder de stoel voor me, waar hij zo min mogelijk kan schuiven.

Dianne heeft mijn handelingen gevolgd. Ze slikt moeizaam en zegt dan: 'Heb je gehoord over het echtpaar Bonnet?'

Gealarmeerd kijk ik haar aan. 'Bonnet? Die mensen die vermoord zijn?'

'Hij klooide met genmaïs. Dus gingen we daar naar binnen.'

'*We?*'

Haar stem klinkt zo zacht dat ik me moet inspannen om haar te verstaan. 'Ik was bloednerveus. Hugo niet, die had nergens last van. We hadden allebei maskers voor. Die boer schrok zich lam toen hij ons zag.' Er trekt een spijtige grijns over haar gezicht en even zegt ze niets. Lijkt na te denken, of misschien is ze kracht aan het verzamelen om verder te kunnen praten. 'Ik dacht dat we hem alleen maar bang gingen maken...' Haar stem stokt opnieuw als onze blikken elkaar kruisen. Dan schiet haar blik naar beneden, langs mij heen in de richting van het rugzakje.

Ik weet genoeg. Mijn hart bonkt nu weer even snel als toen ik de heuvelrug af liep. 'Heb jij... Hebben jullie...?'

Hij is afgeslacht in zijn eigen huis.
Zij is twee dagen later gevonden.
Afgeschoten als een wild beest.
Vier maanden zwanger.

Ze moet de ontsteltenis op mijn gezicht zien. Beschaamd wendt ze haar blik af en doet alsof ze naar buiten kijkt.

Na een lange, beladen stilte fluistert ze: 'Hugo legde dat pistool in mijn hand en drukte af. Hij schoot die man dood met mijn hand. Ik kon er niets aan doen. Niets.' Weer is ze stil. 'Geloof je me? Ik wil dat je me gelooft.'

'Ik geloof je.'

Nerveus grijp ik in mijn haar. Ik voel een buil en korstjes, het plakt een beetje. Half opgedroogd bloed van mijn hoofdwond, besef ik.

Dianne sluit haar ogen, slikt een paar keer. 'Later vertelde hij dat het niet zijn eerste keer was.'

Ontzet kijk ik haar aan. Hugo, Het Orakel van Haren, is geen activist, maar een moordenaar. Een gevaarlijke gek. Ik heb hem nooit gemogen, met zijn fanatieke oogopslag, zijn arrogantie en zijn drastische oplossingen voor alle mogelijke wereldproblemen.

Het begint me nu te dagen hoe de werkelijkheid eruitziet. Waarom heb ik dit niet zien aankomen? Waarom heb ik niet eerder begrepen hoe gevaarlijk die man is en hoe ongelooflijk groot zijn invloed was op Dianne?

De puzzelstukken van deze onfrisse liefdesgeschiedenis vallen in rap tempo op hun plaats.

'Zijn eerste moord was op een nertsenfokker in Denemarken,' zegt ze. Haar stem klinkt nog steeds heel zacht, maar verbazingwekkend helder. 'Daarna een Vlaamse hondenhandelaar. Kurt hielp hem erbij.'

Ik herinner me mijn ontvoerder met het Duitse accent. 'Kurt?'

'Kurt Wesemann. Een gestoorde psychopaat. Hugo's beste vriend.'

'Waar is hij nu?'

'In de hel.' Er speelt een wrange glimlach op haar van pijn

vertrokken gezicht. 'Kurt is zo dood als een pier.'

'Heb jij…?' Ik knipper met mijn ogen tegen het plotselinge licht.

We rijden met hoge snelheid door een dorp. Aan weerszijden van de weg staan auto's geparkeerd en er branden straatlantaarns. Het interieur van de auto wordt verlicht door hun oranje-rozige schijnsel. Gevels van huizen en winkels flitsen voorbij.

'We zijn op de helft,' hoor ik Erwin zeggen. Een stem uit een andere wereld. 'Hoe is het daarachter?'

Ik bestudeer Dianne, die nog steeds moeilijk ademt en half onderuitgezakt op de achterbank ligt. De wond zit in haar onderbuik. Ik zie het gat in de donkere jas, net naast de rits. Daaromheen is alles drijfnat. Het bloed heeft zich uitgebreid naar haar jeans, haar handen zijn bruin gevlekt.

'Ze verliest veel bloed,' zeg ik uiteindelijk.

'Kun je het niet stelpen? Afbinden?'

Ik durf niet. 'Ik heb geen idee hoe ik dat moet doen, Erwin.' Wanhopig kijk ik naar het gat in haar jas.

'Druk er verdomme op, of zo!'

'Nee. Straks doe ik het verkeerd en maak ik het alleen maar erger.'

Hij gromt iets onverstaanbaars en raast met honderdveertig kilometer per uur het dorp uit.

Diannes hand ligt klam en krachteloos in de mijne, haar stem klinkt zacht maar helder. 'Hugo zegt dat terreur zaaien de enige manier is om iets te veranderen. Hij ging voor het shockeffect. Geen verandering zonder revolutie.' Ze sluit haar ogen, fluistert: 'Ik geloofde hem.'

We rijden in angstaanjagend tempo langs een rotswand.

Ik leg mijn hoofd tegen het hare aan en staar naar de weg voor ons. Die wordt wazig van de tranen.

Ik wil Dianne vragen waarom ze mij – en alle anderen –

206

heeft doen geloven dat het uit was.

Waarom ze heeft gelogen.

Tegen *mij*.

Maandenlang.

Maar ik denk dat ik het antwoord al weet.

Ze was tot over haar oren verliefd. Diep onder de indruk van Hugo's visie en daadkracht. Ik had een bloedhekel aan die man en daar heb ik ook nooit een geheim van gemaakt. Ze moet me hebben beschouwd als een belemmering. Een sta-in-de-weg.

Ik moet terugdenken aan de middag bij het ziekenhuis, aan de intensiteit waarmee Dianne me aankeek; ze verweet me dat ik halfzacht was en dat er met zo'n houding nooit een betere wereld zou komen – kort erna heeft ze Hugo leren kennen.

Ze heeft mij niet in vertrouwen genomen omdat ze wist dat ik haar ideeën zou afkeuren. Ze koos partij voor hem.

À la fin de la route tournez à gauche.

'Nu nog steeds? Geloof je nu nog steeds in hem?'

'Nee.' Dianne transpireert. Zweetdruppels staan op haar voorhoofd, haar haren plakken aan elkaar. 'Hugo is knettergek. Hij kickt op macht, de spanning. Het moorden zelf. Daarom hebben ze hem hierheen gehaald, omdat hij en Kurt erom bekendstonden dat ze verder gingen dan de rest.' Dianne pauzeert. Haalt een paar keer diep adem en haar gezicht vertrekt van de pijn. 'We zouden een jaar blijven. We gingen die genboeren aanpakken, foie-grasproducenten, circussen, jagers.' Ik zie haar even schokken, ze knijpt haar ogen dicht. Zegt dan: 'Dit hele gebied is als een walhalla voor ze.'

'Wie heeft jullie hiernaartoe gehaald?'

'Een groep Franse activisten. Laurent stuurt ze aan.'

'Laurent hoe?'

'Weet niet.' Ze schudt haar hoofd, haar ogen half dicht.

Ik zie haar in- en uitademen, elke ademteug een worsteling. 'Ze zitten overal, tot in Spanje en Engeland toe.'

'Wie zitten overal?'

'Die groepen. Cellen die Kurt en Hugo's hulp inroepen.'

Au rond point, tournez à droite, première sortie.

Ik kijk op. We zijn niet meer alleen op de weg. Het asfalt is breder geworden, wordt fel verlicht en leidt niet meer langs rotsen en bomen en door slaperige dorpjes, maar langs kantoren en opslagloodsen. We naderen de stad.

'Woonden jullie samen in Le Paradis? Jij en Hugo?'

'Nee. Het was beter als we niet samen gezien werden.'

Ik ga verzitten en stoot per ongeluk met mijn voet tegen het rugzakje aan. Voorzichtig duw ik het verder onder de bijrijdersstoel. 'Wat deed je in dat grote huis, Dianne? Wat moest je daar doen?'

'Hugo had dat pistool achtergehouden. Met mijn vingerafdrukken erop. Zolang hij dat had, had hij mij.' Dianne zoekt mijn blik. Secondelang zwijgt ze, haar borst gaat op en neer. 'Ze gaan er niet mee stoppen. Ze gaan door. Ik heb de lijsten.'

'Lijsten?'

'Hun plannen. Namen en adressen van doelwitten. En namen van de Franse groep. Ook van contacten in Duitsland en Spanje. Ik heb bijna alles om ze te pakken.' Ze haalt schokkerig adem en blaast dan lucht uit via haar neusgaten. Sluit opnieuw haar ogen, alsof het haar dan minder inspanning kost om te praten. 'Behalve die ene. Ik kom er maar niet achter wie dat is.'

'Een van de activisten?'

Ze schudt haar hoofd. 'Hij is heel voorzichtig, steeds gemaskerd. Bernard Bonnet was mijn vuurdoop. Daarna zou ik erbij horen.'

'Bij de Franse groep, bedoel je?'

'Nee. Bij Hugo en Kurt.'

We komen dichter bij de stad. Ik merk dat Erwin rustiger gaat rijden, omdat er meer verkeer op de weg is.

'Waarom betrok Hugo jou hierin?'

'Omdat hij dacht dat ik was zoals hij, of zo kon worden. En misschien had hij wel gelijk. Misschien had ik wel een stap verder willen gaan, uiteindelijk.' Ze snuift lucht via haar neusgaten naar binnen; het uitademen klinkt als een langgerekte kreun. 'Het is misgegaan door die vrouw. Die vrouw had niet dood gehoeven.'

'Vrouw?'

'Patricia. Ze had ons gezien. Maar wat maakte het uit? We hadden kunnen vluchten… We hadden…' Ze trekt op een vreemde manier met haar mond, een repeterende beweging. Dit is geen gewone zenuwtrek, het gaat steeds slechter met haar. 'Die arme vrouw had er niets mee te maken. Het was moord. Een executie.' Ze hoest, grijpt naar haar buik en trekt haar gezicht in een afschuwwekkende grimas. 'Ik haatte ze. Ik haatte ze erom. Ik moest… ik moest iets doen.'

'Zeg maar niets meer,' fluister ik, en ik werp een blik op het schermpje. 'We zijn er bijna.'

Om ons heen rijzen hoge gebouwen van zandsteen op. Verlichte gevels. Winkels en zebrapaden, stoplichten met knipperende oranje lampen. Het navigatiesysteem geeft aan dat het einddoel zevenhonderd meter verderop ligt.

'We zijn er bijna,' zeg ik. 'Hou vol.'

Dianne begint weg te vallen. Haar huid is koel en vochtig, haar ogen staren nietsziend door het raampje naar buiten. 'Als ik doodga, Eef…'

'Je gaat niet dood.'

'… kijk in mijn hotmail: Dianne1977, wachtwoord Eva1980.'

'Hou vol,' herhaal ik. 'Hou alsjeblieft vol. We zijn er bijna!'

'E en D in hoofdletters,' fluistert ze.

Onrustig wrijf ik over het litteken in mijn handpalm. Ik huil geluidloos. Tranen lopen over mijn gezicht.

De belangrijkste vraag heb ik nog niet gesteld. Een vraag die tussen ons in hangt, en die me steeds heeft beziggehouden: *Hoe kon je tegen me liegen?* Dwars door alle pijn en stress heen doet me dat het meeste zeer. Dat Dianne kennelijk in staat is geweest om glashard tegen me te liegen, moeiteloos zelfs. En ik dat niet door heb gehad. Met een klap kom ik tot het besef dat we niet de goede vriendinnen, de zielsverwanten, zijn die ik dacht dat we waren.

Zij is zij.

Ik ben ik.

Dat is nu pijnlijk duidelijk geworden.

Ik werp een blik op haar bleke gezicht. Ze heeft gelogen over zulke cruciale dingen in haar leven, haar gevoelens, beslissingen en gebeurtenissen waarvan ze helemaal vervuld moet zijn geweest: haar relatie met Hugo, de emigratie die ze zogenaamd in haar eentje zou gaan ondernemen… Zelfs nu weet ik niet wat ik moet geloven van wat ze me heeft verteld. Ik heb sterk het gevoel dat dit nog niet het hele verhaal is.

Ze ligt bloedend op de achterbank, misschien overleeft ze het niet, en toch houdt ze dingen voor me achter. Sluit ze me buiten.

Vous êtes arrivé.

Nijdig veeg ik de tranen uit mijn ogen.

Misschien hebben onze wegen zich vorig jaar zomer al gescheiden, op die parkeerplaats bij het ziekenhuis.

En nu rijden we opnieuw de parkeerplaats van een ziekenhuis op, en zijn we verder van elkaar verwijderd dan ooit.

Ze hadden haar daar niet verwacht. Ze waren ervan uitgegaan dat Bernard alleen thuis zou zijn en dat hij, zoals altijd op donderdag, in zijn kantoortje de administratie zou doen. De kinderen waren op school, die zouden pas om halfzes thuiskomen. Het personeel was aan het werk op het land, vijf kilometer van het huis vandaan.

Normaal gesproken zou zijzelf in de stad zijn geweest. Zoals elke laatste donderdag van de maand zou ze een bezoek hebben gebracht aan de overdekte markt, een lunch hebben genoten bij Le Pataterie en hebben rondgesnuffeld in de rekken van de Monoprix. Op zulke dagen kookte ze niet, dan nam ze *nems* en *nougat Chinois* mee van de Vietnamees. Vooral Christian was er dol op.

Aan hun planning had het niet gelegen. Die planning was perfect. Ze zouden Bernard inderdaad alleen thuis hebben aangetroffen als zij zich vanochtend niet zo ziek had gevoeld.

Ze was in de schuur bezig toen ze hen het erf op zag lopen. Een man en een vrouw in jeans en legerjas. Ze zagen eruit als activisten, zo'n indruk maakten ze op haar: alternatieve types die Bernard en haar meer dan eens lastig waren komen vallen vanwege Bernards vooruitstrevende landbouwmethoden.

De man was lang en hij had een vrijwel kaal geschoren hoofd

– vaak is het dát, of dreads – en haar rommelige, aan de punten helblond gebleekte haar was tamelijk kort en een beetje asymmetrisch.

Ze wilde net naar buiten gaan om te vragen wat die twee op hun erf zochten, toen ze hen varkensmaskers uit een rugzak zag halen en voor hun gezicht zag binden. De man pakte een pistool. Ze zag het hem doorladen, en ze trok wit weg.

Een overval.

Er stond een kluisje in het dressoir op Bernards kantoor, daar lag meer dan zesduizend euro in. Sommige knechten kregen weleens zwart uitbetaald. Was Bernard onvoorzichtig geweest en had hij geld gepakt waar het werkvolk bij zat? Er werd zoveel gekletst in het café.

Ze moest iets doen. De politie bellen, nu meteen. Ze graaide tevergeefs in de zak van haar vest. Haar gsm lag nog op te laden in de keuken.

De vaste telefoon stond in de woonkamer. Er was geen sprake van dat ze een van beide te pakken kon krijgen zonder gezien te worden. Via een raam kon ze niet naar binnen toe: vanwege het toegenomen getreiter van activisten waren er extra sloten op alle ramen en deuren aangebracht, bang als Bernard en zij waren dat het tuig op een nacht voor hun neus zou staan. De enige manier om in het huis te komen, was via de veranda – en dus via Bernards kantoor.

Ze keek toe terwijl de twee de veranda op stapten, en ze besefte dat ze niets meer kon doen.

De grond begon onder haar te golven. Haar oren suisden.

Ze zag hoe Bernard door de man met het pistool op zijn knieën werd gedwongen. Hoe hij zijn handen omhoogstak, zijn hoofd gebogen hield terwijl hij onder schot werd gehouden.

Ze verwachtte dat de vrouw zich naar het dressoir zou spoeden om de geldkluis leeg te roven – maar dat deed ze niet.

Ze bleef staan.

De man nam positie in achter zijn vriendin. Hij legde zijn pistool in haar hand en sloot zijn handen om de hare.

De vrouw keek naar hem op, trok een schouder omhoog en nestelde zich tegen hem aan. Ze gedroeg zich alsof ze samen op een sportveld stonden, alsof ze les kreeg van een aantrekkelijke tennis- of golfleraar.

Maar de loop van het pistool wees nog steeds naar Bernard, die voor hen op de grond zat. Bernard die zijn handen achter zijn nek had gevouwen en geen kant op kon.

De man maakte zich van zijn vriendin los. Hij deed een stap opzij en knikte naar haar, als een vader die zijn kind aanmoedigt: toe maar.

Je kunt het.

De kracht van het schot deed haar handen naar boven bewegen.

41

Ik heb me opgefrist in de toiletten van het ziekenhuis, maar ik stink nog steeds een uur in de wind.

Mensen komen niet naast me zitten, ze leunen liever tegen de muur, meters van de bank vandaan. Onopvallend wisselen ze blikken van verstandhouding. Ik negeer hen, er zijn wel ergere dingen om me druk over te maken.

Dianne is meegenomen; ze verdween vrijwel meteen na binnenkomst door een paar klapdeuren op een bed met wieltjes, voortgeduwd door twee verplegers.

Erwin wordt geholpen door een jonge arts. Die is bezig om zijn onderarm te verbinden. Ik zie Erwin zitten door de openstaande deur, een beetje bedremmeld, zijn donkere haar dof in het tl-licht. Ik wilde helpen, voor hem tolken en zijn hand vasthouden, maar ik werd door een snibbige Française de gang op gejaagd.

Helemaal aan het andere uiteinde van de bank zit een zwijgzame, zwarte vrouw met een kind op schoot. Aan de overkant van het vertrek staat een man op leeftijd tegen de muur geleund. Hij heeft een opzichtige wijnvlek in zijn hals en zijn ogen zijn roodomrand. Zojuist werden twee jongens binnengebracht, allebei ladderzat. Een van hen was door een winkelruit gevallen en had een slagaderlijke bloeding aan zijn hand. Hij zit naast Erwin in de behandelruimte.

Zijn vriend staat bij de deur en probeert zichzelf een houding te geven ten opzichte van een groep meisjes van middelbareschoolleeftijd. Het is de nacht van vrijdag op zaterdag, het weekend is begonnen en de Spoedeisende Hulp is vooral het domein van jongeren.

Ik zie Erwin en de arts elkaar de hand schudden. Bleekjes komt hij terug naar de gang annex wachtruimte gelopen. Gaat naast me op de bank zitten. 'Al nieuws over Dianne?'

'Nee.' Ik knik naar zijn verbonden arm. 'Doet het nog zeer?'

'Gaat wel. En jij?'

Uitgeput. Fysiek en geestelijk. 'Ik heb het gevoel alsof ik een week lang zou kunnen slapen,' zeg ik.

'Logisch.'

Erwin bestudeert mijn hoofd. Bevoelt zachtjes de bult en de korst op mijn schedel. 'Als je niet weet dat-ie er zit, valt het niet op. Doet het nog zeer?'

'Valt mee.' Ik kijk wazig voor me uit en neem een flinke slok van mijn water. Verderop in de gang staat een koeler, ik heb al vijf plastic bekertjes leeggedronken.

'Er zal zo wel politie komen,' zegt Erwin.

'Dat denk ik ook.'

Zwijgend blijven we naast elkaar zitten, allebei te vermoeid om een gesprek op gang te houden. Ik laat mijn ogen over Erwins arm en het verse verband glijden. Hij is geraakt door een van Hugo's kogels. Net voor hij in de auto sprong, schroeide die een zeven centimeter lange geul in het spierweefsel van zijn onderarm. Ik vind het ongelooflijk dat Erwin die wond verborgen heeft kunnen houden. Dat hij er helemaal niets over heeft gezegd of laten merken, en ons gewoon naar het ziekenhuis heeft gebracht.

Zijdelings neem ik hem op. 'Heeft Dianne aan jou verteld waar ze de afgelopen weken is geweest?'

'In een leegstaand huis.'

'Waar is ze mee bezig, Erwin?'

'Ze had het over inlichtingen, informatie waar ze naar op zoek was. En ze is bezig geweest om zichzelf te bewapenen. Ze vertelde dat ze uiteindelijk een jachtgeweer had gestolen van een stel jagers.'

Ik denk terug aan de jagers in die armoedige jachthut in het bos. 'Kom je dan weer wat stelen?' had een van hen tegen me gezegd – het was iets van die strekking. Toen kon ik zijn opmerking niet plaatsen, ik deed het af als argwaan, plagerij of vijandigheid. Maar nu komen die woorden in een heel ander perspectief te staan.

Het eenzame dwaallicht dat ik de nacht ervoor in het bos heb gezien, was dat Dianne?

'Die vriendin van jou is doodeng, Eva,' gaat Erwin door. 'Echt een fucking weirdo, sorry dat ik het zeg.'

Ik spreek hem niet meer tegen. Het is zinloos het te ontkennen. Diannes fanatisme, de gedrevenheid die ik altijd zo in haar benijdde, heeft een fatale wending genomen. Het doet me pijn om haar te moeten zien zoals ze is geworden: als iemand die de weg is kwijtgeraakt. Een vrouw die alle benul van goed en kwaad uit het oog is verloren. Ik had eerder moeten inzien dat het misging met Dianne.

Ben ik te lang blind geweest voor haar fouten? Misschien wel. Had ik haar kunnen helpen? Nee. Ik geloof niet dat ze dat van me zou hebben geaccepteerd. Zo was onze rolverdeling niet. Zij was mijn voorbeeld. Niet andersom. Ze zou nooit naar me hebben geluisterd.

Het voelt als falen dat ik nu pas inzie dat Dianne – net als ik – behoefte had aan groei, aan iemand die haar inspireerde en als voorbeeld kon dienen. Dat vond ze blijkbaar allemaal verenigd in Hugo Sanders.

Erwins stem haalt me uit mijn trance. 'Ze maakte zich

verschrikkelijk druk over een of ander pistool met haar vingerafdrukken erop. En ze was op zoek naar een vent die een Française vermoord zou hebben.'

'Een vent? Was dat niet Hugo dan?'

Hij kijkt me nadenkend aan. 'Nee… volgens mij niet. Ze zei: "Die vent". Ze wilde hem te grazen nemen, zei ze, maar ze wist niet hoe hij heette.'

Er komt een verpleger op ons af gelopen. Een kalende man met een montuurloze bril. 'Excusez? Er zou hier iemand zijn die bij madame Dianne van den Berg hoort?'

Ik spring zo abrupt op dat ik bijna mijn enkel verzwik. Iedereen draait zijn hoofd naar ons toe.

'Hoe is het met haar?'

De verpleger komt dichterbij, dempt zijn stem. 'Bent u familie van madame Van den Berg?'

'Ik ben haar zus,' lieg ik zonder aarzeling.

Hij schudt mijn hand en mompelt zijn naam, die ik niet versta. 'Ze wordt momenteel geopereerd. Het is een gecompliceerde wond, de kogel heeft haar darmen doorboord en zoals het ernaar uitziet mogelijk ook de lever geraakt. Dat maakt haar toestand nog zorgelijker dan hij toch al is.'

'Haalt ze het?'

Hij aarzelt. 'We doen ons best, meer kunnen we niet doen. Maar dit zijn complexe gevallen. Ik kan en wil u geen valse hoop geven, madame.' Onderzoekend kijkt hij me aan. 'Was het een ongeluk?'

'Nee. Mijn zus…' Ik zoek naarstig naar woorden. Wat kan ik eigenlijk zeggen? Ik wil Dianne niet in nog grotere problemen brengen. 'Eh…'

Hij steekt zijn hand op. 'Het gaat mij niet aan. Vertelt u dat later maar aan de politie. Ik wil u in elk geval laten weten dat de artsen zeker nog vijf uur nodig hebben.'

'Víjf uur?' Mijn ogen flitsen van de verpleger naar Erwin en weer terug.

'De darmen zijn op verschillende plaatsen geperforeerd. We moeten ze centimeter voor centimeter nalopen, alles hechten, de buikholte schoonspoelen... Blijkt de lever inderdaad beschadigd te zijn, dan is het helemaal dweilen met de kraan open.' Hij kijkt me ineens verschrikt aan, alsof hij dacht dat hij met een collega aan het praten was, en nu pas ziet dat een buitenstaander naar hem staat te luisteren. Het is in dit ziekenhuis blijkbaar voor meer mensen een lange dag geweest.

De man recht zijn rug. 'Als u wilt, kunt u met me meelopen naar de afdeling. We hebben een familiekamer met een bed en die is momenteel niet in gebruik. Mocht u uzelf willen opfrissen of willen slapen?'

'Ja, graag,' zeg ik.

42

De kamer ruikt naar ontsmettingsmiddel en doet niet bepaald huiselijk aan. Er staan een bed, vier stoelen met skai bekleding en op de vloer ligt linoleum. Het raam is een zwart vierkant waarin de verlichtingsvlakken in het systeemplafond worden weerspiegeld.

Ik voel me dodelijk vermoeid, mijn hoofd gonst, maar ik geef er niet aan toe. Het voelt fout om te gaan slapen terwijl Dianne voor haar leven vecht. Ik weet dat het alleen maar een gevoel is, een onzinnig gevoel bovendien: de operatie zal echt niet gunstiger verlopen als ik de hele nacht stijf rechtop in deze stoel blijf zitten. Toch wil ik wakker blijven.

Erwin heeft al een hele poos niets meer gezegd. Hij is het duidelijk oneens met mijn halsstarrige houding en heeft de hele tijd naar het lege bed staan kijken, tegen de muur geleund en met zijn armen over elkaar. Wel zes keer heeft hij me aangeraden om tussen de lakens te kruipen en wat slaap te pakken. Uiteindelijk is hij zelf maar onder de lichtgele sprei gaan liggen, op zijn zij en strak tegen de rand aan, nadrukkelijk ruimte latend voor het geval mijn verstand het alsnog zou winnen van mijn onnozele verantwoordelijkheidsgevoel.

Ik trek mijn enkels kruislings onder me in kleermakerszit en laat mijn vingers door mijn haar glijden. Het is nog steeds niet droog, maar het ruikt in elk geval weer lekker. Mijn jeans stinkt nog steeds en de geur van mijn T-shirt is niet veel beter. Hoe erg het was, merkte ik pas toen ik zelf schoon ge-schrobd en geurend naar 'wilde orchidee' onder de verderop in de gang gelegen douche vandaan kwam.

De geur die uit het hoopje kleding opsteeg zal ik altijd blijven associëren met doodsangst. Ik denk niet dat ik ooit nog naar het toilet kan gaan zonder aan deze nacht terug te denken. Maar dat is van later zorg.

Ik staar naar de muur – lichtgeel visgraatbehang. Boven de deur hangt een klok, die telkens zacht zoemt bij het ver-schuiven van de minutenwijzer. Verder is het stil in de ka-mer. Op de gang hoor ik niemand lopen of praten. Erwin ademt geluidloos.

Een stemmetje fluistert me in dat ik iets zou moeten ondernemen, ik zou bijvoorbeeld Diannes moeder kunnen bellen. *Moeten* bellen, eigenlijk. Maar wat kan ik haar ver-tellen? Ik heb alleen maar slecht nieuws voor haar en zij kan nu midden in de nacht vanuit Nederland toch niets aan de situatie veranderen. Het lijkt me beter om te wachten tot we meer weten over Diannes toestand. Daarom kan ik haar pas bellen als de operatie achter de rug is – op zijn vroegst pas over vier of vijf uur.

En dan nog, denk ik somber. Een geslaagde operatie zegt niet alles. Ik heb vaak genoeg naar *ER live* en andere zieken-huisseries gekeken om te weten dat een schotwond in de onderbuik een van de meest verraderlijke is die je kunt heb-ben, omdat de inhoud van de darmen door de hele buik-holte wordt verspreid. Steriel gebied raakt op talloze plaat-sen besmet met darmbacteriën, wat bijna altijd leidt tot zware infecties zoals buikvliesontsteking – vaak met fatale afloop.

Nee. Ik durf haar moeder nog niet te bellen. Ik heb het

hart niet. Bovendien ken ik Gerda's telefoonnummer niet uit mijn hoofd – mijn gsm ben ik kwijt.

Ik sta op van de stoel en buig me over Erwin heen.

Zijn mond staat een stukje open, hij ademt gelijkmatig in en uit. Als ik de sprei over hem heen leg, knipperen zijn oogleden en even ben ik in de veronderstelling dat ik hem wakker heb gemaakt. Bewegingloos blijf ik naast het bed staan; kijk toe hoe zijn rechtermondhoek omhoogtrekt in een slaapdronken glimlach, de spierspanning vervolgens weer wegvalt en hij weer regelmatig begint te ademen.

Ik zou willen dat ik kon slapen, maar in mijn hoofd tollen de gedachten over elkaar heen. Beelden, geluiden. En vragen. Heel veel vragen.

In een opwelling loop ik naar de deur, maak hem zo zachtjes mogelijk open en sluip de gang op.

Niemand te bekennen. De verlichting is gedimd, deuren naar patiëntenkamers staan op een kier. Daarachter is het donker. Hier en daar hoor ik iemand hoesten, en uit sommige ruimtes komen elektronische bliepjes.

Halverwege de gang is een vierkante ruimte, grotendeels van glas, waarachter een verpleegster een mok thee zit te drinken. Glazig staart ze naar een paar computerschermen die een blauwig schijnsel werpen op haar gezicht.

Zodra ze me ziet heft ze haar hoofd en kijkt me afwachtend aan.

'*Bonsoir madame, excusez-moi de vous déranger* – sorry dat ik u stoor,' begin ik. 'Mijn zus Dianne van den Berg wordt momenteel geopereerd. Ik zou graag haar moeder in Nederland hiervan op de hoogte brengen, maar...'

De nachtzuster wijst meteen naar een telefoon op een bureautje in de hoek. 'U kunt van die telefoon gebruikmaken, als u wilt.'

'Dank u wel, dat is heel vriendelijk. Maar ik weet haar

telefoonnummer niet uit mijn hoofd. Is er in het ziekenhuis misschien een computer met toegang tot internet?'

Nu is ze iets minder toeschietelijk, er verschijnen denkrimpeltjes tussen haar wenkbrauwen. 'De aansluiting is niet bedoeld voor mensen van buiten.' Haar gezicht klaart op. 'Weet u wat? Geef me de naam maar, dan zal ik het wel voor u opzoeken.'

Mijn glimlach bevriest. Dit loopt niet naar verwachting. De verpleegster staat op, pakt een sleutelbos van een haakje en wenkt me met haar mee te lopen.

We haasten ons door een paar gangen en stoppen bij een brede deur zonder glas. Ze morrelt aan het slot, duwt de deur open en knipt het licht aan.

De kleine ruimte wordt zo te voelen weinig gebruikt, het is hierbinnen zeker vijf graden kouder dan op de rest van de afdeling. Op een bureautje staat een beige-grijs ensemble uit de middeleeuwen.

De verpleegster duwt op de aan-knop van de computerkast, die luidruchtig begint te gieren, en glimlacht dan naar me. 'Het duurt even.'

Onrustig sla ik mijn armen over elkaar en loop doelloos heen en weer terwijl de verpleegster plaatsneemt op de enige stoel in de ruimte en na een aantal tergend traag verstreken minuten tweemaal achter elkaar een wachtwoord invoert. Op het bolle scherm is een startpagina te zien.

Tegelijkertijd klinkt er een alarmtoon. Het komt van de gang.

De verpleegster springt meteen op. 'Excuses. Ik ben zo terug. Wacht u hier?'

Ze heeft amper de ruimte verlaten als ik achter de pc schuif.

Het telefoonnummer van Diannes moeder kan ik haar straks laten opzoeken. Dit niet. En iets in me zegt dat het niet kan wachten. Ik wil het weten.

Ik haast me naar de site van Hotmail, log in met Diannes e-mailadres en het wachtwoord dat ze me in de auto heeft gegeven.

Mijn ogen flitsen heen en weer over het scherm. In het Postvak In staan alleen maar mailtjes van en naar hetzelfde e-mailadres. Dianne heeft dit account uitsluitend gebruikt om voor zichzelf aantekeningen te maken. Een digitaal dagboek op internet. Het zijn niet veel mailtjes, nog geen twintig in totaal.

Ik scrol naar de oudste, die is van ruim een maand geleden. Dianne moet toen voor het eerst onraad hebben geroken, of in elk geval de noodzaak hebben gevoeld om haar bevindingen op te schrijven.

Haastig begin ik te lezen in een mail die als onderwerp 'informant' heeft.

VORIGE MAAND HEBBEN WE VLEESEENDEN UIT KOOIEN BEVRIJD EN DE SCHUUR IN BRAND GESTOKEN, GISTEREN RAMEN INGEGOOID BIJ EEN GENBOER EN VANNACHT HEEFT LAURENT EEN STUK LAND OMGEPLOEGD.

DRIE ACTIES EN STEEDS WAS ER NIEMAND THUIS.

IK DENK DAT HUGO EN KURT WORDEN GETIPT DOOR IEMAND DIE HIER WOONT OF WERKT (OF ALLEBEI).

IK HEB HUGO HIEROP AANGESPROKEN, MAAR DIE HOUDT ZIJN MOND STIJF DICHT.

Ik ga terug naar de inbox en scrol door de berichten, open een mail met de titel 'informant/2'.

IK HEB DE TIPGEVER GEZIEN. HET IS EEN MAN EN HIJ IS VAN HIER. PRECIES WAT IK DACHT. IK WEET ALLEEN NOG STEEDS NIET WIE HIJ IS. NIET EENS HOE HIJ ERUITZIET. HIJ

Mijn hart slaat een slag over. Ik lees de tekst nog een keer. Gejaagd kijk ik naar de deur en weer terug naar het scherm.

Ik denk dat ik weet wie die man is, Dianne.

Ik denk dat ik het weet.

Vlug klik ik van de ene naar de andere e-mail. Ze staan bol van de voorgenomen acties, zowel in Frankrijk als in andere Europese landen. De aanstaande doelwitten zijn rituele slachthuizen, varkensflats, landbouwers, legbatterijen; de lijst is lang en divers.

Het komt me voor dat er geen sprake is van één grote, georganiseerde groep activisten, maar juist van allerlei losse groepjes of cellen die onderling samenwerken, onderdak bij elkaar vinden en kennis en informatie uitwisselen. Hugo en Kurt lijken met iedereen in contact te staan – zoiets vertelde Dianne me ook in de auto. Ik kan er niet uit opmaken of die twee worden aangestuurd door de groepen, of juist andersom. Dat is van later zorg. Dit is het moment noch de plaats om de lange lappen tekst geconcentreerd door te lezen.

De jongste mail heeft simpelweg 'lijst' als titel, en dat is het ook: een lijst met namen, niet op alfabetische volgorde. De opsommingen erachter – beroep, woonplaats, werkervaring of specialiteit – zijn onvolledig. Het is me duidelijk dat Dianne eenvoudigweg alle info die ze heeft weten te achterhalen aan deze lijst heeft toegevoegd. Hier en daar staan vraagtekens en sommige namen zijn op verschillende manieren gespeld, met een slash-teken ertussen, dat erop wijst dat ze die namen alleen maar fonetisch kent.

Er klinken voetstappen op de gang.

Koortsachtig lees ik verder. Mijn ogen flitsen van de ene naam naar de andere. Hugo Sanders en Kurt Wesemann staan op de lijst. Ik kom de naam Laurent tegen als organisator ter plaatse – ik heb een sterk vermoeden dat hij de fransoos is die me in het landhuis heeft ondervraagd. Als wapen- en munitieleverancier wordt de naam Eric Millescamps genoemd. Eric. Noemde Hugo de wapenverkoper in dat winkeltje in de stad niet zo? Het moet niet zo moeilijk zijn om daarachter te komen.

De voetstappen komen dichterbij.

Snel scrol ik door naar het einde van de lijst. Scrol weer terug. Scan gejaagd de namen op de lijst. Nee, ik vergis me niet.

De naam van de man met het wildzwijnmasker staat er niet bij.

Ze stootte een kreet uit. En nog een. Ze schreeuwde tot ze naar adem snakte.

Ze stonden nog steeds in Bernards kantoor. Ze merkten haar niet eens op. Misschien waren ze doof van de knal van het pistool in de kleine ruimte, misschien waren ze in een roes en bestond er voor hen even geen wereld meer buiten hun moordzuchtige bubbel.

Ze wist niet wat ze moest doen – wat ze nu nog kón doen. Bernard lag daarbinnen ergens, op de grond, buiten haar zicht. Van dichtbij neergeschoten. Hij kon niet meer in leven zijn.

Toch bleef ze naar het raam staren, naar de laatste plaats waar ze haar man had gezien, met haar hele hart hopend dat hij zou opstaan – of dat ze wakker zou worden uit de meest realistische, gruwelijke nachtmerrie die ze ooit had gehad.

Rillend stond ze in de schuur, verscholen achter een tractor. Ze zag dat de twee naar buiten kwamen zonder ook maar in de buurt van de kluis te zijn geweest. Geen roofoverval.

Ze namen niets mee.

Ze trokken de maskers van hun gezicht. De vrouw huilde en wreef nerveus over haar armen. Hij kuste haar, sloeg een arm om haar heen en trok haar vriendschappelijk een stukje van de grond. Ze spraken een harde, onbegrijpelijke taal.

Nu pas herkende ze die vrouw: het was de buitenlandse die

pasgeleden in het oude huis van Babette was komen wonen en met iedereen ruzie maakte.

Vanaf de andere kant van het huis voegde zich een derde persoon bij hen. Een man. Groot, fors, gespierd. Zelfverzekerd stond hij op het gravel, droeg een dubbelloops jachtgeweer in zijn armen alsof het een levend wezen betrof. Hij had net als de anderen legerkleding aan en een jeans, en hij droeg leren bergschoenen.

De meeste aandacht trok zijn masker: een realistisch ogende, rubberen everzwijnenkop.

Wat ze tegen elkaar zeiden kon ze niet verstaan, de wind dreef hun woorden van haar weg. Uiteindelijk liepen ze om het huis heen naar voren toe.

Toen ze het drietal niet meer zag, rende ze het erf over en sprintte naar binnen.

Bernard lag op de grond in een vreemde, gedraaide lichaamshouding. Voorovergebogen, half zittend, half liggend op de tegelvloer. Zijn bovenlichaam lag in een plas bloed. Midden op zijn rug had de kogel een donkerrode krater geslagen.

Ze zakte op haar hurken. De huid van Bernards handen en onderarmen had een afstotelijke, grauwe tint – dezelfde als zijn gezicht, waarin de ogen naar boven waren gedraaid, de oogleden half gesloten. Ze keken nergens naar. Ze zagen niets, zouden nooit meer iets zien.

De ziel was eruit weggevloeid.

Ze sprong op. Liep paniekerig heen en weer, jammerend, prevelend. Ze wilde Bernard aanraken, ze durfde het niet. Alles zat onder het bloed; er kleefden spetters op de poten van het bureau en lange halen op de muur erachter – het bloed had zelfs Bernards ingelijste diploma's bereikt.

Het droop van hun trouwfoto.

Ze schudde haar hoofd, bleef het maar schudden in verbijsterde ontkenning. Keek van de foto naar Bernard, naar het bureau, naar buiten, en ze fluisterde aan één stuk door: 'Wat moet ik doen, wat moet ik nou, wat moet ik doen, wat moet ik nou, wat moet ik doen...'

Bellen.

Ze moest iemand bellen.

Het alarmnummer.

Angstvallig schoof ze langs Bernard het tussenhalletje in en rende naar de woonkamer. Ze struikelde bijna over Christians tas met gymspullen, hield zich vast aan de baluster van de trap, rende door.

De telefoon stond op het dressoir onder het raam aan de voorkant van het huis. Ze griste de handset uit de houder en boog zich naar voren om het erf af te speuren. Niemand te zien. Ze waren weg.

Ze toetste het alarmnummer in, maar de telefoon ging niet over. Fronsend drukte ze op de beltoets en probeerde het nog eens. Luisterde.

Niets.

Ze drukte op het groene telefoontje. Keer op keer.

De lijn was dood.

Haar mobiele telefoon lag in de keuken. Ze moest terug naar de tussenhal. Terug naar Bernard en het bloed.

De stommelende geluiden die uit het kantoor kwamen, vervulden haar eerst met opluchting. Ze zag een schim door het kantoor bewegen. De rijzige gestalte die ze achter het matglas van de deur zag lopen, kon alleen maar haar echtgenoot zijn.

Bernard leefde nog. Hij lag niet levenloos in een plas bloed, hij liep springlevend rond en hurkte nu bij de kast om de kluis te inspecteren.

In een impuls duwde ze de deur open en ze zag Bernard nog steeds in dezelfde houding voor zijn bureau, half zittend, half liggend. Grauwe huid. Dode ogen.

Achter hem zat een man op zijn hurken voor de kluis. Het wildzwijnmasker was van zijn gezicht geschoven en rustte op zijn achterhoofd. Zijn gehandschoende hand graaide net de laatste biljetten weg en propte die in de zakken van zijn legerjas.

Hij hoorde haar binnenkomen, draaide zich om en verstijfde. Keek haar recht aan, zonder zich te bewegen.

Ze snakte naar adem. Alle bloed trok weg uit haar gezicht.

Ze kende de man met het masker.

Ze kende elk plekje van zijn lichaam.

De man met het masker was de vader van haar ongeboren kind.

Hij sprong op. Ongeloof en angst stonden op zijn gezicht geschreven. 'Patricia...?'

Ze schudde haar hoofd in opperste verwarring. Ze wilde dit niet geloven. Dit kon niet echt zijn. Ze was gek geworden, krankzinnig, ze zag waanbeelden, dat moest wel.

Dit kon niet gebeuren. 'Dat... dat is ons geld,' zei ze, bijna ademloos.

Daarna keek ze naar Bernards lichaam, als in slow motion, dat nog steeds stil en levenloos op de vloer lag, midden in zijn eigen stollende bloed – en weer terug naar de indringer, die haar geschrokken opnam.

Ten slotte bleven haar ogen rusten op Bernards mobiele telefoon op het bureau tussen hen in. Twee, drie passen was ze verwijderd van hulp. Ze moest bellen. Bellen naar het alarmnummer.

Ze slikte. Haar hele lichaam beefde onbedaarlijk. Ze deed een stap naar voren. En nog een.

Voordat ze haar arm kon uitstrekken, sprong hij op. Zijn kaken waren gespannen en zijn ogen kregen een vreemde, harde uitdrukking die ze nooit eerder had gezien. Er was geen verwarring meer in te lezen, geen onzekerheid of liefde, alleen nog ijskoude berekening.

Ze zette het op een rennen. In blinde paniek sprong ze over Bernard heen naar buiten, stoof het erf over, langs de schuren, zo hard als ze kon. Niemand kon haar nog tegenhouden, ze vloog over het stoppelveld en ze merkte helemaal niets van de talloze keien en hompen klei – ze kreeg vleugels. Pas bij de bosrand keek ze om.

Hij had de achtervolging ingezet.

Maar ze had een flinke voorsprong. Ze zou het kunnen redden.

Ze moest het redden.

Voor Christian en Noélie.

En voor de baby in haar buik.

43

Dianne is vanochtend om kwart over acht van de operatie-
kamer naar de ic gebracht. De artsen zijn de hele nacht met
haar in de weer geweest. Alles bij elkaar heeft de operatie bijna zes uur geduurd.

Dianne sliep nog toen ik bij haar mocht. Ik kan me niet
herinneren ooit zoveel slangetjes in iemand te hebben zien
zitten. Rammelende en zacht zoemende en piepende appa-
raten stonden in een halve cirkel rond het hoofdeinde opgesteld. Zakjes met vloeistoffen hingen aan het bed en aan sta-
tieven op wieltjes. Ik herkende Dianne amper, zo klein en
nietig als ze leek, te midden van die apparatuur die haar in
leven moest houden. Haar haren zaten vol met klitten. Ze
reageerde niet toen ik over haar arm wreef. Maar ze leefde.

Patrick Rodriguez, een van de chirurgen die Diannes operatie hebben gedaan, drukte me op het hart om niet te vroeg
te juichen. Zijn gezicht stond zorgelijk. Dat ze de operatie
had overleefd, zei niets over haar prognose. Die bleef zeer
twijfelachtig. Ze hadden gedaan wat ze konden en nu restte
ons niets dan afwachten.

Met lood in mijn schoenen heb ik Diannes moeder gebeld en haar een ultrakorte, niet helemaal waarheidsgetrou-
we versie van de gebeurtenissen gegeven. De ware toedracht
vond ik iets wat Dianne beter zelf met haar moeder kon be-

spreken – later, als ze weer beter was.

Gerda zou proberen om vandaag nog het vliegtuig of de trein te nemen, of anders iemand proberen te vinden die haar naar deze uithoek in Frankrijk wil brengen.

Na het telefoontje liep ik terug de afdeling op en keek door de glazen wand naar Dianne.

Ik wilde bij haar blijven. Haar hand vasthouden en tegen haar praten. Ik wilde de hele tijd naast haar bed blijven zitten, in de schrale hoop dat de aanwezigheid van iemand die van haar hield het herstel zou bevorderen.

De politie had andere plannen.

'Kunt u aanwijzen waar u precies was toen de verdachten het huis binnenkwamen?' De rechercheur heeft ongeveer mijn leeftijd. Hij ruikt naar frisse aftershave en laat zijn woorden steeds vergezeld gaan van hoofdbuigingen en handbewegingen.

Ik loop naar de houtkachel. Mijn adem is zichtbaar als lichte condenswolkjes. 'Hier.'

'Stond u?'

'Ik liep. Ik liep van de kachel naar de keuken, omdat er aan de achterdeur werd gerammeld. Toen was er die knal.'

Het beeld van de gemaskerde mannen die de woonkamer in stuiven, schiet als een stroomstoot door me heen. Weer voel ik de angst, de verlammende, onuitsprekelijke angst. 'Glasgerinkel,' ga ik door. 'Ik zag de scherven alle kanten op spatten.'

'Het glas van de achterdeur is kapotgeslagen,' mompelt hij.

Onzeker haal ik mijn schouders op. 'Dat kan wel. Ik heb het toen niet kunnen zien. Ze hebben me door de voordeur naar buiten gedragen.'

De jonge rechercheur stelt me nog veel meer vragen.

Sommige meer dan één keer, steeds in andere bewoordingen. De reconstructie duurt een halfuur. Dertig tergend langzaam verstrijkende minuten waarin ik tot in detail de filmbeelden uit mijn geheugen moet opdiepen en onder woorden moet zien te brengen.

Ik doe mijn best, voor hen, voor Dianne, voor mezelf, maar mijn brein laat me op veel punten in de steek.

Ik ben niet meer zeker van de kleur van het busje – was het blauw of groen? – en ik kan hun evenmin vertellen of de lak metallic was. Ook het merk en kenteken moet ik ze schuldig blijven. Een van de weinige dingen waarvan ik wel zeker ben, is dat er een radio aanstond en dat er veel zand op de houten laadvloer lag.

De rechercheur doet zijn best om zijn ergernis en frustratie niet te veel te uiten, maar ik vang de signalen van onvrede wel degelijk op.

Een oudere rechercheur die de hele tijd al in de buurt is gebleven, komt bij ons staan. 'Ben je klaar?' vraagt hij aan zijn collega.

'Grotendeels.'

De man richt zich tot mij. Zijn haar is bijna wit en zijn huid gebruind. Hij lijkt op Rutger Hauer.

Ik mag hem meteen. Hij straalt een professionele rust uit die vertrouwen geeft.

'Wilt u uw spullen meenemen?' vraagt hij me.

Als ik hem niet-begrijpend aankijk, verklaart hij: 'U kunt hier niet blijven. Er is een hotelkamer in de stad voor u geregeld.'

Rutger Hauer, die zichzelf voorstelt als rechercheur Gérard Godin, helpt me mee om mijn spullen en die van Erwin naar beneden te halen. Onze rugzakken en tassen worden achter in een politieauto gelegd.

Op het erf zijn agenten bezig gipsafdrukken te maken van de bandensporen. Ik begrijp niet goed waarom; de meeste sporen zullen nu wel tenietgedaan zijn door die van de politieauto's. Ik vraag niets. Ze zullen wel weten waar ze mee bezig zijn.

'De motor van uw vriend kunnen we bij het hotel laten bezorgen.'

'Graag,' zeg ik.

'*Bon*, mevrouw Lambrèk.' Hij neemt me onderzoekend op. 'Nu mijn collega klaar is, heb ik ook nog wat vragen voor u.'

44

'Eva Lambregts *à l'appareil*. Kan ik rechercheur Chevalier spreken?'

'Hij is niet op het bureau,' antwoordt een vrouwenstem.

'Kan ik u doorverbinden met een collega?'

'Ik heb hem persoonlijk nodig. Het is belangrijk.'

'Een momentje, alstublieft. Dan verbind ik u door naar zijn mobiele telefoon. Maar hij heeft het erg druk. Als hij niet opneemt, kan ik verder niets voor u doen.'

Na een aantal metalige klikken klinkt de stem van Chevalier zo duidelijk door de speaker dat het lijkt alsof hij naast me zit. 'Mademoiselle Lambrèk?'

'*Oui*. U heeft het nieuws gehoord?'

'Uiteraard. Mijn collega's van de *police nationale* zijn vanochtend bij ons op het bureau geweest. Twee van onze mensen zijn momenteel in het huis van uw vriendin om assistentie te verlenen. Hoe gaat het met u?'

'Goed.'

'U bent niet gewond geraakt, begreep ik?'

'Alleen wat schaafwonden en blauwe plekken.' Met de gedachte aan Dianne en Erwin voeg ik eraan toe: *'J'ai vraiment eu de la chance* – Ik heb erg veel geluk gehad.'

'Maar u zult nog wel even last houden van de nasleep,' concludeert hij. 'Het moet een afschuwelijke ervaring zijn geweest.'

En of het afschuwelijk was, gaat het door me heen, maar ik heb er vreemd genoeg geen last van. De herinneringen lijken met de minuut verder van me af te drijven. Ze voelen steeds meer aan alsof ik ze alleen maar heb gedroomd of dat het indringende scènes betreft die ik in een film heb gezien. Misschien komt de klap later, maar nu voel ik me sterk en helder.

Ik laat een stilte vallen. Rechercheur Chevalier is de laatste met wie ik mijn geestelijke gesteldheid wil bespreken.

'Een gecompliceerde zaak,' gaat hij verder. 'Ik heb begrepen dat noch uw vriend noch uzelf het betreffende huis kan aanwijzen?'

'Nee, inderdaad.'

'Niet eens bij benadering?'

'Ik weet alleen dat het ongeveer vijfendertig kilometer van het ziekenhuis in de stad vandaan ligt. En voor Erwin lijken alle wegen hier op elkaar. Hij heeft zijn best gedaan, maar kon het zich niet herinneren.'

'En uw vriendin zelf? Zij zou toch beter bekend moeten zijn in de regio.'

'Ze is er slecht aan toe. Ze kan nog niet praten.'

'Dat heb ik gehoord.' Chevalier pauzeert even. 'Voor ons is zo'n zaak heel frustrerend. Het wordt zo goed als onmogelijk om de daders te achterhalen.'

'U weet toch wie het zijn?'

'Twee van hen. Uw landgenoot Hugo Sanders en zijn Duitse vriend Kurt Wesemann, die mogelijk is doodgeschoten. Maar er waren meer mensen bij betrokken, toch?'

'Ja, nog twee anderen,' antwoord ik. 'Dat heb ik ook tegen uw collega's gezegd. De een was Franstalig, de ander heeft de hele tijd niets gezegd.'

'U kunt geen signalement geven?'

Ik aarzel. Zeg dan: 'Ik weet alleen ongeveer hun lengte

en ik heb hun postuur kunnen beschrijven. Daar kan de police nationale weinig mee, ze hebben meer informatie nodig.'

'Tja. Het zou echt enorm helpen als de plaats delict bekend werd. Laten we hopen dat uw vriendin snel bij kennis komt.' Hij schraapt zijn keel. 'Maar zeg eens, waarvoor wilt u mij eigenlijk spreken?'

'Het gaat over iets wat Dianne heeft geschreven. Een soort dagboek.'

'Een dagboek?'

'Zoiets. Er zit ook een lijst bij. Ik heb het gevoel dat het belangrijk is.'

Chevaliers ademhaling is hoorbaar. Langzaam zegt hij: 'U heeft een dagboek van uw vriendin gevonden, en een lijst.'

'Ja. Er staan allerlei namen en codes op, maar ik kan er niet goed wijs uit.'

Secondelang blijft het stil. Net als ik denk dat de verbinding is verbroken, zegt Chevalier: 'Konden de collega's van de police nationale daar niets mee?'

'Ik heb het nog niet met hen besproken. Ik zou het erg graag eerst aan u voorleggen.'

'Waarom?'

'Ik denk dat u als gendarme beter op de hoogte bent van wat er in uw gemeente speelt dan de landelijke politiedienst.'

'O, ja?'

'Maar als ik eerlijk ben, is het ook eigenbelang. Ik wil meer weten over wat Dianne bezighield. Waar ze mee bezig was. Als ik deze lijst aan de police nationale geef, dan nemen ze hem in beslag en hoor ik er waarschijnlijk nooit meer iets over. Ik zou hem daarom graag eerst met u doornemen. Als u dat wilt en er tijd voor heeft, uiteraard.'

Opnieuw is het enkele seconden stil. 'Wie is er verder nog op de hoogte van dit dagboek?'

'Nog niemand. Het leek me beter om…' Mijn stem hapert. 'Hoor ik nu iets? Luistert er iemand met u mee?'

'Nee. Onmogelijk.'

'O, oké. Morgenvroeg heb ik weer een gesprek met de police nationale. Is het te veel gevraagd om elkaar vandaag nog te treffen?'

'Waar bent u nu?'

'In het ziekenhuis.'

'Goed. Mooi.' Ik hoor zijn pen onregelmatig tikken op een hard oppervlak. Of zijn het zijn nagels? 'Kent u het B&B-hotel bij de rotonde? U komt er langs als u van de stad deze kant op rijdt.'

'Eh, ja, dat ken ik.'

'Kunt u daar over een uur zijn?'

Ik frons mijn wenkbrauwen. 'In een hotel?'

'Ik ben daar momenteel vlakbij aan het werk. Dus laten we elkaar de lange rit naar het bureau besparen.' Nu ik niets meer zeg, gaat hij door: 'De informatie die u heeft, kan gevaarlijk zijn. Ik wil u op het hart drukken het er met niemand over te hebben. Zelfs niet met uw vriend. Kom alleen, dan kijken we samen hoe dit het beste kan worden aangepakt.'

'Goed,' zeg ik. 'Zie ik u op de parkeerplaats of –'

'Zorg dat u er bent. Kwart over vier. Ik vang u daar wel op.'

45

Het betonnen complex wordt omsloten door uitbundig groeiende laurierstruiken. Erboven klappert een spandoek waarop de kamerprijzen staan vermeld. Het complex bestaat uit vier blokken van drie verdiepingen met een open trappenhuis in het midden, en doet me nog het meeste denken aan lowbudgetmotels uit Amerikaanse films – zo'n pleisterplaats van voortvluchtige criminelen en een toevluchtsoord voor koppels die wel zijn getrouwd, alleen niet met elkaar.

Dit soort hotels is het grootste gedeelte van de dag onbemand. Gasten kunnen terecht bij een automaat om een keuze uit de beschikbare kamers te maken, met hun creditcard te betalen en de sleutelcode in ontvangst te nemen.

Ik zet mijn auto in een hoek van de parkeerplaats. Het is tien voor halfvijf, ik ben te laat, maar Chevalier is nergens te bekennen. Ik rits mijn vest dicht tot onder mijn kin, vouw het plastic tasje dat ik bij me heb dubbel, en wacht.

Chevalier komt tussen de gebouwen door naar me toe. Hij loopt krachtig, met zijn voeten iets naar buiten gedraaid.

'Je bent alleen?'

Hij tutoyeert me weer. Net als tijdens ons gesprek in Diannes huis laat hij de omgangsvormen voor wat ze zijn.

'Ja,' zeg ik. 'Mijn vriend is in het ziekenhuis bij Dianne.'

Hij lijkt me amper te horen, kijkt om zich heen en is slecht op zijn gemak. Dan wenkt hij me met hem mee te komen.

Bij het trappenhuis gaat hij naast me lopen, een hand omsluit mijn bovenarm. Te zacht om er iets van te kunnen zeggen, te hard om het te kunnen negeren. Ik onderdruk de paniekerige neiging om me los te trekken.

We komen terecht op de derde verdieping, in een blauw met grijs gestoffeerde kamer met uitzicht op het trappenhuis.

Ik ben eerder in goedkope hotels geweest. Vaak genoeg, zelfs. Tijdens mijn studie was beknibbelen op hotelkosten de enige manier om toch een weekend of midweek in een grote Franse stad te kunnen doorbrengen. Slaapbunkers noemt mijn broer Dennis ze altijd, en slaapbunker is ook voor deze rechthoekige ruimte een toepasselijke benaming. De kamer stinkt naar sigarettenrook en doet schemerig aan. De dikke vitrage laat weinig licht van buiten door. Er staan twee eenpersoonsbedden met een nachtkastje ertussen, ertegenover is een bureaublad aan de muur bevestigd.

De familiekamer in het ziekenhuis was sfeervoller.

Chevalier wijst naar de enige stoel in de kamer. 'Ga zitten.' Met nijdige halen trekt hij de overgordijnen dicht en knipt het licht aan.

Ik schuif de stoel onder het bureaublad vandaan – die is veel zwaarder dan hij eruitziet – en neem plaats. Op het blad staat een plastic bekertje dat tot de helft is gevuld met water. Er drijven sigarettenpeuken in.

'De lijst?' Zijn ogen gaan koortsachtig naar de plastic zak in mijn hand.

Ik open de zak op mijn schoot en haal een stapeltje prints tevoorschijn.

'Heb je er kopieën van gemaakt?'

'Nee. Daar heb ik nog geen kans voor gehad.'

Hij grist de stapel uit mijn handen. Bladert door de A4'tjes. Chevaliers lichtblauwe diensthemd is iets te krap voor zijn torso, de stof trekt bij de oksels en op de borst.

'Dit is een vreemde taal,' zegt hij geïrriteerd. 'Ik kan dit niet lezen.'

'Het is Nederlands.'

Chevalier is aangekomen bij de lijst. Zijn ogen schieten over het papier. Dan draait hij de stapel om zodat de gedrukte kant naar mij toe is gericht. Zijn wijsvinger glijdt ongeduldig over het rechtergedeelte van de pagina. 'Wat staat hier allemaal? Achter de namen?'

'Dianne heeft, geloof ik, hun functies erbij gezet, en verder alles wat ze van de betreffende persoon heeft weten te achterhalen.'

Hij wuift met het pak papier. 'Weet je wat dit is? Heb je enig idee wat dit is?'

'Zeker weten doe ik het niet, maar ik vermoed dat Dianne lid is van een organisatie die zich ten doel heeft gesteld om in heel Europa terreur te zaaien onder bepaalde groepen boeren.'

'Maak je dat op uit de teksten?'

'Ja.' Het zweet staat in mijn handen, maar ik weet dat mijn gezicht nauwelijks enige emotie verraadt. Die pokerface die me zo vaak in de weg zit, komt me nu goed van pas.

Chevalier draait de stapel weer om en bladert rusteloos verder. Ook hij is nerveus. Nerveuzer dan ik. In de kamer is het niet veel warmer dan buiten, maar er verschijnen zweetdruppels op zijn voorhoofd, en onder zijn oksels beginnen zich donkere vlekken af te tekenen.

Ik weet waarnaar hij op zoek is.

En ik weet ook dat hij het zal vinden.

Hij verstart bij het zien van zijn eigen naam, die ikzelf vanochtend op de één na laatste pagina heb ingevoegd – inclusief zijn beroep, plus een vraagteken op de plaats van zijn functie.

'Ik vraag me alleen af waarom,' zeg ik. 'Uit ideologie?'

Een moment blijft hij als versteend staan. Dan buldert hij: 'Dit zegt niets!' Hij knijpt zo hard in de stapel dat die krakende geluiden maakt. 'Een naam op een of andere lijst! Wat een gelul. Niet te geloven. Wat wil je hier nu mee? Is dit bewijs of zo? Het is niets!'

Ik voel me danig geïntimideerd, toch blijf ik zitten. 'Als de police nationale niet weet waar ze moet gaan zoeken, zegt het inderdaad niet veel. Maar als ze wél een uitgangspunt heeft, een naam bijvoorbeeld, dan kunnen sommige kleine, onbeduidende feitjes bij elkaar opgeteld ineens boekdelen spreken.'

Hij schudt zijn hoofd. 'Gelul. Allemaal gelul.'

'Als je niets te verbergen hebt, waarom vroeg je me dan niet gewoon naar het bureau te komen?'

Hij zegt niets meer. Blijft nu alleen nog maar zijn hoofd schudden en ontwijkt mijn blik. Haalt veelvuldig zijn vingers door zijn haar.

Ik weet het nu zeker. Mijn vermoeden is juist geweest. Iemand die niets te verbergen heeft zou verbijsterd op mijn aantijging hebben gereageerd of misschien in de lach zijn geschoten. Chevalier is volop bezig zijn verdedigingsmuren op te trekken.

Doorgaan nu. 'Jij was erbij in die kelder. Je stond rechts van de deur terwijl ik werd ondervraagd, met een zwijnenmasker op en oude kleren aan. Maar ik herkende je aan je gestalte. En aan je manier van lopen.'

Chevalier schrikt nu zichtbaar, zijn helbruine ogen lichten even op.

Mijn hart klopt niet meer zo hoog en beverig in mijn

borst. Ik voel me sterker worden. En kwader. Scherper en helderder. Ik walg van deze man. 'Ik ga tegen je getuigen. Ik zal je aanwijzen als een van de vier mannen die bij die afschuwelijke ondervraging aanwezig waren. Hoeveel mensen van die lijst zullen jou nog meer aanwijzen? Of denk je dat ze jou allemaal in bescherming zullen nemen, ten koste van zichzelf?'

Hij pakt een sigaret uit zijn borstzakje. Kijkt ernaar. Stopt hem weer terug. Zijn hand trilt.

'Ik heb me de hele tijd afgevraagd wat je ertoe heeft gedreven om je bij zo'n beweging aan te sluiten,' zeg ik. 'Hoe iemand ertoe komt om misdaden te plegen als het juist zijn vak is om mensen te helpen, om ze te beschermen. Was het uit ideologie? Was je zo sterk tegen –'

'Ideologie?' Hij glimlacht vreugdeloos en schudt zijn hoofd. Dan pakt hij alsnog de sigaret uit zijn borstzak en steekt hem op. Blaast de rook langzaam uit en kijkt door een wervelende grijze mist in de richting van het raam. 'Misdrijven worden om uiteenlopende redenen gepleegd, denk je. Maar uiteindelijk is alles terug te voeren op dezelfde drijfveren: macht, geld of liefde. Zo is het altijd geweest en zo zal het altijd blijven.'

'En welke van de drie was het?'

'Wie zegt dat het er één was?' Hij kijkt me ineens recht aan. Ik weet niet wat de plotselinge omslag in zijn gedrag heeft veroorzaakt, wel dat die me alarmeert.

'Maar goed,' gaat hij door, en hij neemt een trek van zijn sigaret. 'Geld was wel een van de redenen. Die lui hebben allemaal wel ergens een oude sok liggen. Vernieling en inbraak kun je aangeven, maar diefstal van zwart geld ligt toch even wat gevoeliger, hè?'

'Je beróófde die boeren? Mensen uit je eigen dorp?' Onwillekeurig schieten mijn ogen naar de deur.

Hij grinnikt vreugdeloos. 'Ach. Zie het als een bonus. Met dat ingeschaalde klotesalaris van me kan ik het beter gebruiken dan zij. Bernard Bonnet was rijk. Die man had onbehoorlijk veel land. Een bloeiend bedrijf, kun je wel zeggen.' Hij pauzeert, zijn ogen glinsteren vervaarlijk. 'En er groeide en bloeide nog veel meer onder zijn eigen dak dan hij voor mogelijk hield.'

'Zijn vrouw was zwanger,' fluister ik.

'Vier maanden pas.' Chevalier tikt de as af boven het plastic bekertje en volgt de zinkende asdeeltjes met zijn ogen. 'We hadden iets moois samen, Patricia en ik.'

'Was ze zwanger van jóú?'

Hij kijkt me vanuit zijn ooghoeken aan. 'Verbaast je dat?'

Ik maak een laf, onbestemd hoofdgebaar en haal halfslachtig mijn schouders op. Weer schieten mijn ogen naar de deur. Hoor ik daar mensen? Misschien was het toch niet zo'n goed idee om hiernaartoe te komen. Ik was ervan overtuigd dat ik weinig risico zou lopen. Als ik mijn hoofd erbij zou kunnen houden, zou ik het altijd van hem winnen.

Nu weet ik dat niet meer zo zeker.

'Bernard wist het niet,' gaat Chevalier door. 'Hij wist niet eens dat ze zwanger was. Het was ook niet de bedoeling dat hij het te weten zou komen. Voordat het zichtbaar zou worden, zou Bernard namelijk uit de weg geruimd zijn door Hugo.'

'Waarom?' vraag ik, maar mijn stem klinkt lang niet zo vast als ik zou willen. Ik schraap mijn keel luidruchtig en herhaal: 'Waarom zou Hugo dat doen? Wat had die man hem misdaan?'

Als Chevalier mijn onrust al heeft opgemerkt, laat hij dat niet blijken. 'Hugo wist van Laurent dat die zelfingenomen klootzak met genetisch gemanipuleerde maïs rommelde. Ik heb dat vuurtje nog een beetje verder opgestookt door hem in te fluisteren dat Bernard Bonnet een voorbeeldfunctie had voor de boerengemeenschap, mensen keken huizenhoog tegen die man op. Het was dus een kwestie van tijd of die Amerikaanse rotzooi zou zich als een virus door de hele regio verspreiden.' Hij grinnikt. 'Niet dat dat mij ook maar ene moer kan schelen. Maar het maakte hún wel uit, hè. En daar ging het om. Dan hoefde ik mijn handen niet vuil te maken. Want in tegenstelling tot mijzelf is *notre* Hugo wél een idealist – een gestoorde idealist, maar dat spreekt voor zich.'

'Je hebt die activisten voor je privékarretje gespannen.'

'Wat maakt het uit? Iedereen zou er beter van worden. Patricia zou me met open armen hebben ontvangen. Ik kon zó Bernards plaats innemen. Gespreid bedje: zijn vrouw, zijn huis, zijn land en zijn hele bedrijf.'

Ik veer op. 'Wíst ze het? Wist Patricia Bonnet dat jullie haar man gingen vermoorden?'

Chevalier kijkt me strak aan. 'Nee. Natuurlijk niet. Ze stond er helemaal buiten, ze wist er niets van af.' Hij leunt tegen het muurtje naast de deur, zijn benen gekruist. Als je het geluid weg zou laten, zou je zweren dat deze man gewoon een praatje maakte, volkomen op zijn gemak.

Deze ontspannen houding en zijn gepraat verontrusten me meer dan zijn uitbarsting van zo-even. Want waarom zou hij mij het achterste van zijn tong laten zien, terwijl ik hem net heb verteld dat ik tegen hem wil gaan getuigen?

Dat kan maar één ding betekenen.

Alles in me schreeuwt dat ik moet maken dat ik wegkom. Rennen, nu het nog kan.

Maar ik blijf zitten, met een bijna bovenmenselijke inspanning.

Zijn ogen dwalen af. 'Ik heb altijd al zo'n groot boerenbedrijf willen hebben. Ik heb alleen nooit de kruiwagens gehad die Bernard hebben geholpen. Mijn vader was net als ik gendarme in dit dorp, en denk maar niet dat je dan ooit een meter land van een boer gekocht krijgt. Goede grond blijft in de familie, tot de allerlaatste centimeter. Daar komt geen buitenstaander tussen.'

Ik heb mijn stem hervonden, maar hij klinkt schor. 'Kennen jullie elkaar goed? Bernard Bonnet en jij?'

'Goed?' Hij snuift. 'Jarenlang heb ik bij hem in de klas gezeten. Bij dat omhooggevallen stuk onbenul.'

'Waarom moest zij dood? Wat had zij misdaan?'

'Niets.' Er trekt een schaduw over zijn gezicht. 'Patricia had daar helemaal niet moeten zijn, ze had er niets van mogen weten. Maar ze was er wel. Ze zag Hugo en die vriendin van je. En ze zag mij. Alles liep uit de hand. Ik moest iets doen.'

Mijn mond valt open. Vol afschuw staar ik hem aan. Ik wist van tevoren dat ik een ontmoeting zou hebben met een misdadiger, met iemand die terroristen helpt. Maar *dit*?

De man die tegenover me staat is een nog veel groter monster dan ik me in de meest negatieve beschouwing had kunnen voorstellen.

Het was Chevalier zelf die me op het politiebureau vertelde dat de vermoorde vrouw zwanger was. Hoe noemde hij het? *De gruwelijkste zaak uit mijn hele carrière.*

'Jíj hebt Patricia vermoord? Terwijl ze zwánger van je was?!' De emotie slaat op mijn stem, die wordt steeds heser. 'Mijn god! Je hebt je eigen kind vermoord!'

'Ik ben er niet trots op.' Hij loopt naar het bureau en laat zijn peuk in het bekertje vallen. De brandende punt dooft sissend. 'Soms moet je drastische maatregelen nemen om grotere schade te voorkomen.'

Als hij zich omdraait, is de blik in zijn ogen veranderd. Er sluimert een kilte in die ik tot diep in mijn botten voel.

Dit is zijn ware hoedanigheid, schiet het door me heen. Ik kijk nu recht in zijn amberkleurige, verkilde ziel.

Zelfs de omgeving lijkt op de plotselinge verandering van zijn gemoed te reageren. Als bij een drukverschil klinken geluiden van buiten vervormd, de muren lijken elk geluidje te weerkaatsen.

'Dat is wat ik nu ook met jou moet doen,' zegt hij. 'Drastische maatregelen nemen om grotere schade te voorkomen. Want als deze lijst bij de police nationale terechtkomt, is mijn leven voorbij.' Hij komt een stap dichter naar me toe en zijn uitdrukking heeft nu helemaal niets menselijks meer.

Ik spring op van de stoel, paniekerig kijk ik naar de deur. Ik hoor niemand lopen daarbuiten.

Waarom gebeurt er niets?

Langzaam wijk ik achteruit. Via het bed moet ik bij de deur zien te komen, er is geen andere weg; ik moet een schijnbeweging maken, boven op het matras springen en dan in één grote sprong…

'Je bent politieagent,' fluister ik. 'Je kunt dit niet doen.'

Angstvallig houd ik de deur in de gaten. Hoor ik iets op de galerij? Is er iets misgegaan?

Waarom heb ik geen pepperspray meegenomen?

Voor ik weg kan springen, pakt hij mijn jas beet en trekt me naar zich toe. Er zit zoveel kracht achter dat hij mijn jas en het vest dat ik eronder draag opentrekt.

Het microfoontje dat op mijn borstbeen is vastgeplakt wordt losgerukt en valt naar voren. Het blijft hangen aan de bedrading.

Verwilderd staart Chevalier me aan, zijn ogen groot van ongeloof. 'Wel gódver…'

Op dat moment wordt de deur geforceerd en explodeert de kamer in scherven van licht en geschreeuw.

46

Ik word opgevangen door rechercheur Gérard Godin. Hij slaat een arm om mijn schouders en leidt me weg van de hotelkamer, de trappen af, naar de parkeerplaats.

Het is gaan waaien. Er hangt een egaal grijs wolkendek boven de stad waarin de zon zich aftekent als een zwakke, bleke schijf.

Beneden staat een politievrouw op ons te wachten. Zij heeft me eerder van de zender voorzien. Haar glimlach grenst aan glunderen. 'Fantastisch, wat u heeft gedaan. Echt fantastisch,' zegt ze, en haar stem slaat over van enthousiasme, terwijl ze de draden onder mijn kleding vandaan haalt. 'U mag trots op uzelf zijn.'

Ik knik haar toe, half verdoofd. Er komen geen woorden over mijn lippen.

Om ons heen rennen agenten opgewonden de trap op en af. Ik hoor blikkerige stemmen in walkietalkies. De parkeerplaats is afgezet met linten, die wapperen in de wind. Bij een aantal politieauto's staan de zwaailichten aan.

Ik kan amper geloven dat het voorbij is. Het is onwezenlijk, alsof ik geen deel uitmaak van deze scène, maar als een geest rondzweef, diffuus en gewichtloos.

Godin neemt me mee naar een politiebusje dat een paar plaatsen van mijn eigen auto geparkeerd staat. Een geüniformeerde agent haast zich om de zijdeur voor ons open te schuiven.

'Na u,' zegt Godin.

Ik stap in en ga zitten op een van de banken. Aan weerszijden van het busje bieden de ramen uitzicht op de parkeerplaats. De hotelkamer is vanaf hier niet te zien, die ligt in het hart van de vier gebouwen. Bij de ingang van het parkeerterrein staan passanten zich te vergapen; een agent houdt er de wacht en zorgt dat niemand dichterbij komt. Een paar van zijn collega's praten in hun walkietalkies. Maar allemaal kijken ze verwachtingsvol omhoog naar de derde verdieping van het trappenhuis, waar Chevalier elk moment tevoorschijn kan komen.

Ik merk pas hoezeer ik tril als ik een plastic bekertje koffie van Godin wil aannemen. Hij zet het uiteindelijk op het tafelblad voor me neer.

De eerste tranen glijden over mijn wangen. Ik veeg ze weg met de rug van mijn hand. Haal mijn neus op. Er komen meer tranen. En nog meer. Ik blijf ze wegvegen, eerst met mijn handen, daarna pak ik de manchet van mijn vest beet en gebruik mijn mouw als zakdoek.

Godin schuift me een pakje papieren zakdoekjes toe. 'Dat is heel bijzonder, wat u net heeft gedaan.'

Ik knik alleen maar. Zijn woorden dringen niet echt tot me door. Ik heb me dagenlang goed gehouden, nu lukt het niet meer. Ik val in stukken uit elkaar.

Godin geeft me de ruimte. Hij drinkt zijn koffie op en creëert een cocon van stilte en rust te midden van de euforische hectiek.

Pas als mijn tranenvloed is afgenomen, gaat hij verder. 'Ik ben onder de indruk. Er zijn doorgewinterde agentes in ons korps die dit toneelstuk minder overtuigend gespeeld zouden hebben dan u.'

Ik schrik van zijn hand op mijn arm. Als ik opkijk, zie ik een gezicht waar de geestdrift van afspat.

Godin kijkt me aan alsof ik een beroemde popster ben met wie hij even alleen mag zijn. Zijn lachrimpels worden dieper. 'We gingen deze opzet aan in de hoop een politiefunctionaris te kunnen pakken die hulp verleent aan extremisten. En de eerlijkheid gebiedt te zeggen dat we onze twijfels hadden. Uiteindelijk hebben we een moordbekentenis op de band staan.' Hij knijpt even in mijn onderarm. 'Echt geweldig. Fantastisch gewoon.'

Ik voel me verlegen worden onder zijn aandacht. Ik pak een nieuw zakdoekje en snuit mijn neus. Prop het vochtige papiertje tot een bal in mijn handen en staar uit het raam. De hemel is donkerder geworden en het is harder gaan waaien. Het spandoek met de kamerprijzen klappert heen en weer in zijn aluminium frame. Er is storm op komst, of een zware regenbui.

'Het ging om geld,' zeg ik mat.

'Terwijl u daarbinnen was, hebben collega's huiszoeking gedaan in zijn bungalow. Er is meer dan 25.000 euro aan contanten gevonden onder een luik in de garage. Hij zal er een harde dobber aan hebben ons uit te leggen hoe hij daaraan komt.'

'Zijn Hugo en Kurt gevonden? En die andere man, Laurent?'

'Laurent zit vast. Hij wordt momenteel verhoord. Hugo en Kurt waren niet in het huis. Er is een hondenteam aan het zoeken in de directe omgeving, maar ik verwacht er niet veel van.'

Ik heb tegen Chevalier niet alleen gelogen over het voorkomen van zijn naam op Diannes lijst, maar ook over het landhuis. Erwin en ik kenden de exacte locatie dan wel niet, mijn omschrijving van de voorzijde van het huis was dusdanig secuur, dat het in combinatie met de afstand naar het ziekenhuis al snel door een van de politiemensen werd herkend en aangewezen.

'Er is een opsporingsbevel uitgegaan. *On verra* – we zullen zien.' Godin werpt zijn koffiebekertje in een afvalbak.

Op de parkeerplaats ontstaat consternatie als Chevalier verschijnt: met het gebogen hoofd van een verslagen man, geboeid, geflankeerd door mensen van de police nationale. Hij neemt logge, maaiende passen.

Die typische manier van lopen heeft hem verraden, daardoor had ik dat déjà vu in de kelder van het landhuis.

'Soms heb ik er moeite mee dat de doodstraf is afgeschaft,' mompelt Godin.

Chevalier wordt in een donkere bus zonder ramen geduwd. Vrijwel meteen wordt het voertuig gestart en rijdt het parkeerterrein af. Het afzetlint wordt opgeruimd. Twee politiewagens rijden achter elkaar weg.

Ik kijk naar de hemel. De schemering is ingevallen.

'Heeft u mij nog ergens voor nodig?' vraag ik.

'Vandaag niet meer. Kan ik u misschien iets te drinken aanbieden? Een *apéro* voor de schrik? Dat heeft u wel verdiend.'

'Nee, dank u wel.' Ik snuit mijn neus in het laatste papieren zakdoekje uit de verpakking. 'Ik wil terug naar het ziekenhuis. Naar Erwin. En naar Dianne.'

47

De aarde voelde vochtig, rul en koud onder onze voeten. We stonden vlak bij de waterkant en werden omsloten door rietkragen, struiken en bomen. Tussen het riet dreef een dode karper, stijf en glansloos, met ogen als blauwgrijze kapjes.

'Hier, Eva,' fluisterde Dianne. 'Hier doen we het.'

Ik keek om me heen. Ze had gelijk. Dit was een uitstekende plek. Het grasveldje was niet meer zichtbaar. We hoorden de moeders en hun kinderen nog wel, maar hun stemmen klonken vaag en onduidelijk. Zeilers en surfers tekenden zich af als witte vlekjes op de uitgestrekte plas.

Diannes gezicht stond serieus. In de harde schaduw van de bomen leken haar sproeten donkergrijs. Het aardappelschilmesje lag losjes in haar hand. Er kleefde bloed aan het lemmet. Mijn bloed.

'Zal ik verdergaan bij mezelf?' vroeg Dianne.

Ik knikte.

De huid op mijn handpalm plakte aan elkaar. Gebiologeerd bekeek ik het wondje. Het was een dun lijntje, niet langer dan een nagel, en toch was er zoveel bloed uit gestroomd.

Ik had geprobeerd om niet te gillen toen Dianne het mes erin zette, maar dat was niet gelukt. Een paar moeders hadden ongerust opgekeken. Zo onopvallend mogelijk hadden we het mesje in Diannes badhanddoek gerold en waren we van het grasveldje weggelopen.

Nu waren we hier.

Geconcentreerd zette Dianne de punt van het mesje in haar linkerhandpalm. Haar wenkbrauwen gefronst, haar donkere haren vielen in plukken over haar voorhoofd en wangen. Ze duwde door. Ik zag hoe de punt in haar huid drukte, steeds dieper en verder, tot de rek eruit was.

Dianne siste. Haalde zwaar adem. Sneed toen in één beweging vanaf het midden van haar hand in de richting van haar pols.

Ik sloeg mijn handen voor mijn mond.

Bloed welde op uit de snee. Een helderrood straaltje stroomde over haar pols.

'Zo,' zei ze, ademloos. 'Gelukt.' Ze keek op. Verwilderd, opgetogen. Reikte me het mesje aan. 'Nou jij.'

Ik deed wat zij had gedaan. Zette het mes tegen de huid van mijn handpalm. Duwde het in de richting van de snee die ze eerder, op het veldje, al had gemaakt. Duwde harder.

Een gemene pijn trok door de zenuwen van mijn hand en schoot door tot mijn elleboog.

Ik schrok.

Trok het mesje terug.

Schudde mijn hoofd, paniekerig. 'Ik durf niet.'

Dianne keek somber naar me. Ze stond daar, ondersteunde haar bloedende hand met haar andere hand. Zei niets.

Zij had het wel gedaan.

Ik kon niet achterblijven.

Dan zou ik haar verraden.

'Oké, oké,' fluisterde ik, en ik klemde mijn kaken op elkaar. Haalde diep adem. Schokkerig. Nog een ademteug. En nog één.

Doe het.

Niet nadenken, Eva.

Doe! Het! Nu!

Met mijn ogen stijf dicht trok ik het mes door de huid van mijn handpalm. Ik voelde warm vocht over mijn vingers stromen, toen liet ik het mes uit mijn handen vallen. Ik huilde geluidloos en beefde – meer van schrik dan van de pijn.

Maar ik had het gedaan.

Dianne stak haar bloedende hand omhoog. Ik drukte de mijne ertegen.

Minutenlang bleven we zo staan.

'Ons bloed gaat nu door elkaar,' fluisterde Dianne. Ze keek me indringend aan, door een gordijn van haarslierten.

Ik was pas negen, maar me ten volle bewust van de plechtigheid van het ritueel en de onverbrekelijke band die we samen smeedden. Ik wist heus wel dat het op zijn zachtst gezegd niet normaal was wat we deden, maar ik wist tegelijkertijd dat we dit moment in onze herinnering zouden koesteren. Dit was ons geheim, onze band ging vanaf nu verder dan vriendschap.

Dianne haalde onze handpalmen van elkaar af.

De wondranden stonden open en er kwam vers bloed naar buiten. Ik begon me licht in mijn hoofd te voelen. Ik was bang dat ik flauw zou vallen.

Met een van pijn vertrokken gezicht duwde ze haar duim tegen de rand van haar eigen wond. Het bloed welde op en liep van haar hand af, druppelde op het zand. 'Jij ook,' zei ze, en ze knikte me toe.

Ik keek naar de druppels bloed die in de aarde voor onze voeten vielen.

'Dit is voortaan onze plek,' zei ze fluisterend. 'Als we elkaar ooit uit het oog verliezen, laten we hier een boodschap achter. Zo kunnen we elkaar nooit kwijtraken.'

Ik strekte mijn arm en deed haar na. Tranen rolden over mijn gezicht. Het deed zeer, het deed verschrikkelijk veel zeer. Tegelijkertijd zwol ik van trots.

Dianne en ik waren zussen geworden.

48

Het is donker als ik bij de hoofdingang van het ziekenhuis uit een dienstwagen stap.

Ik haast me naar binnen.

Volgens de klok in de centrale hal is het kwart over zes. Ik heb Dianne niet meer gezien sinds ik vanochtend werd opgehaald door de police nationale.

Erwin is de hele dag bij haar geweest. Dat heeft hij me vanochtend met de hand op het hart moeten beloven: hij zou steeds in de buurt blijven en zelfs niet naar de kantine gaan om eten te halen.

Ik ben te ongedurig om tussen de bezoekers en mensen in witte jassen op de lift te wachten, neem de trap naar de eerste verdieping en kom bijna buiten adem op de afdeling aan. Ongerust draaf ik door de gangen naar het achterste gedeelte van de ic.

Het doet me hier denken aan de zeedierenafdeling van een dierentuin, de patiëntenkamers lijken op immense aquaria en ze worden door glazen tochtsluizen gescheiden van de gang. Ik let niet op andere zieken, maar loop meteen door naar Diannes kamer, de één na laatste.

De bank voor Diannes kamer is leeg.

Erwin zou hier moeten zijn. Hij had het me beloofd.

Eén blik door de twee ruiten heen maakt me duidelijk

dat ook Dianne hier niet meer is. Het bed is weg. Langs de gele muren staat nog wat apparatuur, maar er branden geen lampjes, de monitoren zijn uit en de snoeren liggen opgerold boven op de machines.

Er is niemand.

Ik loop terug door de lange gang, kijk links en rechts, in de hoop Dianne in een van de bedden te zien. Dat is niet zo. De vijf patiënten die op de ic liggen, zijn allemaal mannen.

Als ik bijna bij de afdelingsbalie ben, komt een verpleegster de gang op gelopen. Zodra ze me ziet, betrekt haar gezicht.

'Waar is Dianne?' Ik merk nauwelijks hoe hijgerig mijn stem klinkt. 'Vanochtend lag ze nog daar.' Ik wijs naar waar ik vandaan kom.

'Bent u de zus van mevrouw Van den Berg?'

Ik knik ongeduldig.

Ze slaat haar ogen even neer, kijkt me dan weer aan. Bruine, zachtaardige ogen. 'Komt u maar mee, mevrouw.'

Ik drentel achter haar aan. De route die we lopen, komt me bekend voor. We zijn onderweg naar de familiekamer. Heel even flakkert er een vlammetje hoop op in mijn hart, dat meteen wordt gedoofd door realiteitszin. Dianne kan niet nu al ontslagen zijn. Het is onmogelijk dat ze daar nu met Erwin op mij zit te wachten.

Ze heeft vannacht een operatie ondergaan die bijna zes uur duurde.

Ze is doodziek.

Levensgevaarlijk gewond.

De verpleegster knikt naar de deur. 'Uw vriend is daar. Ik haal de arts erbij.'

Ik zie meteen aan Erwins gezicht dat het mis is.

Hij legt een tijdschrift naast zich neer en staat op van het bed. Komt op me af gelopen en slaat zijn armen om me heen. Drukt me tegen zich aan. Legt zijn kin op mijn hoofd en begint over mijn rug te wrijven. 'Sorry, meid. Sorry.'

'Waar is ze? Hoe…?'

'Ze hebben haar niet kunnen redden.'

TIEN DAGEN LATER

49

Mijn ouders zitten tegenover me aan de keukentafel. Er staat een pan dampende hutspot tussen ons in, met een schaal verse worst die glanst van het vet. De ramen zijn beslagen en de geur in het huis herinnert me aan vroeger, toen alles nog overzichtelijk was en iedereen zijn vaste rol had in het geheel.

'Ik moest van Dennis horen dat je bent ontslagen,' zegt mijn vader.

'Sorry, ik had het jullie moeten vertellen. Ik ben er niet zo mee bezig, momenteel.'

'Dat begrijp ik,' zegt mijn moeder.

Een poosje wordt er niet gepraat. Messen en vorken schrapen over de geglazuurde borden. Ik pak een glazen kommetje appelmoes en kaneelpoeder van de onderzetter, schuif de helft van de inhoud op mijn bord en meng het door mijn hutspot.

'Maar toch,' sputtert mijn vader tegen. 'Ik had het fijner gevonden als je zulke dingen gewoon tegen ons zou zeggen.'

Mijn moeder valt hem bij: 'Ja, dan hadden we ons abonnement op die rotkrant meteen opgezegd.'

'En een brief geschreven dat de kwaliteit van de artikelen sinds kort achteruit is gehold.'

Terwijl ik naar mijn ouders kijk in het gele licht van de

hanglamp, allebei oprecht verontwaardigd, word ik overspoeld door een warm gevoel. Tot voor kort vond ik het normaal dat deze twee mensen er altijd voor me waren. Heel gewoon. Ik dacht er niet eens over na.

Na Diannes crematie ben ik er anders tegenaan gaan kijken – realistischer. Het is helemaal niet vanzelfsprekend dat er mensen in je leven zijn die onvoorwaardelijk van je houden, die je door en door kunt vertrouwen en die je altijd zullen steunen. Onvoorwaardelijke liefde is bijzonder, kostbaar, hartverscheurend mooi en dat heb ik nooit ingezien, of in elk geval onvoldoende op waarde geschat. Terwijl ik toch genoeg verkeerde voorbeelden om me heen heb gezien. Ik geloof bijvoorbeeld niet dat ik Diannes ouders ooit heb kunnen betrappen op bezorgdheid om hun dochter of oprechte interesse in haar. Dat was wat ze bij ons vond: liefde en acceptatie. Een warm nest.

'Misschien teken ik wel protest aan,' zeg ik.

'Protest? Je had toch een tijdelijk contract?'

'Klopt. Maar ik heb nooit de kans gekregen om me te bewijzen. Sjef herschreef mijn stukken. En daar werden ze niet beter van.' Strijdbaar neem ik een slok van mijn melk.

Mijn moeder heeft ooit een tv-programma gezien waarin werd aangetoond dat de calcium uit melk zich aan vet bindt. Drink je tijdens een vette maaltijd melk, dan blijft er minder vet in je lichaam achter dan wanneer je water of wijn zou drinken. Sindsdien staat er standaard een pak melk op tafel bij het avondeten.

Mijn vader verheft zijn stem. 'Dat heb je ons nooit verteld. Dat die kerel in jouw werk zat te rommelen.'

'Waar haalt-ie het lef vandaan?' valt mijn moeder hem bij. 'Zoiets doe je toch niet?'

Ik haal mijn schouders op. 'Op zich is dat normaal hoor, mam. Eindredacteuren zijn verantwoordelijk voor de koppen boven de artikelen. En ze korten je stukken eigenlijk altijd in. Alleen maakte Sjef het wel erg bont.' In gedachten voeg ik eraan toe: *en bovendien is hij geen eindredacteur.*

'Neem nog wat worst,' zegt mijn moeder. 'Er is genoeg.'

Automatisch prik ik een stuk aan mijn vork en snijd het in plakken. Ik heb de eerste hap nauwelijks doorgeslikt als mijn mobiel gaat. Met duim- en wijsvinger diep ik hem op uit mijn broekzak en kijk op het schermpje. Nul-nul-drie-endertig – een Frans nummer.

'Sorry, dit moet ik aannemen.' Ik schuif mijn stoel naar achteren en loop naar de gang. Sluit de deur achter me.

'Mademoiselle Lambrèk? Is alles goed met u?'

Vreemd, om de stem van Gérard Godin te horen in de gang van mijn ouderlijk huis.

'Jazeker. En met u?'

'Prima. Ik bel in verband met de zaak. Ik had beloofd u op de hoogte te houden.'

Ik omvat de telefoon met beide handen. 'Is er nieuws?'

'Inderdaad. Het gaat om Hugo Sanders. Hij zit vast op het bureau. We hebben hem kunnen arresteren.'

'Geweldig! Wat fantastisch!'

'Het zal alleen een hele dobber worden om hem veroordeeld te krijgen, want het enige bewijs dat we tegen hem hebben zijn de e-mails van uw overleden vriendin en de mondelinge getuigenis die ze aan u heeft gedaan. Dat is te weinig, ben ik bang.'

'Er moet toch meer zijn? Die man is levensgevaarlijk. Hij heeft eerder mensen vermoord, niet alleen in Frankrijk. En –'

'Alle bewijs dat we tegen hem hebben, is indirect. We hebben iets tastbaars nodig om hem langer in voorarrest te houden. Sporen, DNA of een moordwapen dat we met hem in verband kunnen brengen. Momenteel kunnen we niets hard maken. Hij zegt niets, laat niets los.' Godin stoot een geërgerde grom uit. 'En er lopen hier twee topadvocaten rond die alles uit de kast halen om hem zo snel mogelijk vrij te krijgen.'

'Dat mag niet gebeuren!'

'Daar doen we onze uiterste best voor.'

'En Kurt Wesemann? Weet u al iets meer over hem?'

'Zijn lichaam is gevonden door de hondenbrigade. Het lag op nog geen halve kilometer van het landhuis in een rotsspleet. Sectie heeft uitgewezen dat hij door schotwonden om het leven is gekomen. We onderzoeken nog of die schoten, conform uw verklaring, uit noodweer door uw overleden vriendin kunnen zijn afgevuurd. Er is alleen geen spoor van het moordwapen.' Ik hoor een klokkend geluid. Godin neemt ergens een paar slokken van. 'We hebben wel een verklaring van Florian Chevalier. Hij had op zich niets te maken met de groepering in groter verband, maar hield ter plaatse de doelwitten in de gaten, wist wanneer er niemand thuis was en tipte de groep zodat die in alle rust kon opereren. Nadat zij waren vertrokken, liep hij de plaatsen delict na op sporen en bewijsmateriaal. Daarvoor werd hij betaald. En hij roofde de kluizen en oude sokken van die arme gedupeerden leeg, natuurlijk. De man zorgde goed voor zichzelf.'

'Ik heb van Dianne begrepen dat Chevalier veel contact had met Hugo. Kan Chevalier niet tegen hem getuigen?'

Een schamper gegrinnik. 'Dat heeft hij in wezen al gedaan, gedeeltelijk. In de hotelkamer zinspeelde hij erop dat Sanders de moord op Bernard Bonnet had gepleegd. Maar dat alleen is niet voldoende. Voorlopig hebben we alleen de zaak tegen Chevalier, voor de moord op Patricia Bonnet.' Er klinkt een zucht. 'Maar goed, ik ga maar weer eens verder. Mocht u nog iets te binnen schieten…'

'Dan bel ik meteen. Maar u weet alles al.'

We verbreken de verbinding nadat Godin me heeft verzekerd dat hij weer contact zal opnemen zodra er nieuws is.

Ik blijf een paar minuten stil in het donker voor me uit staan kijken voor ik terug de keuken in loop.

'Dat klonk als een telefoontje uit Frankrijk,' merkt mijn vader op.

'Klopt.' Ik neem plaats aan de keukentafel en schraap de laatste restjes hutspot op mijn vork.

Mijn moeder is al aan het afruimen. 'Iets over Hugo Sanders?' vraagt ze, terwijl ze mijn lege bord wegpakt.

'Ze hebben hem gearresteerd.'

'Mooi zo! Dat ze hem maar voor de rest van zijn leven vasthouden.'

Ik knik instemmend en zeg maar niets over de magere bewijslast en de topadvocaten. Hugo's vader zal alles op alles zetten om zijn gemankeerde zoonlief uit de klauwen van de wet los te wrikken. Grote kans dat hij daarin slaagt.

De man is exorbitant rijk. Afgelopen week heb ik hem en zijn bedrijven uitgebreid gegoogeld en ben erachter gekomen dat de familie in vijf landen onroerend goed bezit. Het zou me niet verbazen als dat indrukwekkende landhuis in Frankrijk ook van de familie Sanders zou blijken te zijn.

'Koffie, Eva?'

'Ja, graag.'

Neuriënd past mijn moeder de bonen voor het espressoapparaat af, terwijl mijn vader de pannen in de afwasmachine zet. De sfeer is zo gemoedelijk dat ik er bijna argwanend van word.

Ik kan niet goed inschatten of mijn ouders gestopt zijn met bekvechten omdat de therapie werkt, of dat ze zich alleen maar inhouden omdat ik er ben. Misschien is de wapenstilstand wel het gevolg van de shock die Diannes dood heeft teweeggebracht, en het daaropvolgende besef dat ze mij net zo goed hadden kunnen kwijtraken. Misschien zijn ze zo geschrokken dat ze hun prioriteiten hebben herzien en nu begrijpen dat de dagen veel te kostbaar zijn om ze kibbelend en mokkend door te brengen.

Als ik zie hoe gelukkig ze nu zijn en hoe zorgeloos ze zich gedragen, weet ik dat ik er goed aan doe om hun niet alles te vertellen. Laat hen maar denken dat Hugo veilig en wel is opgeborgen en nooit meer vrijkomt. Laat hen maar denken dat Dianne niets verkeerds heeft gedaan, dat ze alleen maar op het verkeerde moment op de verkeerde plaats was. Zevenentwintig jaar lang hebben deze twee mensen geprobeerd me te behoeden voor slecht nieuws en sombere vooruitzichten – nu doe ik hetzelfde voor hen. Het is geen grote opgave. Dat is het ook niet om mijn gezicht hier wat vaker te laten zien. Nu Dennis in Nijmegen woont en Charles in Amsterdam, ben ik de enige nestverlater die nog in de buurt van het ouderlijk nest rondfladdert.

Het besef dat Dianne, die er evengoed bij hoorde, nooit meer op dit nest zal neerstrijken, hangt onuitgesproken tussen ons in.

Ruim een uur later vertrek ik op de fiets naar huis. Het is al donker, maar dat deert me niet. Als het noodlot toeslaat, weet ik nu, dan is dat lang niet altijd in duistere steegjes – mijn ontvoerders kwamen op klaarlichte dag een afgesloten woning binnen.

Ik duw mijn fiets naast me het halletje in en sluit de voordeur achter me. Het profiel van de banden laat een nat spoor achter op de houten vloer in de woonkamer. Ik zet de fiets tegen de muur in de achtertuin. Die is nu redelijk toonbaar.

Afgelopen week heb ik alles opgeruimd: ik heb het doorweekte stuk vloerbedekking weggegooid en de bierkratjes teruggebracht naar de supermarkt, het onkruid met een mesje tussen de tegels uit gesneden en alles geveegd. Het lijkt nu wat minder op de tuin van een studentenhuis, vind ik.

Binnen schenk ik een glas Bacardi-cola in en loop de trap op, knip het licht aan en schiet in een trainingspak. In kleermakerszit plof ik op bed neer, klap mijn laptop open en ga verder waar ik vanmiddag ben opgehouden. Het dossier dat ik heb opgebouwd, begint behoorlijk omvangrijk te worden.

Uren verstrijken. Regelmatig lukt het me niet om de letters te lezen en worden foto's op het scherm wazig. Verdriet laat zich niet wegdrukken, weet ik nu. Het is er altijd, onafgebroken. Soms in de hoedanigheid van een zacht zeurende, chronische pijn die je gemakkelijk even kunt vergeten, dan weer als een verse, open wond in de diepste lagen van de ziel, daar waar geen pleister bij kan en geen pijnstiller krachtig genoeg voor is.

Met mijn mouw veeg ik de tranen weg.

De hele nacht blijf ik op, terwijl de regen op het dakraam roffelt. Ik zit als een standbeeld in de slaapkamer, in een cocon van blauw licht, het glas binnen handbereik. Mijn vingers ratelen over het toetsenbord, mijn ogen flitsen heen en weer.

Ik word zo in beslag genomen door mijn zoektocht dat ik pas de volgende ochtend merk dat ik geen slok van mijn drankje heb genomen.

50

TWEE DAGEN LATER

'Ben je nog wakker?' vraag ik aan Erwin.

We liggen in bed. Het enige licht komt van mijn laptop die op het nachtkastje staat.

Erwin wrijft over mijn arm. 'Wat is er?'

'Die nacht dat we naar het ziekenhuis reden, heb je toen iets meegekregen van wat Dianne me vertelde?'

'Wel wat, ja.'

'Weet je nog wat ze zei over de moord?'

'Op die boer?' vraagt hij.

'Hm-hm.'

Erwin gaat verliggen. 'Ze zei dat Hugo haar had gedwongen om te schieten. Dat hij haar het wapen in de handen had geduwd en de trekker had overgehaald. Zoiets vertelde ze. Toch?'

'Ja, zoiets, inderdaad,' zeg ik mat. En dan vertel ik hem wat ik tegen niemand anders heb gezegd. Niet tegen mijn ouders, niet tegen Diannes moeder en al zeker niet tegen de Franse politie: 'Ik geloof het niet.'

Hij rolt op zijn zij, leunt op één elleboog. 'Niet?'

'Nee. Ik geloof dat ze het zelf heeft gedaan, dat ze zelf die trekker heeft overgehaald. Uit vrije wil.' Ik draai me om naar Erwin. Het bed piept zacht. 'En ik denk ook dat ik begrijp waarom. Ze wilde erbij horen, aan Hugo laten zien wat ze durfde, wat ze kón. Ik denk echt dat ze indruk wilde maken. Het enige wat ik nog steeds niet begrijp, is waarom ze daarover tegen me heeft gelogen.'

Erwin lijkt na te denken en naar woorden te zoeken. Na enige tijd zegt hij botweg: 'Schaamte.'

'Scháámte? Erwin, ik was haar beste vriendin en ze was aan het doodgaan!'

'Dat maakt niet uit.'

Beduusd kijk ik voor me uit. 'Geloof je dat echt?'

'Anders zou ik het niet zeggen. En ik denk dat jij allang weet waarvoor ze zich schaamde.'

'Hoe zou ik dat moeten weten?'

Erwin kijkt langs me heen naar de laptop die op het nachtkastje staat te zoemen. Lichtjes strijkt hij over mijn hand, liefkoost mijn vingers. 'Ik weet wat Dianne voor je heeft betekend en dat je heel verdrietig bent. Ik wil je graag helpen waar ik kan, maar soms denk ik... wat weet ik er nou van? We kennen elkaar pas drieënhalve maand. Misschien zie ik het verkeerd. Ik wil hoe dan ook niet dat je boos op me wordt, dat is het me niet waard.'

'Ik kan een stootje hebben.'

'Ik heb een zusje, Hanneke. Je kent 'r nog niet echt, maar dat komt nog wel.'

Zijn zus heb ik één keer gezien, een nakomertje in het gezin met vier kinderen. Ze zit in de examenklas van het gymnasium.

'Hanneke vindt alles wat ik doe geweldig. Alles wat ik zeg, wordt door haar als enige echte waarheid beschouwd. Als norm, bijna.' Erwin klinkt getergd. 'Ze heeft me jarenlang zo'n beetje verafgood. Ik had het zelf niet eens door, mijn moeder wees me erop. Ze nam me apart en zei dat ik zorgvuldiger moest omgaan met de invloed die ik op Hanneke had. Ik vond het belachelijk, écht. Ik had geen idee hoe groot de impact was van wat ik allemaal zei of deed. Geen enkel benul. Na dat gesprek ben ik erop gaan letten, en toen zag ik het pas. Daarna begon ik die druk te voelen. En de verantwoordelijkheid.'

'Druk?'

'Hanneke zag – en ziet – mij als voorbeeld van hoe je zou moeten leven. Daar baalde ik behoorlijk van, kan ik je wel zeggen. Ik heb niet gevraagd om die rolverdeling, het sloeg nergens op.' Zijn hand sluit zich om mijn vingers. 'Maar weet je, er gebeurde iets geks. Ik ging dat gevoel koesteren. Om een of andere reden wilde ik haar niet teleurstellen. Ik wilde de ideale, weldenkende, intelligente broer zijn die Hanneke blijkbaar in me zag – of toch ten minste die indruk wekken als zij in de buurt was. Dat is vermoeiend. Ik neem aan dat het voor Dianne ook niet altijd makkelijk was.'

'Jij schiet geen mensen dood, Erwin.'

'Nee. Goddank niet.'

'En ik heet geen Hanneke.'

'Het gaat om de verhouding. De wisselwerking tussen jullie. Je vroeg je af waarom ze tegen je had gelogen.'

'Schaamte, dacht je.'

Hij laat mijn hand los en begint over mijn arm en schouder te strijken. 'Je idealiseerde haar.'

'Misschien wel,' zeg ik zachtjes. 'Maar ze was dan ook echt heel bijzonder.' Het woord 'was' komt met moeite over mijn lippen.

'Dat geloof ik graag. Toch zal ze lang niet zo stoer, onafhankelijk en onaantastbaar zijn geweest als jij dacht.'

'Vanwege Hugo? Omdat hij zoveel invloed op haar had?'

'Dat niet alleen. Ze zat vroeger veel bij jullie thuis, toch?'

'Altijd. Ze hoorde er gewoon bij. En zelfs later, tot aan haar emigratie naar Frankrijk, kwam ze nog zeker één keer in de week bij mijn ouders op visite.'

Hij komt een stuk omhoog en kijkt me recht aan. Er spreekt liefde uit zijn blik. Maar ook een lichte nervositeit, onzekerheid. Hij kust mijn vingers. 'Omdat ze dat nodig had. Ze had net als jij vastigheid nodig, bevestiging, liefde, mensen in haar leven die als voorbeeld konden dienen en aan wie ze zich kon toetsen. Snap je? Dat zie je nou toch ook wel in?'

Natuurlijk zie ik dat in. Erwin vertelt niets nieuws. Hij bevestigt alleen wat ik al een poos vermoedde. Wat ik *wist*. Natuurlijk wist ik het.

Ik wilde het alleen niet onder ogen zien.

'Ze had grove fouten gemaakt,' gaat Erwin door. 'Daar was ze niet trots op. Ze had glashard tegen je gelogen over haar relatie met die Hugo, en de reden waarom ze naar Frankrijk was gegaan. Ze was op drift, volledig de weg kwijt. Maar dat beeld van een feilloos, gedreven, fantastisch mens, dat verwrongen en onmogelijke beeld dat jij van haar had, wilde ze intact laten. Om zichzelf in bescherming te nemen. Maar vooral jou. Zelfs nog toen ze bijna doodging.'

Nu is alles hardop uitgesproken, schiet het door me heen.

Van alle kanten belicht.

Ontleed.

Dianne stond op een voetstuk en ze is eraf gevallen. Bám: in één klap is dat afgodsbeeld dat ik van haar had gemaakt uiteengespat, in duizenden scherpe, onregelmatige stukken.

In het licht van wat er heeft plaatsgevonden, kan ik haar felle gedrevenheid en fanatisme niet eens meer stoer vinden. Eerder triest. Triest voor haarzelf, triest voor dat Franse echtpaar dat er niet meer is. Voor hun twee kinderen, die geen ouders meer hebben. Voor Diannes ouders, die geen dochter meer hebben. Voor mijn ouders, die haar net zo goed kwijt zijn.

Voor mij. Omdat ook ik haar kwijt ben.

Was ik haar niet lang geleden al kwijtgeraakt?

'Ik waardeer je eerlijkheid, Erwin,' zeg ik zacht. 'Echt.' Ik maak me los uit zijn omhelzing en diep een papieren zakdoekje uit de lade op. Snuit mijn neus, dep mijn ogen droog.

'… maar ik wil er niet aan,' voeg ik er fluisterend aan toe. Nieuwe tranen wellen op.

Hij trekt me in zijn armen. 'Dat snap ik toch,' bromt hij. 'Ssht.'

Ik leg mijn wang tegen zijn borst en voel zijn hartslag door de stof van zijn T-shirt. 'Ik hou van je,' fluister ik.

'Ik ook van jou, liefje. Heel veel.'

51

'Ik wilde u dit graag persoonlijk laten weten, voor u er op
een andere manier achter komt.' De stem van Gérard Godin klinkt vermoeid, alsof hij er een lange, veeleisende werk-
dag op heeft zitten.

Toch is het pas negen uur in de ochtend.

Ik loop nog in badjas, mijn tweede mok koffie van vandaag staat op de salontafel voor me. Erwin is twee uur geleden vertrokken om op tijd te zijn voor een vergadering in
Zwolle.

'*Qu'est-ce qui ce passe?* – Wat is er aan de hand?' vraag ik.
Snel druk ik met de afstandsbediening het geluid van de tv
zachter.

'We hebben helaas Hugo Sanders moeten vrijlaten.'

Ik schiet rechtop. 'Wanneer?'

'Hij loopt net het gebouw uit, met zijn vader en een van
zijn advocaten.' Godin noemt een naam die ik maar gedeeltelijk versta. 'Iedereen kent hem van tv, van geruchtmaken-
de zaken. Hij laat zijn gezicht zelden in de provincie zien.'

'Maakt dat iets uit? Dat die advocaat bekend is van tv?'
vraag ik korzelig.

'Hij is vooral goed. Zonder zijn tussenkomst hadden
we Sanders langer kunnen vasthouden. Misschien de druk
lichtjes kunnen opvoeren, zodat hij zou gaan praten. Dat

gaat nu niet meer. Er is geen zaak tegen die man. Geen enkel bewijs: geen sporen, geen DNA, niets.'

'Ja maar... dat is niet eerlijk.'

Hij lacht vreugdeloos. 'Nee, inderdaad. In dit vak leer je snel dat gelijk hebben en gelijk krijgen twee verschillende dingen zijn. Je kunt niet altijd winnen. Maar goed...' Hij zucht diep. 'Ik had beloofd u op de hoogte te houden, dus hierbij. Ik wil u desondanks een prettige dag wensen.'

Ik wens hem sterkte en druk de verbinding weg. Pak de koffie van tafel en neem een paar slokken. Het zwarte vocht smaakt me niet meer.

Hugo kan vandaag nog in Nederland zijn. Met zijn connecties zal hij vast niet dat hele eind naar huis hoeven rijden, of moeten aansluiten in de rij voor een lijnvlucht. Mensen die zich dit soort advocaten kunnen veroorloven, verplaatsen zich in privévliegtuigjes. De kans dat ik Hugo vandaag of morgen al in de stad of supermarkt tegen het lijf loop, is niet eens een theoretische.

Ik loop de trap op, wek mijn laptop uit de slaapstand en open het dossier waaraan ik werk sinds mijn terugkomst uit Frankrijk.

Diannes e-mails zitten erin en haar lijst met namen en adressen. Ik heb ze aangevuld met relevante informatie die ik op het web heb gevonden over extremistische milieugroeperingen, weetjes over Hugo Sanders en zijn familie, foto's van Kurt Wesemann en allerlei krantenberichten – waaronder die over de onopgeloste moord op een hondenfokker in Vlaanderen.

Ik heb er nog niet echt een eindbestemming voor gevonden, voor die gestaag groeiende hoeveelheid data, namen, verbanden en andere informatie. De puzzel krijgt wel steeds meer vorm, omdat ik er elke dag aan werk.

Ik surf naar de website van het bedrijf van de familie Sanders. Een vastgoedimperium met de naam Wouthil Investments – ongetwijfeld een samentrekking van de voornamen van Hugo's ouders, Wouter en Hilde. Ik heb slechts twee foto's van het stel kunnen vinden. Ze zijn vaste bewoners van de jaarlijks samengestelde Quote 500-lijst, maar laten hun gezicht zelden zien op societyfeestjes. En ondanks hun miljonairsstatus zijn de Sanders nooit naar een van de rijkenreservaten in het westen getrokken, ze wonen nog steeds op hun kleine landgoed in Haren.

Op de site van de Kamer van Koophandel moet ik me door de uittreksels van een aantal bv's en beheersmaatschappijen heen worstelen voor ik bij de bron ben, maar dan heb ik beet en verschijnt het woonadres van de familie op het beeldscherm. Het is hier hemelsbreed elf kilometer vandaan. Ik sla een kopie van het uittreksel op, laat Google Earth het huis zoeken en maak er een screendump van. Plak die in een Wordbestand en klik op 'Opslaan'.

Onrustig loop ik de map met verzamelde foto's door. Mijn vingers omklemmen de muis als ik aankom bij een foto van Hugo. Op deze afbeelding, gemaakt tijdens een vakantie, is zijn gezicht gladgeschoren en zijn haar een stuk langer dan nu. Minutenlang blijf ik zwijgend naar het beeldscherm staren, tot de screensaver automatisch in werking treedt en de zelfbewuste schittering in Hugo's ogen verdwijnt achter een druk lijnenspel.

Zelfs dan nog voelt het alsof hij me blijft aankijken.

52

'Zit je nou alweer op internet?' Erwins slaapdronken stem verbreekt de stilte van de afgelopen drie uur.

'Ik kon niet slapen,' mompel ik. Mijn spieren zijn stijf van het urenlang in dezelfde houding zitten.

'Dat dossier nog steeds?' Hij gaat rechtop in bed zitten, gaapt luidruchtig en knipt het nachtlampje aan. 'Fuck. Het is vijf uur.'

'Ik heb het adres gevonden van Danny Malfait, die vermoorde Belgische hondenfokker.'

'Van zijn oude woonhuis, bedoel je? Of van de fokkerij?'

'Dat is een en hetzelfde adres. Als ik het goed heb begrepen, staat het huis leeg.'

'Wat heb je eigenlijk aan die informatie?'

'Ik wil er gaan kijken.'

'Dat heeft toch geen zin als er niemand meer woont?'

'Hij heeft een vrouw achtergelaten en een dochter van mijn leeftijd. Die twee zouden heel goed nog in dat dorp kunnen wonen. En misschien kan ik de buren te spreken krijgen, of oude vrienden van die man.'

'Eva?' Erwin laat een lange stilte vallen. Als hij verdergaat, klinkt hij oprecht bezorgd. 'Waarom doe je dit? Waarom ga je niet gewoon naar de politie met al die informatie?'

'Omdat dat geen zin heeft. Nog niet, tenminste.'

'Natuurlijk wel.'

'Was het maar zo. Ik geloof er niet meer in.' Ik schuif het nachtkastje dat als bureau dient voor mijn laptop iets naar achteren. De harde rand van het bed drukt pijnlijk in mijn bovenbenen. Ik strek mijn benen een voor een en rek me uit.

Erwin komt achter me zitten, zijn lange benen aan weerszijden, zijn armen om me heen.

Ik laat me naar achteren zakken, tegen hem aan. 'Het voelt gewoon goed om hiermee bezig te zijn. Ik ben zo verschrikkelijk passief geweest. Het lijkt wel of ik jarenlang heb geslapen.'

'Dat valt toch wel mee?'

'Nee.' Ik schud mijn hoofd. 'Echt niet. Als ik de afgelopen jaren naga, zie ik dat ik eigenlijk niets anders heb gedaan dan afwachten. Alsof ik toch geen invloed had op mijn eigen leven. Alsof dingen gewoon gebeurden, je overkwamen.'

'Zo heb ik je nooit gezien, hoor.'

'Je kent me ook nog niet zo lang. Neem nou Sjef, mijn baas bij de krant. Ik hoopte steeds dat die kerel op een dag zou inzien dat ik veel meer kon dan wat hij me liet doen. Ik stond er geen seconde bij stil dat hij er niet op zat te wachten om mij in het zadel te helpen. Die man zat daar natuurlijk puur voor zichzelf en dacht alleen aan zijn eigen hachje. Hij was helemaal niet met mij bezig.'

'Verbaast je dat?'

Ik draai mijn gezicht naar hem toe. 'Ja. Stom hè? Hoe naïef kun je zijn?'

'Je bent te hard voor jezelf. Dat is nergens voor nodig. Als ik denk aan wat je hebt meegemaakt in Frankrijk, en wat je hebt gedaan… Ik geloof niet dat ik je dat zou nadoen. Dat was echt indrukwekkend. Je moet meer op je eigen oordeel vertrouwen.' Zijn armen wiegen me, zijn wang wrijft tegen mijn slaap. 'Op je eigen gevoel.'

'Dat doe ik nu ook meer. Veel meer dan vroeger.' Ik glimlach. Geniet van zijn warme lijf tegen mijn rug, zijn rustige ademhaling langs mijn oor. 'Voelt goed, dit.'

'Zeg dat wel,' fluistert hij, en zijn hand glijdt via mijn middel naar boven, maakt een kommetje om mijn borst.

Mijn lichaam reageert dwars door de vermoeidheid en de sombere gedachten heen.

'Ik ben echt gek op je, Eva.'

Ik grinnik. 'Weet je dat ik er voor Frankrijk stellig van overtuigd was dat we niet bij elkaar pasten? Dat we het gezellig hadden samen en dat was het dan?'

'Meen je dat? Dan neem ik mijn woorden meteen terug. Je bent inderdaad volledig ontoerekeningsvatbaar.'

Ik schiet in de lach en geef hem een por in zijn ribben. 'Ik zei: vóór Frankrijk. Ik denk er nu anders over.'

'Dat weet ik.'

'Het voelt alsof ik nu pas wakker ben geworden. Alsof ik de dingen voor het eerst zie zoals ze zijn. En een fócus heb, snap je? Ik weet wat ik wil. En ik wacht niet meer af.'

'Dan ben je al verder dan de meeste mensen,' zegt Erwin grinnikend.

'Het komt door Frankrijk. Het voelde als een bizar soort *wake-up call.* Ik ben nooit eerder op mezelf teruggeworpen geweest, niet zo extreem.'

'Die valstrik voor Chevalier was toch ook jouw idee?'

Mijn gedachten dwalen af naar het gesprek dat ik had met rechercheur Godin van de police nationale, op de middag na de reconstructie in Diannes huis. Tijdens de rit naar de stad heb ik geprobeerd hem ervan te overtuigen dat zijn collega uit de provincie onbetrouwbaar was, gevaarlijk zelfs. Toen hij dat niet zonder meer van me wilde aannemen, wat te verwachten was, heb ik hem mijn plan voorgelegd.

Godin zag het eerst niet zitten. Uiteindelijk ging hij toch overstag, en ik geloof echt dat ik dat aan mezelf te danken heb, aan de overtuigingskracht en de scherpte die ik op dat moment nog kon opbrengen. Hij nam een gok, maar ik natuurlijk net zo goed. Ik had geen idee of ik me goed zou kunnen houden.

Dat hoopte ik alleen maar.

Ik ben tot veel meer in staat dan ik van mezelf had vermoed. Die wetenschap heeft veel voor mijn zelfbeeld gedaan, meer dan wat voor peptalk ook.

'Ik vond dat ik het moest doen,' zeg ik.

'Ik ben supertrots op je.' Erwin strijkt met zijn vingertoppen een pluk haar van mijn voorhoofd. 'En ik ken je dan nog wel niet zo lang, maar ik zie ook wel dat Frankrijk iets met je heeft gedaan. Je hebt een andere blik in je ogen. Sterker.'

'Zo voel ik me ook, sterker.' Ik onderdruk een geeuw. 'Maar nu ben ik alleen maar moe. Ik ga slapen. Morgen wordt een lange dag.'

Ik maak me los uit Erwins omhelzing en strek me uit op het bed. Nestel mijn hoofd in het kussen. Ik hoef alleen maar mijn ogen te sluiten en ik ben vertrokken.

'Morgen? Wat is er morgen?'

'Misschien dat ik naar België ga,' mompel ik.

Erwin voegt zich naar mijn lichaam, slaat een arm en een been over me heen. 'Ik wou dat ik met je mee kon,' fluistert hij. 'Ik vind het maar niks.'

Ik draai mijn hoofd naar hem toe. 'Doe niet zo raar. Ik ga naar een gebroken gezin in België, niet naar het front in Afghanistan. Je hoeft je nergens zorgen over te maken.'

'Ja, ja. Want je hebt je pepperspray bij je, zeker. Daar had je de vorige keer ook al zoveel aan.'

Ik glimlach vreugdeloos. 'Ik moet dit echt doen, Erwin.'

'Je víndt alleen maar dat je dit moet doen.' Het maanlicht valt door het dakraam op Erwins gezicht. Hij is klaarwakker. En bezorgd.

Ik kus hem op zijn mond. 'Welterusten.'

Wat ik van plan ben te gaan doen vóór ik morgen naar België afreis, durf ik hem nu niet meer te vertellen.

53

Het interieur van de familie Sanders ziet eruit als de inhoud van een glossy woonmagazine. Veel paneelhout in hoogglans wit, moderne kunst en ramen met vakverdeling die zicht bieden op de tuin met een blauwe rechthoek. De woonkamer is enorm. Er zijn verschillende zithoeken en banken, her en der liggen exotische dierenvellen. Een deel van de keuken is zichtbaar vanuit de hal en lijkt nog het meest op die van een restaurant, met strakke lijnen en veel roestvrij staal.

'Wilt u hier even wachten?' De vrouw die me heeft binnengelaten praat met een zwaar accent. Ze lijkt me Zuid-Amerikaans.

Terwijl het getik van haar hakken wegsterft, blijf ik met mijn armen over elkaar op de drempel van de hal en de woonkamer staan.

Binnenkomen bij de familie Sanders was minder moeilijk dan ik me vooraf had voorgesteld.

De smeedijzeren poort stond gewoon open, ik kon ongehinderd de oprit op rijden tot bij de voordeur. Nadat ik had gevraagd of ik iemand te spreken kon krijgen, werd ik meteen binnengelaten. De familie lijkt niet bijzonder geheimzinnig te doen.

Toch ben ik op mijn hoede. Hugo kan thuis zijn. Die

kans is zelfs erg groot. Het is vandaag twee dagen geleden dat hij werd vrijgelaten.

Ik laat mijn blik door de woonkamer gaan. Er is iets vreemds met dit huis aan de hand, en langzaam dringt het tot me door wat het precies is: hoe indrukwekkend de styling ook mag zijn, het is de leegte die overheerst. De ruimte tussen de meubelen eist meer aandacht op dan de stukken zelf, alsof ik in de coulissen sta van een toneelstuk. Nergens ligt rommel, er slingert niets rond. Geen opengeslagen tijdschrift, zelfs geen keurig opgevouwen krant of een paar schoenen onder een tafel.

Rechts van me staart een opgezette zebrakop met doodse kunstogen de hal in. Schuin eronder hangt een hertenschedel.

Hugo heeft zijn dierenliefde niet geërfd van Wouter en Hilde Sanders, al twijfelde ik toch al niet aan zijn ware drijfveren. Ik ben er vrij zeker van dat Hugo niet eens bijster dol is op dieren – en evenmin wakker ligt van milieuvraagstukken.

'Zo zo. Kijk eens aan.'

De mannenstem doet me ineenkrimpen. Ik draai me om.

Hugo komt vanuit een zijgang naar de hal geslenterd. Hij draagt een poloshirt met lange mouwen, zijn stoppelbaard is verdwenen en zijn voeten steken in leren sneakers. Verzorgd, gedistingeerd bijna, met een jongensachtige bravoure – het stereotype rijkeluiszoontje. Hier staat een totaal andere man dan die ik in de Franse wapenwinkel tegen het lijf liep – Dr. Jekyll and Mr. Hyde.

'Goede reis gehad?' Mijn stem klinkt hoger dan normaal, maar ik geloof niet dat hij me goed genoeg kent om het op te merken.

'Jij hebt lef om je neus hier te laten zien.'

'Vind je? Jou had ik hier ook nog niet verwacht.'

'Hoe dat zo?'

Ik slik een trilling in mijn stem weg, zeg dan: 'Moordenaars horen niet vrij rond te lopen.'

'Ah, op die toer.' Hij grinnikt, wrijft met zijn hand langs zijn neus en kijkt me geringschattend aan. 'En, Eva Lambregts, zeg eens, *just for the record*: heb je je zendertjes weer bij je? Probeer je hier nu ook al de politie voor je karretje te spannen?' Hij werpt een blik door de ruit naar de oprit, alsof hij wil controleren of er politiewagens staan.

Mijn aanvankelijke angst is aan het touwtrekken met de woede die in me raast. Het ene moment is er uitsluitend de angst die me toeschreeuwt te vluchten, het volgende moment neemt de kwaadheid het weer over.

Angst.

'Geen zenders,' antwoord ik, bijna ademloos van de stress. 'Ik heb wel wat vragen.'

Hij zegt niets. Slaat zijn armen over elkaar.

'Ik weet dat dat grote huis in Frankrijk op naam staat van Wouthil Investments. En het huis waar Dianne woonde, is van een van de bv's die onder Wouthil vallen.'

Hij haalt zijn schouders op. 'Misschien, ik hou me er niet zo mee bezig.'

'Je wéét dat het zo is.'

'Tja, als jij het zegt, zal het wel zo zijn, hè?' schampert hij.

'Jij was erbij in die kelder. Jij was een van die vier mannen.'

Hij trekt een wenkbrauw op. 'O, ja?'

Woede.

'Sterker nog: jij hebt me vastgehouden tijdens de ondervraging. Je was de enige die niets zei, omdat ik je dan aan je stem zou kunnen herkennen.'

Hij schudt zijn hoofd en lacht in zichzelf.

'Waarom heb je het gedaan, Hugo?'

'Wat gedaan?'

'Dianne vermoord. Ze was je vriendin. Ze was dol op je.'

Hij kijkt me duister aan. Zegt niets.

In de woonkamer beweegt iets op een witte bank bij een van de ramen. Het duurt een seconde voordat ik doorheb dat het een hond is, een windhond die zich als een kat op de dikke kussens heeft opgekruld. Zijn donkere ogen glanzen. Hij kijkt even naar me en draait dan verveeld zijn kop weg. Naast hem ligt een tweede exemplaar, een vrijwel identiek dier: wit met donkere pigmentvlekken die door de dunne vacht heen schijnen. Beide honden hebben niet geblaft toen ik binnenkwam. Ze lijken wel rekwisieten in plaats van levende dieren.

Hugo komt dichterbij.

Onwillekeurig deins ik terug.

'Het lijkt me het beste als je nu oplazert, Eva.'

De afstand tussen ons wordt kleiner.

Angst.

Ik kan niet verder naar achteren, nog één stap en ik sta letterlijk met mijn rug tegen de muur.

Je hoeft nergens bang voor te zijn, fluistert een zwak stemmetje me in. Hugo Sanders is een moordenaar, maar hij lijkt me ook slim genoeg om te begrijpen dat hij er niet mee weg kan komen als hij me iets zou aandoen.

'Ik ga nergens heen voor ik weet wat ik wil weten,' zeg ik.

'Je bent niet goed wijs.'

'Misschien niet.'

'Je speelt met je leven,' zegt hij zacht. Hij drukt zijn kin naar zijn borst en kijkt me aan vanonder zijn hoekige wenkbrauwen. Ineens is die blik er weer, die blik die hij me in de Franse wapenwinkel toezond.

Het is de blik van een moordenaar.

Een psychopathische moordenaar.

Ik haal diep adem. Zeg dan: 'Je bent nu niet in Frankrijk.'

'Ook hier zijn advocaten.'

'Wat is dat allemaal?' Hilde Sanders komt gracieus de trap af gelopen. Blond haar met grijze lokken, gekapt in een lage wrong. Ze ziet er ouder uit dan op de foto's. Als gebleekt perkament; zelfs haar ogen zijn waterig en kleurloos. Meryl Streep in de rol van boze stiefmoeder.

'Eva Lambregts.' Ik steek mijn hand uit.

Ze kijkt naar me alsof ik met modderlaarzen haar blinkende hal in ben gewandeld, en richt zich dan tot haar zoon. 'Wie is deze juffrouw? Wat moet dat hierbinnen?'

'Ze heeft een paar vragen.'

'Ik heb een paar vragen voor uw zoon,' zeg ik boos.

De vrouw trekt een getatoeëerde wenkbrauw op, een en al openlijke arrogantie. Hugo heeft zijn priemoogjes van zijn moeder.

'Hij heeft mijn vriendin vermoord.'

Ze perst haar lippen op elkaar. 'Hugo, wijs jij deze juffrouw even de weg naar buiten?'

Hugo komt meteen in beweging, beent over het hardsteen en trekt de voordeur open. 'Je hoort het. Opzouten.'

Trillend van woede houd ik Hilde Sanders' blik vast. Ik klem mijn armen stijf tegen mijn lichaam, vuisten gebald. 'Heb je wel gehoord wat ik zei? Je zoon is een moordenaar! Een vrouwenmoordenaar!'

Ze fronst haar wenkbrauwen alsof ik iets onnozels sta uit te kramen, draait zich dan om en loopt naar de woonkamer.

De windhonden spitsen hun oren bij het zien van hun bazin. Ze springen van de bank en volgen haar met gekromde rug als ze naar de keuken schrijdt.

Hugo staat me nog steeds aan te staren bij de voordeur. Zijn blik is nu al even leeg en emotieloos als die van zijn moeder. Wind cirkelt om zijn kleren, wervelt de hal in, laat de kunstbloemen op een tafeltje ritselen.

Wat kwam ik hier doen, vraag ik me af.

Wat dacht ik hier te vinden?

Dacht ik nou echt dat het verschil zou maken als ik Hugo recht in zijn ogen kon kijken? Had ik werkelijk de hoop gekoesterd dat hij spijt had – dat hij me zou vertellen dat hij oprecht van Dianne heeft gehouden en het niet zo had gewild?

Het voelt alsof ik overloop, een interne vloedgolf van emotie en pijn die door me heen spoelt en mijn keel afknijpt, mijn ogen doet tranen. Ik bal mijn hand tot een vuist en duw hem tegen mijn mond.

Dan begin ik te lopen, langs Hugo heen naar buiten, naar mijn auto.

De twaalf jaar oude Citroën is niet op zijn plaats in het decor van wit grind en perfecte, in vierkante zuilen gesnoeide beukenhagen. Ik pak mijn sleutels uit mijn jaszak, laat ze uit mijn trillende vingers vallen en raap ze vloekend op.

Het lukt me niet meteen om de sleutel in het slot te steken. Mijn blik is vertroebeld, mijn handen trillen onbedaarlijk.

Als ik het portier eindelijk open heb, zie ik Hugo nog steeds in de deuropening. Hij hangt quasi-ongeïnteresseerd tegen de deurpost.

Het plaatje dat hij vormt met het huis en de weelderige tuin is kenmerkend: dit is een man die alles heeft. Vol vertrouwen dat de wereld aan zijn voeten ligt en dat hem niets kan overkomen.

Onaantastbaar.

Woede.

Ik stap in mijn auto, trek het portier dicht en draai de contactsleutel om. De motor slaat niet meteen aan. Ik probeer het nog eens. En nog eens. Ik bijt op mijn wang van frustratie en proef onmiddellijk het bloed dat zich door mijn mond verspreidt.

Als de motor eindelijk tot leven komt, duw ik de versnelling in zijn één en rijd naar de openbare weg. Achter me zwaait de poort als vanzelf dicht.

In mijn binnenspiegel zie ik Hugo nog steeds staan. Een van de windhonden duikt naast hem op, drukt zijn kop tegen Hugo's been en loopt dan weer naar binnen.

Ik maak mezelf geen illusies. Binnen de muren van dat huis bestaat een parallelle werkelijkheid waar de buitenwereld amper grip op heeft. Mijn bezoek heeft slechts een lichte rimpeling veroorzaakt in het gladde oppervlak van wat die mensen hun leven noemen. Snel hierna zal alles zijn gewone gangetje gaan.

Vanavond al, als een bediende het diner opdient, zal niemand nog een woord reppen over mij, over Dianne, over arrestaties en over Hugo's moordzucht.

54

Danny Malfaits mistroostige, bakstenen woning staat leeg en is te koop. Het terrein achter het vrijstaande huis is volgebouwd met smalle hondenkennels van traliewerk. Het zijn er zeker honderd. Binnenverblijven ontbreken. In alle kennels staan slaaphokken met een klep aan de bovenzijde en een opening aan de voorkant. Het hout is onbewerkt en ziet er groezelig uit, vol met talg van hondenvachten die er jarenlang tegenaan hebben gelegen en geschuurd. De vettigheid zit zelfs op de tralies, die op veel plaatsen zwart zijn geworden. Achter op het terrein liggen vierkante stukken grond, afgezet met gaas en schrikdraad. Het zijn modderige perceeltjes, waarin talloze pootafdrukken staan die getuigen van de hel die het hier moet zijn geweest.

Het stinkt gruwelijk. Al langer dan een jaar worden hier geen honden meer gehuisvest, maar de lucht van hun urine en ontlasting is nog steeds opdringerig aanwezig, vermengd met die van hun natte vachten. Ik vang ook een vleug citroen op. Ontsmettingsmiddel.

In gedachten verzonken loop ik tussen de hekken door naar voren. Kranten van vorig jaar wapperen zachtjes in de wind. Een kat schiet weg over een golfplaten dak als ik voorbijloop. Overal ligt haar. Bruin, wit, gemêleerd. Lang en kort.

Danny Malfait fokte niet al zijn dieren zelf, hij importeerde ook vrachtwagens vol pups uit het voormalig Oostblok. Iedereen die betaalde, werd door hem van verse jonge hondjes voorzien. Zijn klanten kwamen zelfs uit Frankrijk, Duitsland en Nederland. Dieren met een lage aaibaarheidsfactor, of die te ziek of te oud waren om de harten van pupkopers te stelen, werden zonder pardon afgemaakt. Fokteven die geen pups meer konden voortbrengen, wachtte hetzelfde lot. Sommige kwamen terecht in cosmetische proefdierencentra.

Ik heb het vannacht allemaal gezien en gelezen. Ik heb me door misselijkmakende foto's en beelden van verborgen camera's, pagina's vol met data en talloze forumberichten heen geworsteld om een beter beeld te krijgen van deze fokker en de deels verborgen wereld waartoe hij behoorde. Een wereld die ineens wel heel tastbaar wordt, nu ik te midden van de stinkende resten sta. Ook al zijn er geen dieren meer, hun wanhoop is voelbaar aanwezig.

Zou Hugo Dianne hier mee naartoe hebben genomen? Naar deze, of een andere, soortgelijke nachtmerrie? Hoe makkelijk zou het zijn geweest om haar, te midden van weerloze dieren, te overtuigen van zijn gelijk? Alleen al de aanblik zou haar woedend hebben gemaakt. Razend.

En begrijpelijk. Ik hoef de dieren niet eens gezien te hebben om te snappen dat het verleidelijk kan zijn om je woede te richten op de aanstichters van alle ellende.

Maar wat Hugo heeft gedaan, valt niet te begrijpen. Angst en terreur zaaien kan geen oplossing zijn, nee: het *mag* niet de oplossing zijn.

En moorden al helemaal niet.

Danny Malfait leeft niet meer. In deze setting kan ik onmogelijk om het vraagstuk heen in hoeverre zijn dood verschil heeft gemaakt voor die arme dieren. Na mijn research vermoed ik: weinig tot niets. Er gaat veel geld om in deze handel, en zolang de vraag naar goedkope pups blijft bestaan, houdt ook dit soort fokfabrieken stand. Malfaits collega's hebben de vrijgekomen vacature allang ingevuld. Zijn dood was zinloos.

Maar problemen oplossen had dan ook niet Hugo's prioriteit.

Het zien van alle exotische jachttrofeeën in huize Sanders heeft me alleen maar gesterkt in mijn vermoedens. Het kan niet anders of Hugo is toevalligerwijs in extremistische natuurliefhebberskringen verzeild geraakt. Was hij in een ander milieu opgegroeid, of had hij andere mensen leren kenen, dan had zijn blinde fanatisme zich net zo goed kunnen richten tegen een andere religie, sekse of politieke kleur. Gevaarlijke gekken als Hugo Sanders grijpen alles aan wat voorbijkomt om dodelijk geweld te rechtvaardigen.

'De goede zaak' zal Hugo hoogstwaarschijnlijk een worst wezen. Hugo is alleen maar geïnteresseerd in Hugo.

En zolang zijn invloedrijke familie hem steunt, kan hij redelijk ongestraft zijn gang gaan.

'Hier was het.' De stem van Krystel Malfait wrikt me los van mijn gedachten. Ze komt naast me staan, plukt dwangmatig aan de mouwen van haar grof gebreide vest.

'Hier lag-ie, toen we hem vonden.' Ze wijst naar een plek tussen een rij kennels en een coniferenhaag. De dochter van Danny Malfait heeft amper nog nagels over, ze heeft ze afgebeten tot rood ontstoken stompjes. Krystel heeft een sproeterige huid zonder make-up en haar asblonde haar valt in sliertjes tot op de schouders.

'Doodgeschoten?' vraag ik naar de bekende weg.

'Door zijn hoofd,' zegt ze zacht. Klemt dan haar kaken op elkaar en kijkt me aan, met ogen die te veel tranen hebben gelaten, zoveel en zo lang achter elkaar dat het verdriet permanent in haar gezicht is geëtst.

Ik stel de ene vraag na de andere en schrijf nauwgezet haar antwoorden op. Maak soms een aantekening van een armbeweging, of de intonatie van haar stem.

Vandaag ben ik bezig met onderzoeksjournalistiek. Ik probeer, net als deze vrouw, mijn emoties zoveel mogelijk weg te drukken. Ze wil dat de waarheid boven tafel komt, dat de moordenaar van haar vader wordt gepakt en ze hem op een dag recht in de ogen kan kijken. Ze wil weten hoe hij heet, hoe oud hij is, waar hij vandaan komt. Ze wil van de dader zelf horen wat hem hiertoe heeft aangezet.

Krystel Malfait wil antwoorden op talloze vragen, ook al vermoedt ze diep vanbinnen dat er geen bevredigende antwoorden zijn.

Als ik in mijn auto stap, heb ik nog steeds niet de moed gehad om haar te vertellen dat ik de moordenaar van haar vader ken. Dat hij vrij rondloopt en op een landgoed in Nederland woont, vierhonderd kilometer ten noorden van haar dorp.

Ik had haar willen zeggen: *De moordenaar van jouw vader heeft ook mijn allerliefste vriendin vermoord. En op een dag zal hij ervoor bloeden. Dat garandeer ik je.*

Maar ik heb niets gezegd.

Er is geen parkeerplek voor de deur vrij. Pas twee straten verderop kan ik de auto kwijt. Het begint al donker te worden en de wind voelt guur en winters aan.

Ik rits mijn jas dicht tot onder mijn kin, steek mijn handen diep in mijn zakken en loop over het trottoir naar huis.

Veel mensen in mijn wijk laten 's avonds de gordijnen open. Ik zie ze zitten als ik langsloop, sommigen zijn nog aan het eten, anderen zijn bezig met de afwas. In een aantal woningen brandt geen licht.

Ik loop sneller langs zulke donkere gevels, en ook langs de duistere brandgangen die dwars op de straten uitkomen.

Als ik bijna thuis ben, diep ik alvast de sleutel op uit mijn binnenzak en houd hem in de aanslag. De woede die me de hele dag heeft voortgedreven, is weggeëbd. Nu overheerst weer de angst.

Schichtig kijk ik om me heen, naar de steegjes, de deuren, de auto's. Talloze schaduwen en geluiden trekken de aandacht van mijn overspannen zenuwen.

Misschien ben ik wel niet zo veilig als ik denk.

Misschien gaat Hugo wel degelijk proberen me de mond te snoeren.

Misschien was het onvergeeflijk naïef om hem te willen zien.

Hij zou het op een ongeluk kunnen laten lijken – een aanrijding, een val van een trap.

Hij is al met zoveel weggekomen.

Gejaagd open ik mijn voordeur en sluit hem zorgvuldig achter me. In het donker blijf ik staan, onrustig ademend, mijn hart bonkt tegen mijn ribben.

Dan dringt het heldere besef tot me door dat ik dit niet op zijn beloop kan laten. Ik ben al te ver gegaan.

Ik moet iets doen om dit te stoppen, ik moet er nu echt werk van gaan maken.

Zo snel mogelijk.

55

'De heer Bosveld is drukbezet, hij heeft geen tijd voor je.'

'Ook niet aan het einde van de middag?' vraag ik.

Vanuit haar lagere positie achter de balie kijkt de receptioniste naar me alsof ik niet goed bij mijn hoofd ben. 'Zijn agenda zit voor de komende weken vol.'

Ik weet dat de receptioniste Lonny Vriesekoop heet en daarmee houdt het op. Verder dan 'hallo' en 'fijn weekend' is onze conversatie niet gekomen in het halfjaar dat ik hier werkte. Maar ik hoef haar niet goed te kennen om te weten dat ze glashard liegt.

'Maar ik móét hem spreken,' dring ik aan.

'Dat kan alleen op afspraak.'

'Goed.' Ik doe mijn uiterste best om mijn geduld te bewaren. 'Doe maar, dan. Maak maar een afspraak.'

Lonny's gezichtsuitdrukking blijft onveranderd. 'Zijn secretaresse beheert zijn agenda.'

Ik knik naar het paneel vol knoppen en lampjes dat ze voor zich heeft. 'Kun je haar niet even bellen, dan? Ik ben hier nu toch.'

'Je kunt het beter morgen even vanuit huis proberen. Mevrouw Swegerman is vandaag niet aanwezig.'

'Nou,' zeg ik geïrriteerd. 'Lekker dan.'

Zonder te groeten loop ik naar buiten en passeer een paar

mannen die onder de luifel staan te roken. Ze gaan op in hun gesprek en zien mij amper.

Ik begraaf mijn handen diep in de zakken van mijn jack en loop met gebogen hoofd verder over de parkeerplaats.

De bomen erlangs zijn vrijwel kaal. Hun laatste blaadjes tollen en zwenken in de wind, onwillig om de takken los te laten en zich naar de natte straten te laten dwarrelen.

De hele dag is het al guur en regenachtig. Eigenlijk is het sinds ik vier dagen geleden ben teruggekomen uit België nog niet opgehouden met waaien en regenen.

In het midden van de parkeerplaats houd ik mijn pas in en draai me om. Ik kijk omhoog langs het grote gebouw. Grijs en vierkant, met raampartijen van spiegelend rookglas, zodat je overdag geen notie neemt van de bedrijvigheid die binnen heerst. Die merk je pas op als het gaat schemeren en de tl's in die talloze kantoren aanfloepen.

Ik zoek Bosvelds kantoor. Het domein van de hoofdredacteur ligt aan de straatkant op de derde etage, dezelfde verdieping als waar ik heb gewerkt. Ik krom mijn hand boven mijn ogen en zie Swegerman juist de gang op lopen, haar armen vol met ordners.

Ik kijk terug naar de ingang. De rokers maken aanstalten om weer naar binnen te gaan. Lonny is druk in de weer met de telefooncentrale, ik zie haar praten en snelle, routineuze handelingen uitvoeren.

In een impuls haast ik me achter de rokers aan en loop in hun kielzog mee de hal in. Ze gebruiken een sleutelpas om de schuifdeuren naar de tweede hal te openen. Ik glip tussen hen door en glimlach verontschuldigend. 'Pas thuis laten liggen.'

'Klotesysteem, hè?' bromt een van hen en hij glimlacht naar me. Dan lopen ze in tegenovergestelde richting weg.

Ik stap in een lift en laat me naar de derde verdieping voeren. Mijn hart klopt in mijn keel. Mezelf onder de aandacht brengen bij hoofdredacteur Bosveld zou kinderspel moeten zijn vergeleken bij de confrontaties die ik afgelopen maand zowel vrijwillig als onvrijwillig ben aangegaan.

Maar ik ben nu minstens zo nerveus.

In dit gebouw heb ik een halfjaar gewerkt. Onder Sjefs verstikkende leiding heb ik mijn eerste onzekere stapjes gezet in het journalistieke landschap. Aan het handje, in een loopwagentje waarin mijn tenen maar net de grond raakten, aan alle kanten ingeperkt.

Ik voel me opnieuw klein worden, onnozel. Dat is wat deze omgeving en de mensen die hier werken bij me losmaken. Onwillekeurig moet ik denken aan de bewering dat mensen zich altijd automatisch aanpassen aan hun omgeving en daar nooit bovenuit kunnen stijgen.

Toch is dat precies wat ik vandaag moet doen: uitstijgen boven mijn omgeving – en boven mijn eigen verwachting.

Ik kijk in de spiegel, die even breed is als de lift, en zie mezelf staan in het vervreemdende tl-licht. Ik ben geen beïnvloedbare, naïeve beginneling meer, zeg ik tegen mezelf. Die hoedanigheid heb ik beetje bij beetje van me af gepeld, laag na laag, als oude huid, en achtergelaten op verschillende plekken in Frankrijk: in de woonkamer van Dianne in Le Paradis, achter in een busje, in de kelder van een Frans landhuis, in de hotelkamer van een goedkope hotelketen en ten slotte in een Frans ziekenhuis.

Wat zou Bosveld me kunnen maken? Me ontsláán?

Er breekt een glimlach door op het bleke gezicht dat ik nauwelijks nog als het mijne herken.

Swegerman staat op vanachter haar bureau en kijkt me verbaasd aan.

'Hallo,' begin ik. 'Ik wil de heer Bosveld graag spreken.'

Ik houd het tasje dat ik bij me heb omhoog en wijs ernaar. 'Ik wil hem dit laten lezen. Het is belangrijk. En er is haast bij.'

'U bent mevrouw…?'

'Eva Lambregts.'

Ze buigt zich naar haar computer en grijpt naar de muis. Klikt een paar keer. 'U heeft geen afspraak, zie ik.' Ze kijkt op. 'U kunt dat tasje hier wel achterlaten als u wilt. Dan zal ik het hem straks geven.'

'Ik wil dit persoonlijk met hem bespreken.'

Swegerman kijkt me enkele seconden onbewogen aan. Trekt dan één wenkbrauw op, alsof ze nu pas beseft dat mijn verschijning op haar kantoor buiten de routine valt. 'Hoe bent u eigenlijk binnengekomen?'

Ik geef geen krimp, haast me langs haar heen een gangetje in en trek de deur aan het einde ervan open. Het is een gok, want ik ben hier nooit eerder geweest.

Ik heb goed gegokt.

Bosveld legt de telefoon net neer en kijkt verstoord, maar met een open blik op. Even weifel ik en blijf in de deuropening staan. Dan geeft een onzichtbare hand me een duwtje in de rug en loop ik verder naar voren. De zware hakken van mijn laarzen dreunen op het kunstvezeltapijt.

Mijn vingers omklemmen de plastic zak. Misschien had ik een betere verpakking kunnen kiezen dan een draagtas van de supermarkt, schiet het door me heen. Een leren koffer, of beter nog: eentje van metaal, die ik als een drugsdealer op zijn bureau had kunnen openen. De inhoud van dit plastic tasje is voor mij even kostbaar. Nee, kostbaarder, want onbetaalbaar.

Swegerman verschijnt naast me en sommeert me te vertrekken. Met een korte handbeweging legt Bosveld haar het zwijgen op.

'Vanwaar deze overval?' Zijn stem is onaangenaam schel en lijkt helemaal niet te passen bij zijn fysiek. Bosveld heeft opvallend dikke lippen en oogleden die als geplooide ophaalgordijnen voor zijn ogen hangen.

'Wilt u dit alstublieft bekijken?' Ik trek het stapeltje A4-tjes uit het plastic en leg het op zijn bureau.

De hoofdredacteur legt zijn vlakke hand erop. 'Juffrouw...?'

'Eva Lambregts. Ik heb hier gewerkt.'

Met beide handen pakt hij de A4'tjes vast en verplaatst ze over het gladde oppervlak van zijn bureau. De stapel komt links van hem tot stilstand. Hij trommelt erop met zijn vingertoppen. 'Wat staat hierin, Eva Lambregts, dat het een overval als deze rechtvaardigt?'

Ik recht mijn rug. Dit heb ik geleerd op de opleiding journalistiek: pitchen. Opdrachtgevers en hoofdredacteuren worden de hele dag door doodgegooid met wilde ideeën en artikelvoorstellen van zowel vaste medewerkers als freelancers. Wil je aan de beurt komen, dan moet je mensen in een paar zinnen nieuwsgierig kunnen maken, ze weten te enthousiasmeren voor je plannen. Tijd voor nuance komt later wel, als de opdracht binnen is.

'Vorige maand ben ik in Frankrijk ontvoerd door een terroristische cel.'

IJzersterke openingszin.

'Mijn vriendin is diezelfde dag vermoord, doodgeschoten. De moordenaar is een Nederlander. Hij is opgepakt door de Franse politie, maar wegens gebrek aan bewijs is hij afgelopen week vrijgelaten.'

Een paar seconden wachten, spanning opvoeren.

Ik wijs naar het stapeltje papier. 'Ik heb dat bewijs gevonden. En hij heeft meer moorden gepleegd.'

Behoedzaam neemt Bosveld me op. Hij weet nog niet wat

voor vlees hij in de kuip heeft en kiest voor een afwachtende houding.

'De dader is inmiddels terug in Nederland,' ga ik door. 'Hij woont hier vlakbij. Zijn ouders zijn eigenaar van Wouthil Investments.'

'Sanders? Gaat dit over Sanders?' Bosveld graait naar een leesbril, zet die op zijn neus en pakt de stapel op. Fronsend scant hij de eerste pagina. Een poos blijft het stil. Dan zegt hij: 'Nogal heftige kop... Pittige intro. U zet het stevig aan.' Hij kijkt op. 'Kunt u dit staven?'

Ik knik vol overtuiging. 'De eerste vijf bladzijden zijn het artikel zelf. De rest betreft de gebruikte bronnen en bewijzen. U kunt ter controle contact opnemen met de Franse politie, als u wilt. En met de moeder van mijn overleden vriendin, uiteraard. Hun namen en telefoonnummers staan er ook bij.'

Met zijn bril op het puntje van zijn neus bladert hij door de stukken. 'Maar dit is nieuws... Is dit een grap of zo?'

Mijn gezichtsuitdrukking spreekt kennelijk boekdelen, want hij verdiept zich zwijgend weer in mijn artikel.

Plotseling fronst hij en houdt het stapeltje papier in de lucht. 'Uw vriendin is vorige week begraven, nadat zij in het buitenland is vermoord. Dat was op zich al nieuws. Waarom wisten wij dit niet?'

Zijn botte reactie zou me in een andere context hebben geërgerd. 'Haar moeder wilde er toen nog geen ruchtbaarheid aan geven,' zeg ik zacht. 'Ze voorzag een mediacircus, dat kon ze niet aan. De politie heeft dat gerespecteerd.'

'Nu wel dan? Kan ze het nu wel aan?'

'Ik sprak haar gisteren. Ze is furieus. Sinds Hugo Sanders is vrijgelaten, is ze op zoek naar gerechtigheid.'

Met grotere interesse leest hij verder. Zeker twee tergend lange minuten later vraagt hij: 'Heeft u dit zelf geschreven of samen met iemand anders?'

'Ik heb het zelf geschreven.'

'Werkelijk?'

Ik voel mijn hartslag in mijn keel. Is het niet goed genoeg? Gelooft hij me eigenlijk wel?

'Wat was uw functie bij ons?'

'Ik was aangetrokken als redacteur weekendbijlage. Vorige maand werd mijn contract niet verlengd omdat ik boventallig was.'

'Ach ja… was u dat. Waarom gaat u niet even zitten.' Hij verplaatst zijn blik naar de secretaresse, die achter ons demonstratief mappen staat te ordenen. 'Je kunt gaan. Of misschien wil mevrouw Lambregts een kopje koffie of thee?'

'Nee, dank u wel.'

Swegerman verdwijnt in het aangrenzende kantoor en de hoofdredacteur duikt opnieuw in mijn dossier. 'Ik vind dit niet alleen nieuws, *breaking news* zelfs, maar tevens een uitzonderlijk goed geschreven en gedegen stuk.'

'Gaat u het publiceren?'

Hij knikt en tikt met een pen op de stapel papier. 'Als het waar is wat hier allemaal staat.'

'Ik heb alles uitgezocht.'

'Hm-hm, kan wel. Maar voor we dit plaatsen, moet er wederhoor worden toegepast. Ik ga er iemand op zetten die dit verifieert en gaat praten met de familie Sanders en andere betrokkenen.'

De rest hoor ik al niet meer.

Ik voel me euforisch.

Bosveld neemt mij serieus, hij neemt mijn artikel serieus en noemt het zelfs *breaking news*. Hij vindt het *uitzonderlijk goed geschreven*.

Fantastisch. Ik kan het. Ik kan schrijven.

Ik ben een goede journalist.

Ik durf er alleen niet goed aan te denken wat Hugo's reactie zal zijn als een verslaggever met allerlei bewijsstukken aan zijn poort staat te rammelen. Hij zal ziedend worden. Op de krant en vooral op mij. En ik weet wel zeker dat zijn vader een leger topadvocaten in stelling zal brengen om publicatie tegen te gaan.

Maar feiten zijn feiten. Daar valt niets op af te dingen. En die feiten staan allemaal opgesomd in het artikel waarin Bosveld nu geestdriftig bladert.

Krap zestienhonderd woorden bevat mijn artikel, en alles klopt tot in detail. Belastende passages zijn geciteerd uit Diannes dagboek, en dat mag. Ik heb alles wat ik geleerd heb toegepast, en nog veel meer.

Ik heb er mijn hele ziel in gelegd.

56

Ik zet mijn auto stil voor de slagboom en laat de motor draaien. Staar voor me uit over het water: een loodgrijze plas omsloten door grasvelden, struiken en bomen.

Rond deze tijd van het jaar is het moeilijk voor te stellen dat de hele stad hier 's zomers verkoeling zoekt. Het is stil, koud en grauw. Het zwemwater is geannexeerd door grote groepen smienten en meerkoetjes. De vogels laten zich niet opschrikken door de andere bezoekers. Talloze honden struinen langs de oevers met hun neus aan de grond, hun staart onafgebroken in beweging. Vanuit mijn warme auto zie ik de eigenaars hun rondje maken, handen diep in de zakken, hoofden gebogen tegen de koude wind.

Hier was ik elke zomer te vinden. In dit gebied gingen verkeringen aan en uit. Ik kreeg hier mijn eerste zoen. Voor Dianne was dit de plek waar ze voor het eerst verder ging – ik stond op de uitkijk. Alles van belang vond plaats aan deze plas.

Op de parkeerplaats schitterden autodaken in de brandende zon en overal stonden en lagen fietsen. Het paviljoen en de ijstentjes draaiden overuren. We stonden in de rij, in bikini en met blote voeten op de hete tegels, voor een koud blikje cola of een Magnum. In de verte, ver weg van het zwemwater, de strandjes en de kort gemaaide grasvelden, schoven witte zeilen over het donkerste blauw. Het is lang geleden dat ik hier ben geweest, besef ik, zeker tien of elf jaar, maar er is al die tijd niets veranderd.

De realiteit sijpelt geleidelijk door de mistige laag van herinneringen heen. Eerst losse woorden, dan flarden uit de zinnen die het landelijk nieuws van drie uur vormen. Ik zet mijn radio niet harder en luister maar met een half oor. Het is voor de vierde keer vandaag op het nieuws, en de tekst is sinds vanochtend onveranderd gebleven.

> *... is de politie op zoek naar de zoon van Wouter Sanders, top-man van Wouthil Investments. Hugo Sanders wordt ervan ver-dacht leider te zijn van een Europese terreurgroep die...*

Twee dagen geleden nodigde Bosveld me uit op zijn kantoor. Mijn stuk zou een dag later worden gepubliceerd. Hij liet me de opmaak zien: de kop, intro en een grote kleurenfoto van een stuurs kijkende Hugo Sanders zouden op de voorpagina worden geplaatst. De rest van het artikel, met een archieffoto van zijn ouders, besloeg de hele derde pagina.

Het was vanzelfsprekend, zei Bosveld, dat mijn contract alsnog werd verlengd. Hij zag me niet graag naar een concurrent vertrekken. Volgende maand pak ik de draad weer op. Alleen werk ik dan op een andere afdeling en zal Sjef niet meer mijn baas zijn, maar gewoon een van mijn collega's. Ik hoef alleen nog maar verantwoording af te leggen aan de eindredacteur en aan Bosveld zelf.

Erwin en ik hebben het gevierd met een etentje.

> *... in opdracht liquidaties verrichtte. De groep zou verant-woordelijk worden gehouden voor diverse onopgeloste moor-den, waaronder die op een Belgische hondenhandelaar begin vorig jaar. De zaak kwam aan het rollen door een artikel in...*

Ik ben blij dat ik weer aan het werk kan. De afgelopen tijd zijn er zoveel ideeën in me komen opzetten, er zijn zoveel zaken die niet kloppen en waarin ik me wil gaan vastbijten. Toch voel ik geen euforie. Daarvoor is het nog te vroeg. Hugo moet eerst worden gevonden. Hij is vrijwel zeker ondergedoken in een of ander ver buitenland.

Zijn ouders hebben al wel een mediagenieke advocaat bereid gevonden om zoonlief bij te staan. Die heeft in diverse radioprogramma's van zich laten horen, luid toeterend dat we ervoor moeten waken om zijn cliënt bij voorbaat al te veroordelen.

De strekking is duidelijk. De strijd is nog niet gestreden. Maar één slag heb ik wel gewonnen: na vandaag kent iedereen Hugo's naam en gezicht. Hij kan nooit meer in de anonimiteit opereren. En alle stappen die zijn ouders ondernemen, zullen door vriend en vijand met argusogen worden gevolgd. Hun privacy zijn zij voor altijd kwijt.

Vanavond mag ik mijn verhaal doen in een talkshow. Erwin gaat mee om me te steunen. Ik zal mijn uiterste best doen om een zo duidelijk mogelijk beeld te schetsen van de psychopathische crimineel Hugo Sanders. Ik zal tot in detail vertellen hoe hij me bedreigde, hoe ik werd ontvoerd en ondervraagd, en wat Dianne me tijdens die dodenrit op weg naar het ziekenhuis heeft verteld. Ik zal foto's laten zien en passages voorlezen uit haar e-maildagboek.

Maar sommige dingen zal ik niet vertellen.

Die houd ik voor mezelf.

Terwijl ik moed verzamel om uit te stappen, klinken de melancholische begintonen van 'How Can We Hang On To A Dream' uit de speakers. Normaal gesproken laat ik me niet meeslepen door muziek. Ik ben er te nuchter voor, te rationeel. Maar nu krijg ik kippenvel en voel ik elke uithaal van de violen door me heen trekken.

What can I do, still loving you
It's all a dream
How can we hang on to a dream
How can it, will it be, the way it seems.

Mijn duim zoekt als vanzelf het litteken in mijn handpalm, wrijft erover.

Buiten loopt een vrouw langs de auto, ze is van middelbare leeftijd en heeft een gebreid hoedje op. Twee jachthondjes rennen voor haar uit, ze hebben allebei een uiteinde van dezelfde tak vast.

Tim Hardin heeft al even plaatsgemaakt voor een nummer van Radiohead als ik bij mijn positieven kom. Ik pak de rugzak van de achterbank en leg hem op mijn schoot. Opnieuw verbaas ik me over het gewicht van het voorwerp dat erin zit. Mijn vuisten klemmen zich om het canvas.

Ik trek de sleutel uit het contact, schik mijn sjaal en stap uit.

Het is niet ver naar de plaats waar ik moet zijn. Via het eerste strandje loop ik de betonnen kade op die de plas in tweeën deelt. Rechts van me ligt het ondiepe zwemwater, aan de linkerkant strekt de recreatieplas zich uit, dieper, donkerder en vele malen groter. De oevers zijn er grillig, deels overwoekerd door bomen en struikgewas. Sommige stukken zijn volledig aan het oog onttrokken door rietkragen.

Aan de overkant verandert de sfeer. Op deze oever is het rustig, stil bijna. De wandelaars houden zich vooral op aan de zijde van de parkeerplaats.

Ik loop een stuk door over het geasfalteerde wandelpad en sla dan links af een smal, onverhard paadje in, dat parallel loopt aan de recreatieplas. Het pad kronkelt tussen kale struiken en bomen door. Aan mijn linkerhand ruist het riet in de wind.

Stug loop ik door, mijn schouders opgetrokken en mijn neus weggestopt in de warme sjaal, tot ik de bomengroep herken. Ik schuifel van het pad af, stap over een paar dode takken heen en laat mijn blik dwalen over de plas en het stilstaande water tussen het riet, dat hier tot borsthoogte komt.

Dit is voortaan onze plek. Als we elkaar ooit uit het oog verliezen, laten we hier een boodschap achter. Zo kunnen we elkaar nooit kwijtraken.

Ik wil niet huilen. Ik heb al genoeg gehuild op Diannes crematie en geen oog dichtgedaan in de nachten ervoor en erna.

Mijn vingers klauwen in het canvas van de tas, die ik in beide armen tegen me aan gedrukt houd. Ik knipper vocht uit mijn ogen weg en loop naar de waterkant.

Het water is vuil en bruinig. De bodem is niet te zien.

Nu ik hier sta, begin ik te twijfelen aan mijn eigen plan. Het water is vermoedelijk niet veel dieper dan zo'n zestig centimeter. Laat ik het hier afzinken, dan is de kans groot dat het gevonden wordt. In het vroege voorjaar bijvoorbeeld, als de gemeente onderhoud gaat plegen aan de oevers.

Het mag niet gevonden worden.

Ik draai me weg van het water en vervolg het pad. Hele stukken langs de oever zijn al even ongeschikt voor wat ik van plan ben, omdat ze begroeid zijn met riet. Op andere plaatsen staan struiken die half in het water verdwijnen. Op de schaarse open plekken die ik tegenkom lijkt het water me evenmin diep genoeg.

Een hele poos blijf ik doorlopen, tot ik in de buurt van het plezierhaventje beland. Er liggen zeilbootjes aan de steigers, een enkele sloep en wat roeiboten. Op de kant, vlak bij de struiken, liggen een paar roeibootjes ondersteboven in het gras.

Behoedzaam kijk ik om me heen. Niemand te zien. Het enige geluid dat ik hoor is het geklapper van touwen tegen de smalle masten en het zachte geklots van water tegen de oever.

Ik pak de eerste roeiboot vast en trek hem om, zodat de open kant boven komt te liggen. Het is een groen bootje van verschoten kunststof, smerig van de algen, en het voelt opvallend licht aan. Ik bekijk het ding aan alle kanten, maar ik kan geen scheuren of gaten ontdekken. De roeispanen hangen vast aan de ringen. Ik sleep het bootje naar het water en duw het erin. Het blijft drijven.

Zonder aarzelen stap ik in het water. Zo dicht bij de kant is het ondiep, maar nu al ijzig koud. Ik waad verder het water in tot het aan mijn knieën reikt, leg dan de rugzak in de boot en klim er zelf achteraan.

Het vaartuigje schommelt vervaarlijk onder mijn gewicht. Ik ga op het bankje zitten, precies in het midden. Nattigheid druipt van mijn jeans en klettert op het harde plastic. Mijn sneakers zitten onder de drek.

Ik pak de spanen beet en begin, dicht langs de kant, terug te roeien. Tegen de tijd dat ik op de plaats van bestemming ben aanbeland, doen mijn rugspieren gemeen pijn en ben ik bijna buiten adem. Ik laat de roeispanen los en strek mijn rug. Het bootje dobbert stuurloos rond, zo'n twintig meter bij het riet vandaan. Ik weet dat dit de juiste plaats is, ook al zie ik vanaf hier alleen nog rietkragen en boomtoppen, die licht meebuigen in de wind.

Ik ril. Mijn onderbenen en voeten zijn gevoelloos geworden. Klompen ijs die aan mijn knieën vastzitten.

Ik staar naar de kant en probeer me Dianne voor de geest te halen, zoals ze daar zoveel jaar geleden achter dat riet voor me stond. Sproeten in haar gezicht, donkere haren die in plukken over haar voorhoofd en wangen vielen.

Ik stond er geen seconde bij stil dat zij mij net zo hard nodig had als ik haar. Toch was dat zo. Daarom vond ze het belangrijk om onze band te bestendigen.

Is het heel moeilijk voor haar geweest om er altijd voor me te moeten zijn, om in die opgedrongen rol van grote zus te blijven volharden? Om steeds de sterkste te moeten zijn? De slimste? Om overal een antwoord op te moeten hebben?

Ik maak de rugzak open en kijk naar het pistool, dat dreigend ligt te glanzen in het canvas. Om dit wapen ging het. Het wapen met haar vingerafdrukken, het keiharde bewijs dat Dianne, en niemand anders, die arme Bernard Bonnet heeft doodgeschoten.

Ik geloof niet dat Hugo haar ertoe heeft gedwongen. Dianne deed het uit vrije wil. Omdat ze indruk wilde maken op hem en op zijn vrienden. Omdat ze bij hen wilde horen.

Dianne is altijd een stap verder gegaan dan mensen in haar omgeving. Dat zat in haar karakter opgesloten. Ook nu heeft ze zichzelf over een grens heen getrokken, in een dwaze, gevaarlijke roes van verliefdheid en blind idealisme. Dianne heeft zich laten meeslepen door haar eigen tomeloze geestdrift, en niemand in haar omgeving heeft haar tegen zichzelf in bescherming genomen. Ik weet zeker dat ze verder is gegaan dan ze zelf had gewild, en ook dat ze achteraf verschrikkelijk veel spijt moet hebben gehad.

Het is hier diep genoeg, ik merk het aan de beweging en de kleur van het water. De boot schommelt heen en weer, deint in de golven, opgezweept door de straffe wind. Ik pak het wapen bij de loop vast en houd het buitenboord. Het koude water klotst over mijn hand en doorweekt de manchet van mijn jas.

Het stuk ijzer zinkt pijlsnel de diepte in.

Het is weg. Alsof het nooit heeft bestaan.

'Het blijft tussen ons,' fluister ik. 'Voor altijd.'

Ik realiseer me heel goed dat ik iets doe wat niet mag. Iets immoreels misschien. Maar ik doe het niet voor de volwassen Dianne die ik in het Franse ziekenhuis heb moeten achterlaten. Dit is voor de Dianne met de sproeten. Mijn stoere, alwetende grote zus; het meisje dat ze was voor ze zich van me losmaakte en haar eigen, destructieve pad ging volgen. Ik ken die oude Dianne heel goed.

Ze was in wezen een goed mens.

Rietstengels schaven langs de boot. Ongemerkt ben ik dichter naar de kant gedreven.

Ik kijk om naar het haventje, een onduidelijke vlek in de verte. Mijn armen en rugspieren branden van de zware inspanning die ze hebben moeten verrichten, en mijn voeten en benen prikken van de helse kou. Ik trek mijn sjaal steviger om mijn hals en leg er een enkele knoop in. Mijn vingers bewegen in slow motion, alsof ze van binnenuit aan het bevriezen zijn.

Ik zie er geen heil in om dat hele eind terug te roeien, pal tegen de straffe wind in. Het bootje is helemaal niet zwaar. Ik zou het over het pad achter me aan terug naar de haven kunnen slepen, of het misschien gewoon ergens halverwege kunnen laten liggen.

Ik pak de koude spanen beet en roei verder het riet in, naar de kant toe. Daar spring ik uit de boot. Ik zak meteen weg in de sliklaag en moet moeite doen om los te komen. Het water is hier dieper dan ik dacht, het komt tot halverwege mijn bovenbenen. Ik houd het bootje naast me en trek het met me mee de kant op.

Druipend blijf ik op de open plek staan. Ik knijp zoveel mogelijk vocht uit mijn broekspijpen, stamp mijn voeten om beurten op de grond. Ik kan net boven het riet uit kijken. Aan de overzijde van de zwemplas zie ik mensen met hun honden lopen. Hier, op de plaats waar Dianne en ik zeventien jaar geleden onze vriendschap bezegelden en beloofden elkaar nooit uit het oog te verliezen, sta ik alleen.

Ik heb Dianne vierentwintig jaar gekend. Mijn leven is onmogelijk op te tekenen zonder ook dat van haar te belichten. Alles was met elkaar verweven: onze jeugd, onze opleidingen en onze herinneringen. Alles. En de band die we hadden was solide. Onverwoestbaar.

Maar we waren twee verschillende mensen. Dat we grotendeels in hetzelfde nest zijn grootgebracht, kon ons afwijkend DNA niet maskeren. We hadden andere doelen voor ogen, stelden andere prioriteiten in ons leven.

Dus was het een kwestie van tijd voor we uit elkaar zouden groeien.

Dat proces is jaren geleden al ingezet, besef ik nu. Misschien al wel tien jaar geleden – misschien was het al in volle gang toen Dianne in dat café ineens weigerde om ons spel van lookalikes nog mee te spelen.

Achteraf bezien waren het steeds zulke kleine dingen. Ogenschijnlijk onbeduidende haarscheurtjes, die gaandeweg zo talrijk werden dat ze samen de basis konden ontwrichten. Ik heb er onvoldoende acht op geslagen.

Ik heb Dianne losgelaten als ze te ver weg liep, de andere kant op gekeken als ze dingen deed die ik niet wilde zien, en mijn handen over mijn oren gelegd als ze zei wat ik niet wilde horen.

Het gat dat tussen ons in viel, werd steeds groter. Een kloof zo breed als een ravijn. Woorden en gevoelens van verbondenheid werden steeds schaarser en ze raakten verdwaald in die leegte. Zakten weg in een oneindige diepte, zonder dat een van ons er nog naar omkeek.

Vasthouden aan Dianne was als vastklampen aan een droombeeld, vasthouden aan mijn jeugd met haar en alles wat ik kende en wat altijd zo moest blijven.

Ook al was het allang niet meer de realiteit.

57

Het is niet ineens harder gaan waaien, de wind is niet ge-draaid en het is niet gaan regenen – de veranderingen die ik oppik, hebben helemaal niets te maken met het weer. Het is alsof dingen een andere kleur hebben gekregen, op een af-wijkende manier trillen. Alsof het geluid ineens verder draagt en helderder klinkt. De omslag vond plaats op het moment dat ik beweging zag in de struiken recht voor me.

Het is een witte hond, één en al ribben en ruggengraat. Als een spookverschijning schiet hij weg tussen de takken. Hij wordt op de voet gevolgd door zijn evenbeeld. Het ma-gere dier houdt halt en kijkt me recht aan. Donkere ogen in een smalle schedel. Een blik als van een buitenaards wezen, sereen en doods tegelijkertijd. Hij spitst zijn oren, draait zijn hoofd weg en springt de struiken in.

Koude tintelingen bereiken mijn zenuwbanen.

Als in een vertraagd afgespeelde film kijk ik naar links: wuivend riet, bomen, struikgewas. Dan naar rechts: wui-vend riet, bomen, struikgewas. Achter me is riet en water, uitgestrekt en verlaten.

Voor me staat Hugo.

Wijdbeens.

Verbeten trekken rond zijn kaken. Hij pint me vast met zijn blik. Vanonder zijn hoekige wenkbrauwen schieten zijn ogen vuur.

Eén, twee passen, en hij is bij me. Het gaat te snel om te kunnen vluchten, om zelfs maar te kunnen reageren.

Het volgende moment zit ik op mijn knieën in de zompige aarde en trekt er een doffe pijn door mijn benen. Mijn hoofd wordt naar achteren getrokken, zodat mijn hals bloot komt te liggen.

'Kutwijf,' fluistert hij in mijn oor. Hij heeft mijn haar klemvast in zijn vuist.

Ik klauw naar hem, probeer grip te krijgen op zijn oren of ogen, op wat dan ook, maar hij dwingt me nog verder naar achteren. Grijpt een van mijn polsen beet en trekt me dan met zich mee naar het water.

Ik adem hoorbaar in en uit. Raspend, gierend.

IJskoud water sijpelt door mijn jeans heen, kruipt onder de manchetten en het rugpand van mijn jack door. Ik wil gillen, om hulp roepen, maar stoot alleen een krakend gehijg uit.

Hij zet een knie op mijn heup, hard en zwaar, en duwt me onder water. Mijn voeten raken al trappende verstrikt in het riet en de dikke slijklaag. Mijn vrije arm maait door de lucht. Ik open mijn mond in een poging om hulp te roepen, maar krijg een gulp water binnen.

Hugo trekt mijn hoofd naar achteren, verder onder water, hij ramt zijn knie in mijn maag om me op mijn plek te houden. Zijn hele gewicht drukt nu op me.

Ik pers mijn ogen stijf dicht, luchtbelletjes ontsnappen uit mijn mond. Ik verzet me, schud mijn hoofd wild heen en weer. Kostbare lucht verdwijnt uit mijn longen. Ik krijg grip op iets wat aanvoelt als kleding en trek het stuk stof naar me toe. Het maakt geen verschil.

Ik lig bijna plat op de bodem, voel kille modder en slijk op mijn huid. Mijn borst begint te branden, mijn ledematen prikken.

Een afschuwelijk visioen flitst door me heen. Ik zie mezelf liggen tussen het riet, dagen later. Mijn lijk opgezwollen door het water, mijn huid blauw en glanzend. Haar dat is uitgewaaierd over het wateroppervlak, met blaadjes erin, afgebroken rietstengels en stukken boombast, mijn ogen als troebele, blauwgrijze kapjes, zoals die van de talloze dode karpers die ik hier heb zien drijven. Op de oever staan politieauto's. Ik zie linten, zwaailichten, speurhonden en mensen in witte pakken.

Is dit het?

Houdt hier alles op?

Precies hier, op de plaats waar Dianne en ik hebben gezworen elkaar nooit uit het oog te verliezen? Waar we elkaar altijd zouden kunnen terugvinden?

Zo kunnen we elkaar nooit kwijtraken.

Ik laat me meesleuren in een donker gat van mijn bewustzijn, steeds verder en dieper. Ik hoef alleen maar mijn mond open te doen om het koude water naar binnen te laten stromen, en dan is het voorbij.

Dan houdt mijn leven op te bestaan.

Als kind heb ik weleens geprobeerd me voor te stellen hoe ik zou sterven. Ik had daar uiteenlopende ideeën over, maar alle scenario's hadden één gemene deler: ik was oud. Oud en opgebrand. Ik zou het wel welletjes vinden, het leven, en benieuwd zijn naar wat er hierna nog zou komen. Ik zou tevreden, misschien zelfs wel verwachtingsvol wegglijden, na een lang en mooi en goed leven.

Geen moment had ik kunnen bedenken dat ik worstelend en happend naar lucht een wrede dood zou sterven. Dat ik verdronken zou worden in het ijskoude water van dezelfde plas waar ik heb leren zwemmen, mijn eerste zoen kreeg, waar Dianne en ik van hartsvriendinnen tot zussen werden.

Het is te vroeg. Ik mag dit niet toelaten. Niet nu ik tot over mijn oren verliefd ben geworden op Erwin, en hij op mij. Als ik nu sterf, zou hij niet eens begrijpen wat ik hier deed, ik heb het hem niet verteld. Ik wil niet sterven nu ik voor het eerst in mijn leven weet wat ik wil.

Ik vang een glimp op van mijn ouders, ze zitten verslagen naast elkaar op de bank in hun woonkamer, mijn broers zwijgend aan weerszijden. Een beeld van een leeggeroofd nest. De rest van hun leven vragen ze zich af wat hun dochter en zus daar op die afgelegen plek deed.

Hugo leunt op me, zijn handen omsluiten nu mijn hals, hij drukt me met zijn hele gewicht in de glibberige bodem.

Een hels vuur woedt in mijn borstkas, al mijn spieren staan in brand en elke vezel in mijn lijf krijst om zuurstof, een hap lucht. Leven. Elke cel schreeuwt het uit.

Ik.

Wil.

Leven.

In een laatste krachtsinspanning tast ik in de modderige bodem naar de achterzak van mijn jeans. Mijn hand glijdt door de dunne sliklaag onder mijn lichaam. Ik draai mijn platte hand, die tergend traag en ongecontroleerd reageert op mijn aansturing.

Het zit er nog. Het zit nog op dezelfde plek als waar ik het heb gestoken voor ik in de auto stapte.

Mijn vingertoppen krijgen met moeite grip op het oppervlak. Ik manoeuvreer het metalen spuitbusje tussen mijn vingers, bevoel de bovenkant, het ligt goed.

Niet laten schieten. Niet kwijtraken.

Vasthouden.

Eén kans.

Ik hef mijn hand, steek hem boven het water uit en druk op de knop. Zwaai het busje heen en weer om zoveel mogelijk te raken.

Het werkt. Hugo's greep verslapt. Abrupt laat hij me los.

Ik trappel me onder zijn hevig schokkende lijf vandaan, duw hem van me weg en schiet omhoog uit het water. Haal lucht naar binnen, met opengesperde mond, en nog eens, nog eens. Hijgend baan ik me een weg naar de kant, stap voor stap door de zuigende modder. Eén meter nog, een halve meter.

Op de kade staan de windhonden nerveus heen en weer te drentelen. Ze blaffen niet, maar trillen zichtbaar en hun oren zijn gespitst. Ze bekijken me niet eens als ik mezelf op de oever werp en verder kruip.

Bij de boom werk ik mezelf op mijn knieën, duw me tegen de bast omhoog en draai me om.

Hugo staat water in zijn gezicht te gooien, met twee handen tegelijk schept hij het uit het meer. Hij hapt naar lucht, haalt gierend adem en is duidelijk in paniek. Hij laat zich op zijn knieën vallen en buigt zich voorover om zijn hele hoofd onder water te steken.

Mijn blik glijdt over de roeiboot, die er nog steeds ligt. Een van de roeispanen is gevallen en ligt in het zand.

Ik kijk terug naar Hugo, spartelend in het water. Hij is tijdelijk blind, weet ik van de gebruiksaanwijzing, hij kan nauwelijks ademen en is nu alleen maar bezig met overleven.

Maar door de grote hoeveelheden water die hij tot zijn beschikking heeft kan hij zich over enkele minuten alweer een stuk beter voelen. Of binnen een minuut.

En dan? Komt hij dan zijn karwei afmaken?

Een enorme woede welt in me op.

Ik haat die man, met mijn hele wezen. Ik haat wie hij is en alles waar hij voor staat.

Deze man heeft Dianne vermoord. Hij heeft minstens twee andere mensen in koelen bloede doodgeschoten. Hugo Sanders is geen mens, hij is een laffe moordenaar.

Ik pak de roeispaan van de grond en loop terug het water in. Mijn hart hamert in mijn keel. Ik bedenk me geen moment, zwaai de spaan naar achteren en leg alle kracht die ik kan mobiliseren in de voorwaartse zwaai. De spaan komt neer op zijn achterhoofd. Ik haal nog eens uit. Harder, deze keer.

Hugo tuimelt voorover in het water. Roerloos blijft hij liggen, half drijvend, zijn gezicht naar beneden gericht en zijn armen gespreid.

Ik haast me terug naar de kant, wadend door het water heen met de roeispaan in mijn hand.

Een van de windhonden blaft naar het lichaam van zijn baasje. Zijn blaf klinkt schril en hoog, een bizarre sirene. De ander staat er zwijgend naast, oren naar achteren gevouwen. Hij maakt nerveuze pasjes van links naar rechts en weer terug.

Beide kwispelen laag als ik uit het water stap, alleen het puntje van hun dunne zweepstaartjes wiebelt heen en weer tussen de achterpoten. Ik strompel terug naar de boom, smijt de roeispaan van me af en laat me tegen de vochtige bast aan vallen, klamp me eraan vast.

De tijd lijkt te verdichten. Mijn bloed stroomt trager door mijn lichaam, als stroop. In een roes draai ik me om naar het water en kijk naar Hugo, die daar maar drijft en dobbert zonder zich te verzetten. Hij is bewusteloos, besef ik. Het lichaam valt amper op in het riet, Hugo's doorweekte bruine jas lijkt vanaf de kant nog het meest op een dode tak. Hugo verliest zuurstof; ik zie luchtbellen aan het oppervlak verschijnen. Hij is bezig met verdrinken. Het is een kwestie van minuten.

Seconden misschien.

Ik grijp in mijn natte haar en trek het naar achteren. Staar naar het water.

Hij verdrinkt – Hugo Sanders is aan het verdrinken.

Als je niets doet, gaat hij dood.

Dan heb jij hem vermoord.

Verward wrijf ik door mijn haar, kijk naar Hugo, en dan weer naar de overkant, waar mensen nietsvermoedend hun hond uitlaten. Kijk achter me, waar alleen maar bomen en struiken zijn. Niemand zal er ooit achter komen als ik nu zou weglopen.

Hugo zou sterven, en niemand zou weten dat ik het heb gedaan.

Maar *ik* zou het wel weten, fluistert een stem me in. Ik zou het mijn hele leven met me meedragen.

Ik kan het niet.

Ik wil het niet.

Ik ben geen Dianne, ik ben geen Hugo.

Zo wil ik ook niet worden.

Ik duw me weg van de boom, loop op een drafje terug naar de waterkant en stap in het water. Ik keer Hugo om, zodat zijn gezicht boven water komt, grijp zijn jas bij de schouders en begin achteruit naar de kant te waden, het zware lijf met me mee sleurend. Ik trek zijn bovenlichaam op de droge oever, zijn benen bungelen nog in het koude water.

De honden zijn er meteen bij. Ze likken het gezicht van hun baas, kwispelend, piepend.

Hugo's hoofd valt opzij en er gutst water uit zijn mond. De kleur is uit zijn huid getrokken, die heeft de grauwe tint van het meer aangenomen. Zijn ademhaling klinkt rochelend en is heel oppervlakkig: hij leeft, maar hij heeft snel hulp nodig.

Ik richt me op en kijk over het riet heen naar de overkant. Daar, in de bewoonde wereld, zijn mensen. Er zal vast wel iemand bij zijn die een mobiele telefoon bij zich heeft.

Ik draai me om, en begin te lopen.